VE Y PON UN CENTINELA

TAMBIÉN POR HARPER LEE

Matar a un ruiseñor

VE Y PON UN CENTINELA

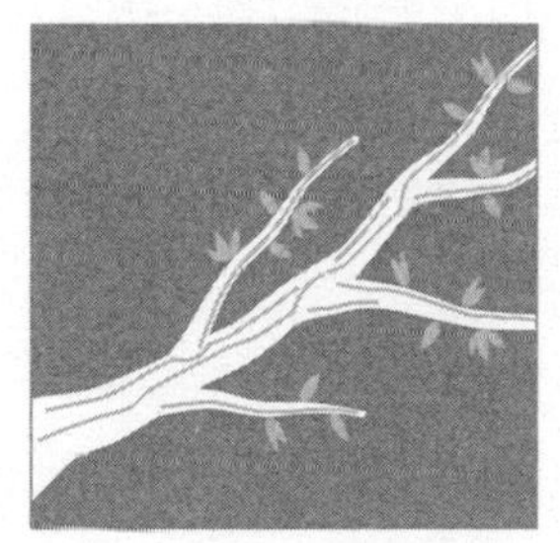

HARPER LEE

HarperCollins *Español*

Publicado por HarperCollins Español® en Nashville, Tennessee, Estados Unidos de América.
HarperCollins Español es una marca registrada de HarperCollins Christian Publishing.

Título en inglés: *Go Set a Watchman*

Publicado por HarperCollins Publishers.

Editora en Jefe: *Graciela Lelli*
Traducción: *Belmonte traductores*
Edición: *Juan Carlos Martin Cobano*
Diseño: *Leah Carlson-Stanisic*
Adaptación del diseño al español: *Grupo Nivel Uno*

ISBN: 978-0-71807-634-4

Impreso en Estados Unidos de América
15 16 17 18 19 DHV 10 9 8 7 6 5 4 3 2 1

En memoria del señor Lee y Alice

PARTE I

1

Desde Atlanta, venía mirando por la ventanilla del vagón restaurante con un deleite casi físico. Mientras se tomaba el café del desayuno, observaba cómo quedaban atrás las últimas colinas de Georgia y aparecía la tierra rojiza, y con ella las casas de tejados de hojalata en medio de patios con su caminito despejado entre las inevitables plantas de verbena, rodeadas de neumáticos emblanquecidos por el sol. Sonrió cuando vio la primera antena de televisión en lo alto de una casa de negros sin pintar; conforme aparecían más y más, su alegría aumentaba.

Jean Louise Finch siempre hacía este viaje por aire, pero decidió ir en tren desde Nueva York hasta el Empalme de Maycomb para su quinto viaje anual a casa. Por un lado, se debía a que se había asustado muchísimo la última vez que viajó en avión, pues el piloto decidió volar atravesando un tornado. Por otro lado, llegar a casa en avión significaba que su padre tenía que levantarse a las tres de la mañana, conducir ciento sesenta kilómetros para ir a buscarla a Mobile, para después tener que trabajar durante toda la jornada. Él tenía ya setenta y dos años, y no era justo hacerle eso.

Se alegró de haber decidido ir en tren. Los trenes habían cambiado desde su niñez, y la novedad de la experiencia le divertía: cuando apretaba un botón que había en una de las paredes, se materializaba un genio orondo en forma de revisor; cuando lo pedía, un lavamanos de acero inoxidable salía de otra pared, y había un retrete sobre el que se podían poner los pies. Resolvió no sentirse intimidada por varios mensajes que había esparcidos por su compartimento... un coche cama, así lo llamaban... pero cuando se metió en la cama la noche anterior, se las arregló para quedarse plegada contra la pared, porque había la indicación de BAJAR ESTA PALANCA HASTA LOS SOPORTES. Para su vergüenza, ya que solía dormir solamente con la parte superior del pijama, la situación la tuvo que remediar el revisor.

Afortunadamente, resultó que él iba patrullando por el corredor cuando aquella trampa se cerró con ella dentro.

—Voy a sacarla, señorita —gritó él en respuesta a los golpes que llegaban desde dentro.

—No, por favor —dijo ella—, solo dígame cómo salir de aquí.

—Puedo hacerlo de espaldas —respondió, y así lo hizo.

Cuando despertó esa mañana, el tren iba traqueteando y resoplando por los campos de Atlanta, pero, en obediencia a otra indicación que había en su compartimento, se quedó en la cama hasta que pasó rápidamente el cartel College Park. Cuando se vistió, se puso su ropa de Maycomb: pantalones grises, una blusa negra sin mangas, calcetines blancos y mocasines. Aunque quedaban aún cuatro horas, ya podía oír el resoplido de desaprobación de su tía.

Cuando comenzaba a tomarse la cuarta taza de café, el Crescent Limited graznó como un ganso gigantesco que saluda a su compañero que va hacia el norte y cruzó el Chattahoochie en dirección a Alabama.

El río Chattahoochie es ancho, plano y fangoso. Ese día estaba bajo; un banco de arena amarillo había reducido su caudal hasta convertirlo en un hilo de agua. «Quizá canta en la época de invierno», pensó. «No recuerdo una línea de ese poema. ¿Tocando la flauta por valles agrestes? No. ¿Le escribía a algún tipo de ganso, o era a una catarata?».

Tuvo que reprimir con firmeza un conato de escándalo en su interior cuando cayó en que Sidney Lanier debió de haberse parecido en cierto modo a su primo muerto hacía mucho tiempo, Joshua Singleton Sr. Clair, cuya obra literaria privada se extendía desde la región del Black Belt hasta Bayou LaBatre. La tía de Jean Louise solía presentarle al primo Joshua como un ejemplo familiar al que no se debía pasar por alto: era un hombre de espléndida figura, poeta, fallecido en la flor de la vida, y Jean Louise haría bien en recordar que él constituía un mérito para la familia. Sus retratos representaban bien a la familia... el primo Joshua tenía todo el aspecto de un andrajoso Algernon Swinburne.

Jean Louise sonrió cuando recordó a su padre contándole el resto de la historia. El primo Joshua fue quitado de en medio, muy acertadamente, no por la mano de Dios sino por los servidores del César:

Cuando estaba en la universidad, el primo Joshua estudiaba demasiado y pensaba demasiado; de hecho, se consideraba a sí mismo salido directamente del siglo XIX. Vestía una capa de estilo Inverness y calzaba unas botas militares que le hizo un herrero según su propio diseño. El primo Joshua se vio frustrado por las autoridades en su intento de disparar al presidente de la universidad, quien, según su opinión, no era más que un limpliacloacas. Eso sin duda era cierto, pero no valía como excusa para un asalto con arma mortal. Después de mucho trasiego de dinero, el primo Joshua fue trasladado al otro lado de las vías y lo internaron en una institución estatal para personas fuera de su sano juicio, donde permaneció el resto de sus días. Decían que era un individuo cabal en todos los sentidos hasta que alguien mencionaba el nombre de ese presidente, entonces su cara se distorsionaba, adoptaba la postura de la grulla trompetera y así se quedaba ocho horas o más, y nada ni nadie podía hacer que bajara la pierna hasta que se olvidaba de ese hombre. Los días en que su mente estaba más despejada, el primo Joshua leía griego, y dejó un pequeño volumen de versos autopublicados que le imprimió una empresa de Tuscaloosa. La poesía estaba tan adelantada a su tiempo que nadie aún la ha descifrado, pero la tía de Jean Louise la tenía en exposición de manera informal y destacada sobre una mesa en el salón.

Jean Louise se rio en voz alta, y después miró alrededor para ver si alguien la había oído. Su padre sabía cómo minar los discursos de su hermana sobre la superioridad innata de cualquier Finch: siempre le contaba a su hija el resto de la historia, con calma y solemnidad, pero Jean Louise a veces creía detectar un inequívoco destello irreverente en los ojos de Atticus Finch, ¿o era la luz que se reflejaba en sus lentes? Nunca lo supo.

El paisaje campestre y el tren se habían difuminado hasta convertirse en un agradable balanceo, y no podía ver más que los campos de pastos y vacas negras desde la ventanilla hasta el horizonte. Se preguntaba por qué nunca antes había pensado que el campo era hermoso.

La estación en Montgomery estaba enclavada en un recodo de Alabama y, cuando se bajó del tren para estirar las piernas, pudo sentir la familiaridad de su monotonía, sus luces y sus curiosos aromas. Pero pensó que faltaba algo. «Los cojinetes recalentados, eso es». Un hombre se sitúa debajo del tren con una palanca. Hay un ruido metálico, y entonces s-sss-sss, sube humo blanco y uno piensa que está dentro de una tetera. Estas cosas ahora funcionan con petróleo.

Sin motivo aparente, le carcomía un antiguo temor. No había estado en esa estación desde hacía veinte años, pero cuando era niña e iba a la capital con Atticus, se sentía aterrada por si el tren al bambolearse terminaba sumergiéndose en la ribera del río y ahogándolos a todos. Pero cuando volvió a subir para seguir el camino a casa, lo olvidó.

El tren traqueteaba atravesando bosques de pinos, y tocó la bocina como burlándose ante una pieza de museo con forma de campana y vistosamente pintada que había en un claro. Tenía el cartel de una empresa de maderas, y el Crescent Limited podría habérsela tragado completa y aún le quedaría espacio libre. Greenville, Evergreen, Empalme de Maycomb.

Le había dicho al maquinista que no se olvidara de detener el tren para que ella se apeara, y como era un hombre mayor, le anticipó su broma: pasaría por el Empalme de Maycomb a toda rapidez y detendría el tren seiscientos metros después de la pequeña estación, y entonces cuando se despidiera de ella, le diría que lo sentía, que casi se le olvidaba. Los trenes cambiaban; los maquinistas, nunca. Hacer bromas con las señoritas jóvenes en esas estaciones donde el tren se detenía a petición del viajero era una marca de la profesión, y Atticus, que era capaz de predecir las acciones de cada maquinista desde Nueva Orleáns hasta Cincinnati, la estaría esperando, por consiguiente, ni a seis pasos de distancia de donde tenía que apearse.

El condado de Maycomb era su hogar, una circunscripción de unos ciento doce kilómetros de longitud y casi cincuenta en su punto más ancho; un desierto salpicado de diminutos asentamientos, el mayor de los cuales era Maycomb, la sede del estado. Hasta una época comparativamente reciente en su historia, el condado de Maycomb estaba tan apartado del resto de la nación que algunos de sus ciudadanos, ignorantes de las predilecciones políticas del Sur en los últimos noventa años, seguían votando a los republicanos. No llegaba ningún tren hasta allí... Empalme de Maycomb (un título de cortesía, pues estaba ubicado en el condado de Abbott, a treinta kilómetros de distancia). El servicio de autobuses era impredecible y parecía no llevar a ninguna parte, pero el gobierno federal había obligado a construir una o dos carreteras que atravesaban los pantanos, dando así a los ciudadanos una oportunidad para salir y entrar libremente. Pero pocas personas aprovechaban las carreteras, y ¿por qué iban a hacerlo? Si no querías mucho, había suficiente.

El condado y la ciudad llevaban el nombre de un tal coronel Mason Maycomb, un hombre con una malentendida confianza en sí mismo y una tozudez que resultaron calamitosas para todos los que fueron con él a las guerras contra los indios creek. El territorio donde él operaba apenas tenía colinas en el norte y era plano en el sur, en los extremos de la llanura costera. El coronel Maycomb, convencido de que los indios odiaban luchar en terreno llano, rastreó la parte noreste del territorio buscándolos. Cuando su general descubrió que Maycomb estaba deambulando en las colinas mientras los creek acechaban detrás de cada bosque de pinos en el sur, envió a un guía indio amigo hasta Maycomb con el mensaje: *Muévase al sur, maldita sea*. Maycomb estaba convencido de que aquello era un ardid de los creek para atraparlo (¿acaso no era un diablo pelirrojo de ojos azules el que los guiaba?), hizo prisionero al guía indio y avanzó más hacia el norte hasta que sus tropas quedaron perdidas sin esperanza en el bosque virgen, quedándose sin participar en las guerras, para desconcierto de todos.

Cuando hubieron pasado suficientes años para convencer al coronel Maycomb de que el mensaje podría haber sido genuino después de todo, comenzó una marcha hacia el sur, y por el camino sus tropas se encontraron con colonos que avanzaban tierra adentro, quienes les dijeron que las guerras indias habían terminado. Las tropas y los colonos establecieron tal amistad que llegaron a ser los antepasados de Jean Louise Finch. El coronel Maycomb siguió adelante hasta lo que es ahora Mobile para asegurarse de que sus hazañas recibieran el mérito debido. La versión oficial de la historia no coincide con la verdad, pero estos son los hechos, porque así los transmitieron a lo largo de los años, y cada habitante de Maycomb los conoce.

—... sus maletas, señorita —dijo el revisor.

Jean Louise le siguió desde el vagón restaurante hasta su compartimento. Sacó dos dólares de la cartera: uno por rutina y otro por haberla liberado la noche anterior. El tren, por supuesto, pasó como un rayo por la estación y logró detenerse cuatrocientos metros después. Entonces apareció el maquinista sonriendo y dijo que lo lamentaba, que casi se le olvidaba. Jean Louise le devolvió la sonrisa y esperó con impaciencia a que el revisor pusiera en su lugar el peldaño amarillo. Él la ayudó a bajar y ella le dio los dos billetes.

Su padre no la estaba esperando.

Miró por la vía hacia la estación y vio sobre la diminuta plataforma a un hombre alto en pie, que se bajó de un salto y corrió hacia ella.

Le dio un abrazo de oso, la retiró de él, la besó con fuerza en la boca y después la besó suavemente.

—Aquí no, Hank —murmuró, muy contenta.

—Calla, muchacha —dijo él, levantándole la barbilla—. Te besaré en las escaleras del edificio del juzgado si quieres.

Quien ostentaba el derecho a besarla en las escaleras del edificio del juzgado era Henry Clinton, su amigo de toda la vida, el camarada de su hermano y, si seguía besándola de ese modo, su esposo. «Ama a quien quieras pero cásate con los de tu rango» era un dicho que llegaba a ser instinto en su interior. Henry Clinton era del rango de Jean Louise, que ya no consideraba el dicho particularmente duro.

Fueron caminando agarrados del brazo por la vía para recoger la maleta.

—¿Cómo está Atticus? —preguntó ella.

—Hoy está con los espasmos de manos y hombros.

—No puede conducir cuando está así, ¿verdad?

Henry cerró hasta la mitad los dedos de la mano derecha y dijo:

—Solo puede cerrarlos hasta aquí. La señorita Alexandra tiene que atarle los zapatos y los botones de la camisa cuando está así. Ni siquiera puede sostener la maquinilla de afeitar.

Jean Louise negó con la cabeza. Era demasiado adulta para quejarse contra la injusticia de la situación, pero era demasiado joven para aceptar la enfermedad incapacitante de su padre sin mostrar resistencia.

—¿No hay nada que se pueda hacer?

—Sabes que no —dijo Henry—. Se toma cuatro gramos de aspirina al día, eso es todo.

Henry levantó la pesada maleta y fueron caminando hacia el auto. Ella se preguntaba cómo se comportaría cuando le llegara el momento de sentir dolor día a día. No como Atticus: si le preguntabas cómo se encontraba, te lo decía, pero nunca se quejaba; su ánimo se mantenía impasible, de modo que para descubrir cómo se sentía había que preguntarle.

Henry lo descubrió casi por accidente. Un día, cuando estaban en el depósito de registros del juzgado buscando un título de propiedad, Atticus iba acarreando un pesado libro de hipotecas, se puso totalmente blanco y lo dejó caer.

—¿Qué sucede? —había preguntado Henry.

—Artritis reumatoide. ¿Puedes recogerlo por mí? —dijo Atticus.

Henry le preguntó desde cuándo tenía la enfermedad y Atticus le respondió que desde hacía seis meses. ¿Lo sabía Jean Louise? No. Entonces sería mejor que él se lo dijera.

—Si se lo dices, volverá e intentará cuidarme. El único remedio para esto es no permitir que pueda contigo.

El tema quedó zanjado.

—¿Quieres conducir?

—No seas tonto —le contestó ella.

Aunque era una conductora decente, aborrecía tener que manejar cualquier cosa mecánica que fuera más complicada que un imperdible. Plegar una tumbona se le convertía en una fuente de profunda irritación; nunca había aprendido a montar en bicicleta ni a escribir a máquina; pescaba con un palo. Su juego favorito era el golf porque sus principios esenciales consistían en un palo, una pequeña pelota y una actitud mental.

Con una terrible envidia, observaba la maestría sin esfuerzo que Henry demostraba para manejar el automóvil. Ella veía los autos como sus sirvientes.

—¿Dirección asistida? ¿Transmisión automática? —preguntó.

—Así es.

—Bueno, y si todo se apagara y no tuvieras ninguna marcha que cambiar, entonces tendrías problemas, ¿no es cierto?

—Pero no se apagará.

—¿Cómo lo sabes?

—Ahí entra la fe. Ven aquí.

Fe en General Motors. Ella reposó la cabeza sobre su hombro.

—Hank —le dijo—, ¿qué es lo que sucedió en realidad?

Esa era una vieja broma entre ellos. Una cicatriz rosada comenzaba debajo del ojo derecho, tocaba el borde de la nariz y corría en diagonal cruzando el labio superior. Bajo el labio tenía seis dientes postizos que ni siquiera Jean Louise podía conseguir que se quitara y se los mostrara. Hank había vuelto a casa de la guerra con ellos puestos. Un alemán, más para expresar su desagrado al final de la guerra que cualquier otra cosa, le había golpeado en la cara con la culata de un rifle. Jean Louise había decidido dar visos de probabilidad: con pistolas que disparaban sobre el horizonte, B-17, bombas V y similares, Henry probablemente no había estado ni siquiera a la distancia de un escupitajo de los alemanes.

—Muy bien, cariño —dijo él—. Estábamos metidos en una bodega en Berlín. Todo el mundo había bebido demasiado y comenzó una pelea… porque quieres que te cuente algo creíble, ¿verdad? ¿Te casarás conmigo ahora?

—Todavía no.

—¿Por qué?

—Quiero ser como el doctor Schweitzer y seguir con la música hasta que llegue a los treinta.

—Él tocaba bien —dijo Henry sonriendo.

Jean Louise se revolvió bajo su brazo.

—Ya sabes lo que quiero decir —afirmó ella.

—Sí.

La gente de Maycomb decía que no había joven tan bueno como Henry Clinton. Jean Louise estaba de acuerdo. Henry era del extremo sur del condado. Su padre había abandonado a su madre poco después de que naciera, y ella trabajaba día y noche en su tiendecita del cruce para que Henry pudiera estudiar en la escuela pública de Maycomb. Henry, desde que tenía doce años, vivía enfrente de la casa de los Finch, y eso por sí solo le situaba en un plano superior: era dueño de sí mismo, libre de la autoridad de cocineras, jardineros y padres. También era cuatro años mayor que ella, lo cual suponía una gran diferencia en aquel entonces. Él se burlaba de ella; ella le adoraba. Cuando Henry tenía catorce años murió su madre, y no le dejó casi nada. Atticus Finch se ocupó del poco dinero que se obtuvo de la venta de la tienda (los gastos de su funeral se llevaron la mayor parte), lo complementaba sin que nadie lo supiera con su propio dinero, y le consiguió un empleo a

Henry después de las clases como dependiente en Jitney Jungle. Se graduó y se alistó en el ejército, y después de la guerra fue a la universidad y estudió Derecho.

Más o menos por aquel tiempo, el hermano de Jean Louise cayó muerto súbitamente un día, y después de que terminara la pesadilla de todo aquello, Atticus, que siempre había pensado en dejarle su bufete a su hijo, buscó a otro joven. Le pareció natural que ese joven fuera Henry, y a su debido tiempo se convirtió en el apoyo de Atticus, en sus ojos y sus manos. Henry siempre había respetado a Atticus Finch; poco después, el respeto se transformó en afecto, y le consideraba un padre.

Pero no consideraba una hermana a Jean Louise. En los años en que estuvo fuera en la guerra y en la universidad, ella había pasado de ser una criatura que vestía pantalones, andaba malhumorada y lanzaba la goma de mascar como si fuera una honda, a ser un facsímil aceptable de ser humano. Comenzó a salir con ella en las visitas de dos semanas anuales que ella hacía a su casa, y aunque seguía teniendo las maneras de un muchacho de trece años y renegaba de la mayoría de adornos y complementos femeninos, él veía algo tan intensamente femenino en ella que se enamoró. Era fácil mirarla y era fácil estar con ella la mayor parte del tiempo, aunque no era, en ningún sentido de la palabra, una persona fácil. Estaba afligida por una inquietud de espíritu que él no podía entender, pero sabía que ella era la mujer idónea para él. La protegería, se casaría con ella.

—¿Cansada de Nueva York? —le preguntó.

—No.

—Dame carta blanca durante estas dos semanas y yo haré que te canses de esa ciudad.

—¿Me estás haciendo una proposición deshonesta?

—Sí.

—Entonces, vete al infierno.

Henry detuvo el automóvil. Apagó la llave de arranque, se giró y la miró. Ella sabía cuándo él hablaba en serio sobre algo: el cabello rapado se le erizaba como un cepillo, la cara adquiría más color y la cicatriz se le enrojecía.

—Cariño, ¿quieres que lo exprese como un caballero? Señorita Jean Louise, he llegado a una situación económica que permite el sostén de dos personas. Yo, como el Israel de la antigüedad, he trabajado por ti siete años en los viñedos de la universidad y en los pastos de la oficina de tu padre…

—Le diré a Atticus que sean otros siete.

—Qué mala eres.

—Además —dijo ella—, ese fue Jacob. No, Israel y Jacob eran el mismo. Siempre cambiaban de nombre cada tres versículos. ¿Cómo está la tía?

—Sabes perfectamente que lleva treinta años en un estado perfecto. No cambies de tema.

Jean Louise movió las cejas.

—Henry —le dijo remilgadamente—, tendré una aventura contigo pero sin casarme.

Exactamente.

—¡Maldita sea, no me seas cría, Jean Louise! —espetó Henry y, olvidando las últimas dispensas de General Motors, agarró la palanca de cambio y pisó el embrague. No respondieron, giró la llave de arranque violentamente, presionó algunos botones y el gran automóvil se deslizó lenta y suavemente por la carretera.

—Una camioneta lenta, ¿no? —observó ella—. No sirve para conducir por la ciudad.

Henry la fulminó con la mirada.

—¿A qué te refieres?

Un minuto más y aquello se convertiría en una pelea. Él estaba serio. Era una buena idea enfurecerlo y estar un rato callados, para así poder pensar.

—¿De dónde sacaste esa horrible corbata? —le preguntó.

Hasta ahí llegó.

Estaba casi enamorada de él. «No, eso es imposible», pensaba. «O estás enamorada o no. El amor es lo único de este mundo que es inequívoco. Hay diferentes clases de amor, pero en todas se está o no se está enamorada».

Ella era del tipo de persona que, cuando se ve ante una salida fácil, siempre toma el camino difícil. La salida fácil de esta situación sería casarse con Hank y dejar que él trabajara para mantenerla. Después de algunos años, cuando los niños le llegaran a la cintura, aparecería el hombre con quien debería haberse casado en un principio. Habría examen de los corazones, fiebres y preocupaciones, largas miradas entre ellos en las escaleras de la oficina de correos, y desdicha para todos. Cuando el griterío y la nobleza de pensamientos hubieran terminado, lo único que quedaría sería otra pequeña aventura deslucida al estilo del club de campo de Birmingham, y un infierno privado de construcción propia con los últimos aparatos electrónicos de la marca Westinghouse. Hank no se merecía eso.

No. Por el momento, ella seguiría por el espinoso sendero de la soltería. Se propuso restaurar la paz con honor:

—Cariño, lo siento, de verdad que lo siento —afirmó, y así era.

—Está bien —dijo Henry, y le dio una palmadita en la rodilla—. Es que a veces me dan ganas de matarte.

—Sé que soy muy mala.

Henry se la quedó mirando.

—Eres extraña, amor. No puedes disimularlo.

Ella le miró.

—¿De qué estás hablando?

—Bueno, por regla general, la mayoría de las mujeres, antes de encontrarse con su hombre, se presenta ante él sonriendo y con expresión pacífica. Oculta sus pensamientos. Ahora bien, cuando tú te sientes mal, cariño, *eres* mala.

—¿No es más justo para el hombre poder ver en qué se está metiendo?

—Sí, pero ¿no ves que nunca tendrás pareja de esa manera?

Ella se mordió la lengua ante lo obvio y preguntó:

—¿Y cómo lo hago para ir por ahí de seductora?

Henry se aplacó. Tenía treinta años y se dedicaba a dar consejos. Quizá porque era abogado.

—Primero —dijo sin pasión—, controla la lengua. No discutas con un hombre, sobre todo cuando sabes que puedes superarle. Sonríe mucho. Haz que se sienta grande. Dile lo maravilloso que es, y espera a que él hable.

Ella mostró una sonrisa radiante y dijo:

—Hank, estoy de acuerdo con todo lo que has dicho. Eres el individuo más perspicaz que he conocido en años, mides uno noventa y cuatro y ¿puedo darte fuego para el cigarrillo? ¿Qué tal así?

—Horrible.

Volvían a ser amigos.

2

Atticus Finch se subió el puño izquierdo de la camisa, y después con cuidado volvió a bajárselo. Faltaban veinte minutos para las dos. Algunos días llevaba dos relojes: este día llevaba dos, un antiguo reloj de bolsillo con cadena con el que sus hijos habían dado sus primeros pasos, y un reloj de muñeca. El primero era por costumbre, el segundo lo utilizaba para mirar la hora cuando no podía mover los dedos lo suficiente para sacar su reloj de bolsillo. Siempre había sido un hombre muy alto, y la artritis le había reducido a una altura media. El mes anterior había cumplido los setenta y dos, pero Jean Louise siempre pensaba que andaba por los cincuenta... no podía recordarlo más joven, y él parecía no envejecer.

Delante del sillón en el que estaba sentado había un atril de metal para partituras, y en él reposaba *El extraño caso de Alger Hiss*. Atticus se inclinó un poco hacia adelante, que era el síntoma más claro de que desaprobaba lo que estaba leyendo. Un extraño simplemente habría observado molestia en la cara de Atticus, pues él raras veces la expresaba; un amigo, sin embargo, estaría a la espera de un inminente seco: «Humm». Tenía las cejas levantadas y su boca dibujaba una agradable y fina línea.

—Humm —dijo.

—¿Qué pasa, querido? —preguntó su hermana.

—No entiendo cómo un hombre como este puede tener el atrevimiento de dar sus puntos de vista sobre el caso Hiss. Es como ver a Fenimore Cooper escribiendo las novelas de Waverley.

—¿Por qué, querido?

—Tiene una fe infantil en la integridad de los servidores civiles y parece pensar que el Congreso corresponde a su aristocracia. No entiende en absoluto la política americana.

Su hermana miró la tapa polvorienta del libro.

—No estoy familiarizada con el autor —afirmó, condenando así el libro para siempre—. Bueno, no te preocupes, querido. ¿No deberían haber llegado ya?

—No me preocupo, Zandra. —Atticus miró a su hermana con expresión alegre.

Ella era una mujer imposible, pero suponía un escenario mejor que tener a Jean Louise en casa sintiéndose desgraciada permanentemente. Cuando su hija se sentía desgraciada andaba nerviosa de un sitio para otro, y a Atticus le gustaba que sus mujeres estuvieran relajadas, y que no se dedicaran a vaciar ceniceros sin parar.

Escuchó que un automóvil entraba en el sendero, oyó cerrarse dos de sus puertas y después oyó la puerta principal. Con cuidado, apartó el atril musical con el pie, hizo un vano intento de levantarse del hondo sillón sin utilizar las manos, lo logró a la segunda y, justo cuando conseguía el equilibrio, Jean Louise se abalanzó sobre él. Sufrió su abrazo y lo devolvió lo mejor que pudo.

—Atticus...

—Lleva su maleta al dormitorio, por favor, Hank —indicó Atticus por encima del hombro de ella—. Gracias por ir a buscarla.

Jean Louise besó a su tía sin llegar a tocarla con los labios, sacó un paquete de cigarrillos de su bolsa y lo lanzó al sofá.

—¿Qué tal el reuma, tía?

—Mejor, cariño.

—¿Atticus?

—Mejor, cariño. ¿Tuviste un buen viaje?

—Sí, señor.

Se desplomó en el sofá. Hank regresó de sus tareas, le dijo que se apartara y se sentó a su lado. Jean Louise bostezó y se estiró.

—¿Qué noticias hay? —preguntó—. Lo único que consigo en estos días es leer entre líneas en el *Maycomb Tribune*. Tú nunca me escribes nada.

—Ya te enteraste de la muerte del muchacho del primo Edgar —dijo Alexandra—. Fue algo terriblemente triste.

Jean Louise vio que Henry y su padre intercambiaban miradas. Atticus dijo:

—Un día regresó tarde después del entrenamiento, acalorado, y asaltó la heladera de los Kappa Alpha. También se comió una docena de plátanos y los bañó con casi medio litro de *whisky*. Una hora después estaba muerto. No tuvo nada de triste.

—Vaya —dijo Jean Louise.

—¡*Att*icus! —espetó Alexandra—. Era el pequeño de Edgar.

—*Fue* horrible, señorita Alexandra —dijo Henry.

—¿Te sigue cortejando el primo Edgar, tía? —preguntó Jean Louise—. Yo diría que después de once años ya debería pedirte que te cases con él.

Atticus levantó las cejas como advertencia. Veía cómo el demonio de su hija aparecía y la dominaba: tenía las cejas alzadas, como él, estaban elevadas y los ojos como bolas bajo sus párpados pesados, y una de las comisuras de su boca se elevaba de manera peligrosa. Cuando ella tenía esa expresión, solamente Dios y Robert Browning sabían lo que ella podría estar a punto de decir. Su tía protestó:

—En serio, Jean Louise, Edgar es primo hermano de tu padre y mío.

—A estas alturas del partido, no debería significar mucha diferencia, tía.

—¿Cómo está la gran ciudad? —preguntó Atticus rápidamente.

—Ahora mismo prefiero saber cosas de esta gran ciudad. Ustedes dos nunca me escriben nada de lo que pasa. Tía, confío en ti para que me resumas las noticias de un año en quince minutos.

Dio unas palmaditas en el brazo a Henry, más que nada para evitar que comenzara una conversación de negocios con Atticus. Henry lo interpretó como un gesto de afecto y se lo devolvió.

—Bueno... —dijo Alexandra—. Bien, debes de haber oído de los Merriweather. Eso sí que fue muy triste.

—¡¿Qué sucedió?!

—Se han apartado.

—¿Qué? —expresó Jean Louise con genuino asombro—. ¿Quieres decir que se han separado?

—Sí —afirmó con la cabeza su tía.

Ella se giró hacia su padre.

—¿Los Merriweather? ¿Cuánto tiempo llevaban casados?

Atticus miró al techo, recordando. Era un hombre preciso.

—Cuarenta y dos años —dijo—. Yo estuve en su boda.

—Notamos que algo andaba mal cuando asistían a la iglesia y se sentaban en extremos opuestos de la sala —observó Alexandra.

—Se miraban con mala cara un domingo tras otro... —dijo Henry.

—Y lo siguiente fue que acudieron a mi oficina pidiéndome que les arreglara el divorcio —afirmó Atticus.

—¿Lo hiciste? —Jean Louise miró a su padre.

—Lo hice.

—¿Con qué justificación?

—Adulterio.

Jean Louise negó con la cabeza, asombrada. «Señor», pensó, «debe de haber algo en el agua...».

La voz de Alexandra interrumpió sus pensamientos.

—Jean Louise, ¿has venido en el tren de esa manera?

Al pillarla fuera de guardia, fue necesario un momento para que ella imaginara lo que su tía quería decir con «de esa manera».

—Ah, sí... —dijo—, pero espera un momento, tía. Salí de Nueva York con medias, guantes y zapatos. Me puse esta ropa después de pasar Atlanta.

Su tía inspiró con fuerza.

—Me gustaría que esta vez intentaras vestirte mejor mientras estés en casa. La gente en la ciudad tiene una impresión equivocada de ti. Creen que eres... eh... de barrio pobre.

Jean Louise tuvo un sentimiento de desasosiego. La Guerra de los Cien Años había progresado aproximadamente hasta su vigesimosexto año sin señal de poco más que periodos de inquieta tregua.

—Tía —le dijo—, he venido a casa para pasarme dos semanas sentada sin más, así de claro y sencillo. Ni sé si saldré alguna vez de la casa todo este tiempo. Me estrujo el cerebro durante todo el año...

Se levantó y fue hacia la chimenea, miró furiosa la repisa de la chimenea y se dio la vuelta.

—Si la gente de Maycomb no tiene una impresión, tendrá otra. Sin duda, no están acostumbrados a verme vestida elegantemente —su voz se volvió más paciente—. Mira, si de repente me presentara ante ellos vestida de esa manera, dirían que me he convertido en una neoyorquina. Ahora llegas tú y dices que creen que no me importa lo que piensan cuando voy por ahí con pantalones. Dios mío, tía, Maycomb sabe que no he llevado puesta otra cosa que no sea overol hasta que comencé a hacer el curso...

Atticus se olvidó de sus manos. Se inclinó para atarse perfectamente los cordones de los zapatos y se incorporó con la cara enrojecida pero sería.

—Ya basta, Scout —dijo—. Discúlpate con tu tía. No comiences una pelea el primer minuto en que estás en casa.

Jean Louise sonrió a su padre. Cuando mostraba desaprobación, él siempre retomaba el apodo de su niñez. Ella dio un suspiro.

—Lo siento, tía. Lo siento, Hank. Me siento oprimida, Atticus.

—Entonces regresa a Nueva York y siéntete desinhibida.

Alexandra se puso de pie y alisó las diversas arrugas de su vestido que recorrían su cuerpo de arriba abajo.

—¿Has comido algo en el tren?

—Sí —mintió ella.

—Entonces, ¿qué te parece un café?

—Por favor.

—¿Hank?

—Sí, señora, gracias.

Alexandra salió de la habitación sin preguntar a su hermano.

—¿Aún no has aprendido a beber café? —preguntó Jean Louise.

—No —dijo su padre.

—¿El *whisky* tampoco?

—No.

—¿Cigarrillos y mujeres?

—No.

—¿Tienes algo con lo que divertirte?

—Me las arreglo.

Jean Louise hizo con sus manos un agarre de golf.

—¿Cómo va? —preguntó.

—No es asunto tuyo.

—¿Todavía puedes manejar un palo de golf?

—Sí.

—Solías hacerlo bastante bien para ser un ciego.

—No le pasa nada a mis... —afirmó Atticus.

—Nada, excepto que no ves.

—¿Te importaría demostrar esa afirmación?

—No, señor. Mañana a las tres, ¿está bien?

—Sí... no. Tengo una reunión. ¿Qué tal el lunes? Hank, ¿tenemos alguna cosa para el lunes en la tarde?

Hank se movió en su asiento.

—Nada salvo esa hipoteca a la una. No debería tomarnos más de una hora.

—Soy tu hombre, entonces —dijo Atticus a su hija—. A juzgar por tu expresión, doña Remilgada, será el ciego que guía a otro ciego.

Al lado de la chimenea, Jean Louise había agarrado un viejo palo de golf ennegrecido con el asta de madera, que había realizado durante años una doble función como atizador. Vació el contenido de una estupenda escupidera antigua, pelotas de golf, la volcó, lanzó las pelotas de golf al medio del salón, y estaba volviendo a meterlas dentro del escupidero cuando su tía entró de nuevo llevando en sus manos una bandeja de café, tazas y platos, y también pastel.

—Entre tu padre, tú y tu hermano —dijo Alexandra—, esta alfombra es una vergüenza. Hank, cuando llegué aquí para ocuparme de la casa, lo primero que hice fue que la tiñeran de color tan oscuro como fuera posible. ¿Recuerdas cómo se veía? Vaya, había un rastro oscuro desde aquí hasta la chimenea que no se pudo eliminar con nada...

—Lo recuerdo, señora —afirmó Hank—. Me temo que yo también contribuí a ello.

Jean Louise devolvió el palo de golf a su lugar, al lado de las pinzas de chimenea, recogió las pelotas de golf y las lanzó a la escupidera. Se sentó en el sofá y observó cómo Hank lo ponía todo de nuevo en su sitio. «Nunca me canso de verlo moverse», pensó ella.

Él se sentó, se bebió una taza de café negro hirviendo a una velocidad alarmante y dijo:

—Señor Finch, será mejor que me vaya.

—Espera un momento y me iré contigo —dijo Atticus.

—¿Lo desea, señor?

—Sin duda. Jean Louise —dijo de repente—, ¿cuánto de lo que sucede por aquí llega a los periódicos?

—¿Te refieres a la política? Bueno, cada vez que el gobernador comete una indiscreción llega a los tabloides, pero, aparte de eso, nada.

—Me refiero a las propuestas de la Corte Suprema con afán de inmortalizarse.

—Ah, eso. Bueno, si lees el *Post*, los linchamos para el desayuno; al *Journal* no le importa; y el *Times* está tan inmerso en su compromiso con la posteridad que te mata de aburrimiento. No le he prestado ninguna atención salvo por las huelgas de autobús y ese asunto de Mississippi. Atticus, el estado no va a conseguir una condena en ese caso, fue nuestra peor metedura de pata desde el Asalto de Pickett.

—Sí, lo fue. Supongo que los periódicos le sacaron tajada, ¿no?

—Se volvieron locos.

—¿Y la Asociación Nacional para el Avance de la Gente de Color?

—No sé nada de ese grupo salvo que algún obrero mal informado me envió unos sellos de Navidad de la NAACP el año pasado, así que los puse todos en las tarjetas que envié a casa. ¿Recibió la suya el tío Edgar?

—Sí, y también hizo algunas sugerencias respecto a lo que yo debería hacer contigo —dijo sonriendo.

—¿Como qué?

—Que debería ir a Nueva York, agarrarte por el cabello y darte unos azotes. Edgar nunca te ha aprobado, dice que eres demasiado independiente...

—Nunca tuvo sentido del humor ese viejo y pomposo bagre. Eso es precisamente lo que él es: bigotes y boca de bagre. Creo que piensa que si vivo sola en Nueva York automáticamente estoy viviendo en pecado.

—Se reduce a eso —dijo Atticus. Se levantó apoyándose en el brazo del sillón e indicó a Henry que fueran saliendo. Henry se volvió a Jean Louise.

—¿A las siete y media, cariño?

Ella asintió y después miró a su tía por el rabillo del ojo.

—¿Está bien si me pongo mis pantalones?

—No, señorita.

—Bien por ti, Hank —afirmó Alexandra.

3

No había duda al respecto: se mirase como se mirase, Alexandra Finch Hancock era imponente; su trasero no era menos firme y sólido que su delantera. Jean Louise se había preguntado con frecuencia, pero sin expresarlo, dónde compraba los corsés. Hacían que su seno se elevara hasta grandes alturas, reducían su cintura, destacaban su parte trasera y lograban sugerir que en otro tiempo la tía Alexandra tuvo muy buena figura.

De todos sus parientes, la hermana de su padre era la que más cerca estaba de ser una irritación permanente para Jean Louise. Alexandra nunca había sido intencionadamente desagradable con ella... nunca había sido desagradable con ninguna criatura viviente, excepto con los conejos que se comían sus azaleas, en las que ponía veneno... pero en su día, a su manera, le había complicado mucho la vida a Jean Louise. Ahora que Jean Louise era adulta, nunca habían sido capaces de mantener una conversación de quince minutos sin presentar puntos de vista irreconciliables, que serían estimulantes en amistades, pero que en una relación de parentesco producían solamente una cordialidad incómoda. Había muchas cosas de su tía que a Jean Louise le encantaban secretamente cuando había medio continente de por medio, y que al estar cerca eran ásperas y desagradables, y que se contrarrestaban después de que Jean Louise examinara los motivos de su tía. Alexandra era una de esas personas que había pasado por la vida sin que le costara nada; si se hubiera visto obligada a pagar cualquier factura emocional durante su vida en la tierra, Jean Louise podía imaginarla deteniéndose en el mostrador de entrada del cielo y exigiendo una devolución.

Alexandra había estado casada treinta y tres años; si eso había causado alguna impresión en ella en un sentido u otro, nunca lo demostró. Tenía un hijo consentido, Francis, quien, según la opinión de Jean Louise, se parecía a un caballo y se comportaba como tal, y hacía mucho que se había ido de Maycomb en busca de la fama de la venta de seguros en Birmingham. Tanto mejor.

Alexandra había estado, y seguía estando, técnicamente casada con un hombre muy apacible llamado James Hancock, que dirigía con gran precisión un almacén algodonero seis días por semana y se dedicaba a la pesca el séptimo. Un domingo hacía quince años, envió un mensaje a su esposa por medio de un muchacho negro de su campamento de pesca en el río Tensas diciendo que se quedaba allí y que no regresaría. Una vez confirmado que no estaba implicada ninguna otra mujer, a Alexandra no pudo importarle menos. Francis decidió que esa era la cruz que tenía que soportar en vida; nunca entendió por qué el tío Atticus mantenía una excelente relación, aunque remota, con su padre. Francis pensaba que

Atticus debería haber hecho algo; y tampoco entendía que su madre no estuviera postrada a causa de la conducta excéntrica, y por lo tanto imperdonable, de su padre. El tío Jimmy se enteró de la actitud de Francis y envió otro mensaje desde el bosque diciendo que estaba listo y dispuesto a encontrarse con él si quería ir y pegarle un tiro, pero nunca lo hizo. Finalmente, llegó a Francis un tercer comunicado que decía: *Si no quieres venir como un hombre, cállate.*

La deserción del tío Jimmy no causó un efecto dominó en el insulso horizonte de Alexandra: las meriendas de su Sociedad Misionera seguían siendo las mejores de la ciudad; aumentaron sus actividades en los tres clubes culturales de Maycomb; mejoró su colección de vasos de leche cuando Atticus hizo palanca para que el tío Jimmy soltara dinero; en pocas palabras, ella despreciaba a los hombres y florecía en su presencia. Que su hijo hubiera desarrollado todas las características propias de un billete de tres dólares era algo de lo que no llegaba a enterarse... lo único que ella sabía era que se alegraba de que él viviera en Birmingham, porque la adoraba de una manera asfixiante, lo cual significaba que se sentía obligada a hacer un esfuerzo para corresponderle, y eso no le salía de dentro.

Sin embargo, para todas las partes presentes y participantes en la vida del condado, Alexandra era la última de su especie: tenía modales de yate fluvial y de internado de señoritas; si se suscitaba alguna cuestión de moral, ella la defendía; especializada en la desaprobación de lo que fuera, era una chismosa incurable.

Cuando Alexandra iba a la escuela, el concepto de poner en duda las propias conclusiones no se encontraba en ningún libro de texto, de modo que ella no conocía su significado.

Nunca estaba aburrida, y ante esa remota posibilidad, ella ejercía su prerrogativa real: organizaba, aconsejaba, advertía y prevenía.

Era totalmente inconsciente de que con solo mover la lengua podía hacer que Jean Louise se sumergiera en un torbellino moral, logrando que su sobrina dudara de sus propios motivos y sus mejores intenciones, tensando las cuerdas de pequeña burguesa protestante de Jean Louise hasta que vibraban como una cítara fantasmagórica. Si Alexandra hubiera presionado alguna vez los puntos vulnerables de Jean Louise deliberadamente, podría haber añadido otro agujero a su cinturón, pero, después de años de estudio táctico, Jean Louise conocía a su enemigo. Aunque podía derrotarla, Jean Louise no había aprendido aún a reparar los estragos de sus ataques.

La última vez que tuvo una refriega con Alexandra fue cuando murió su hermano. Después del funeral de Jem, estaban las dos en la cocina limpiando los restos de los banquetes tribales que formaban parte del rito funerario en Maycomb. Calpurnia, la vieja cocinera de los Finch, que, cuando supo de la muerte de Jem, se había ido enseguida para no regresar. Alexandra atacaba como Aníbal.

—Creo, Jean Louise, que ahora es el momento de que regreses a casa. Tu padre te necesita mucho.

Por su larga experiencia, Jean Louise se enojó inmediatamente. Pensó: «Mientes. Si Atticus me necesitara, yo lo sabría. No puedo hacerte entender cómo lo sabría porque no puedo comunicarme contigo».

—¿Me necesita? —preguntó.

—Sí, querida. Seguro que lo entiendes. No debería tener que decírtelo.

«Dímelo. Déjalo claro. Ahí vas tú, abriéndote paso con tus pesados zapatos en nuestro territorio privado. Mira, él y yo ni siquiera hablamos de ello».

—Tía, si Atticus me necesita, tú sabes que me quedaré. En este momento me necesita tanto como un tiro en la cabeza. Los dos juntos aquí en esta casa seríamos desgraciados. Él lo sabe, yo lo sé. ¿No ves que, a menos que regresemos a lo que hacíamos antes de que esto sucediera, nuestra recuperación será mucho más lenta? Tía, no puedo hacer que lo entiendas, pero la única manera en que de verdad puedo cumplir con mi obligación con Atticus es haciendo lo que estoy haciendo: ganarme la vida sola y vivir mi propia vida. La única vez que Atticus me necesitará será cuando falle su salud, y no tengo que decirte qué haré entonces. ¿Es que no lo ves?

No, no lo veía. Alexandra veía lo que Maycomb veía: Maycomb esperaba que toda hija cumpliera con su obligación. La obligación de una hija única con su padre viudo después de la muerte de su único hijo estaba clara: Jean Louise debía regresar y vivir con Atticus; eso era lo que hacía una hija, y la que no lo hacía no era una hija.

—Puedes conseguir un empleo en el banco e ir a la costa los fines de semana. Hay ahora una gente muy agradable en Maycomb; muchos jóvenes nuevos. Te gusta pintar, ¿no?

«Te gusta pintar». ¿Qué demonios pensaba Alexandra que hacía con sus tardes en Nueva York? Lo mismo que el primo Edgar, probablemente. Liga de Alumnos de Arte cada noche de la semana a las ocho. Hacía bocetos de señoritas, pintaba acuarelas, escribía breves párrafos de prosa imaginativa. Para Alexandra, había una diferencia distinta y desagradable entre alguien que pinta y un pintor, entre alguien que escribe y un escritor.

—... hay muchas vistas bonitas en la costa, y tendrás libres los fines de semana.

«Dios mío. Me agarra cuando estoy a punto de desquiciarme y me organiza la vida para siempre. ¿Cómo puede ser su hermana y no tener ni la más remota idea de lo que pasa por la cabeza de él, por mi cabeza, por la cabeza de cualquiera? Oh Señor, ¿por qué no nos diste lenguas que pudieran explicar a la tía Alexandra?».

—Tía, es fácil decirle a alguien lo que tiene que hacer...

—Pero muy difícil conseguir que lo haga. Esa es la causa de la mayoría de problemas en este mundo, personas que no hacen lo que se les dice.

Estaba decidido, definitivamente. Jean Louise se quedaría en casa. Alexandra se lo diría a Atticus, y eso le haría ser el hombre más feliz del mundo.

—Tía, no me voy a quedar en casa, y si lo hiciera, Atticus sería el hombre más triste del mundo... pero no te preocupes, Atticus lo entiende perfectamente, y estoy segura de que cuando tú empieces, se lo harás entender a Maycomb.

De repente, el cuchillo entró hasta el fondo:

—Jean Louise, ¡tu hermano estuvo preocupado por tu inconsciencia hasta el día que murió!

Era ya de noche y en este momento llovía suavemente sobre su lápida. «Nunca lo dijiste, nunca lo pensaste; si lo hubieras pensado, lo habrías dicho. Tú eras así. Descansa en paz, Jem».

La tía había frotado con sal la herida. «Soy una inconsciente, muy bien. Egoísta, terca, como demasiado y parezco el Libro de Oración Común de la iglesia. Señor, perdóname por no hacer lo que debería haber hecho y por hacer lo que no debería haber hecho... ah, demonios».

Regresó a Nueva York con una punzada en la conciencia que ni siquiera Atticus pudo calmar.

Eso sucedió hacía dos años, y desde entonces Jean Louise había dejado de preocuparse sobre lo inconsciente que era, y Alexandra la había desarmado realizando el único acto generoso de su vida: cuando se manifestó la artritis de Atticus, Alexandra se trasladó a vivir con él. Jean Louise sentía una humilde gratitud. Si Atticus conociera la decisión secreta tomada entre su hermana y su hija, nunca las habría perdonado. Él no necesitaba a ninguna, pero fue una idea excelente tener a alguien cerca para echarle un ojo, para abotonarle la camisa cuando no le obedecían sus dedos, y para dirigir su casa. Calpurnia lo había hecho hasta hacía seis meses, pero era tan vieja ya que Atticus hacía más tareas de la casa que ella, y la criada regresó a los Quarters con una honrosa jubilación.

—Yo lo hago, tía —dijo Jean Louise cuando Alexandra recogía las tazas del café. Se levantó y se estiró—. ¡Qué sueño te entra ahora!

—Solo estas pocas tazas —contestó Alexandra—. Puedo hacerlo en un minuto. Tú quédate donde estás.

Jean Louise se quedó donde estaba y miró el salón. Los viejos muebles quedaban bien en la casa nueva. Echó un vistazo hacia el comedor y vio en el aparador la pesada jarra de plata de su madre, las copas y la bandeja, brillando en contraste con el verde suave de la pared.

«Es un hombre increíble», pensó. «Un capítulo de su vida llega a su conclusión, Atticus derriba la vieja casa y construye una nueva en una nueva parte de la ciudad. Yo no podría hacerlo. Construyeron una tienda de helados donde estaba la vieja casa. Me pregunto quién la dirigirá».

Fue a la cocina.

—Bueno, ¿cómo va en Nueva York? —preguntó Alexandra—. ¿Quieres otra taza antes de que tire esto?

—Sí, por favor.

—A propósito, voy a organizar un café para ti el lunes en la mañana.

—¡*Tía*! —se quejó Jean Louise.

Los cafés eran algo típico de Maycomb. Se organizaban para las jóvenes que regresaban a casa. Exhibían a las muchachas a las 10:30 de la mañana con el propósito concreto de que las mujeres de su edad que se habían quedado en Maycomb las examinaran. En raras ocasiones se renovaban amistades de la niñez bajo tales condiciones.

Jean Louise había perdido el contacto con casi todas las personas con las que creció, y no tenía especial interés en descubrir a los compañeros de su adolescencia. Su época escolar fue la más desgraciada; no guardaba muchos sentimientos, más bien ninguno, con respecto a la universidad femenina donde había estudiado, y nada le desagradaba más que colocarse en medio de un grupo de personas que jugaran a «¿Te acuerdas de fulano y mengano?».

—Me horroriza la sola posibilidad de uno de esos cafés —dijo—, pero me encantaría.

—Eso me pareció, querida.

Una punzada de ternura recorrió su conciencia. Nunca podría agradecer lo suficiente a Alexandra que se hubiera mudado a vivir con Atticus. Se consideraba a sí misma una sinvergüenza por haber sido sarcástica con su tía, quien a pesar de sus corsés mostraba cierta indefensión, además de cierto refinamiento, que Jean Louise nunca tendría. «Ella *es* la última en su especie», pensó. Ninguna guerra había llegado a tocarla nunca, y había vivido tres; nada había agitado su mundo, donde los caballeros fumaban en el porche o en mecedoras, donde las señoras se abanicaban despacio y bebían agua fría.

—¿Cómo le va a Hank?

—Le va muy bien, querida. Ya sabes que el club Kiwanis le nombró Hombre del Año. Le entregaron un bonito pergamino.

—No, no lo sabía.

Hombre del Año por el club Kiwanis, que fue una innovación en Maycomb tras la guerra, por lo general significaba «joven que viaja por otros lugares».

—Atticus estaba muy orgulloso de él. Dice que no entiende aún la letra pequeña de los contratos, pero le va bien con los impuestos.

Jean Louise sonrió. Su padre decía que eran necesarios al menos cinco años para aprender a ejercer después de salir de la Facultad de Derecho: uno practicaba economía durante dos años, se aprendía el Alegato de Alabama durante otros dos, releía la Biblia y a Shakespeare el quinto. Entonces se estaba totalmente capacitado para soportar lo que fuera.

—¿Qué dirías si Hank se convirtiera en tu sobrino?

Alexandra dejó de secarse las manos con la toalla de la cocina. Se dio la vuelta y miró seriamente a Jean Louise.

—¿Lo dices en serio?

—Podría ser.

—No tengas prisa, cariño.

—¿Prisa? Tengo veintiséis, tía, y conozco a Hank desde siempre.

—Sí, pero…

—¿Qué pasa, no tiene tu aprobación?

—No es eso, es que… Jean Louise, salir con un muchacho es una cosa, pero casarte con él es otra. Debes tener en cuenta todas las cosas. El trasfondo de Henry…

—… es literalmente el mismo que el mío. Nos criamos juntos.

—Hay una tendencia a la bebida en esa familia…

—Tía, hay una tendencia a la bebida en todas las familias.

Alexandra irguió muy recta la espalda.

—No en la familia Finch.

—Tienes razón. Nosotros simplemente estamos todos locos.

—Eso es falso y tú lo sabes —dijo Alexandra.

—El primo Joshua estaba loco, no lo olvides.

—Sabes que le venía de la otra parte de la familia. Jean Louise, no hay muchacho más bueno en este condado que Henry Clinton. Él sería un adorable esposo para cualquier chica, pero…

—Pero estás diciendo que un Clinton no es lo bastante bueno para un Finch. Tía, cariño, ese tipo de cosas terminó con la Revolución Francesa, o comenzó con ella, no recuerdo bien qué fue antes.

—No estoy diciendo eso en absoluto. Es solo que deberías tener cuidado con estas cosas.

Jean Louise sonreía, sus defensas estaban revisadas y listas. Comenzaba otra vez. «Señor, ¿por qué dejé caer una pista siquiera? Podría haber empezado ella misma». La tía Alexandra, si se le daba la oportunidad, escogería alguna bonita y limpia vaca de muchacha de Wild Fork para Henry y daría a los muchachos su bendición. Ese era el lugar de Henry en la vida.

—Bueno, no sé cuánto cuidado se puede llegar a tener, tía. A Atticus le encantaría tener a Hank oficialmente con nosotros. Tú sabes que le gustaría muchísimo.

Sin duda. Atticus Finch había observado con benigna objetividad la delicada persecución que Henry había llevado a cabo con su hija, dando consejos cuando se los pedía, pero declinando totalmente implicarse.

—Atticus es un hombre. No sabe mucho de estas cosas.

A Jean Louise comenzaban a dolerle los dientes de tenerlos tan apretados.

—¿Qué cosas, tía?

—Mira, Jean Louise, si tuvieras una hija, ¿qué querrías para ella? Nada más que lo mejor, naturalmente. No pareces entenderlo, y la mayoría de personas de tu edad no parece... ¿qué pensarías si tu hija fuera a casarse con un hombre cuyo padre los abandonó a él y a su madre y murió borracho en las vías del tren en Mobile? Cara Clinton era un alma buena, y tuvo una vida triste, y fue una triste situación, pero tú piensas en casarte con el fruto de tal unión. Es algo muy serio.

Algo muy serio, sin duda. Jean Louise vio el destello de unos lentes con ribete dorado sobre una cara agria que miraba desde debajo de una peluca torcida, y dedo agitándose. Dijo:

«La cuestión, caballeros, es sobre el licor;
Si consejo me piden, aquí se lo doy:
Dice, estando ebrio, que la maltrataría,
¡Si lo emborrachamos, de dudas nos sacaría!».

A Alexandra no le pareció divertido. Estaba muy molesta. No podía comprender las actitudes de los jóvenes en estos tiempos. No es que necesitaran comprensión, pues los jóvenes eran iguales en todas las generaciones, era ese engreimiento, esa negativa a tomarse en serio las cuestiones más serias e importantes de sus vidas que le punzaba y le irritaba. Jean Louise estaba a punto de cometer el peor error de su vida, y le citaba como si nada a esos personajes de opereta, se burlaba de ella. Esa muchacha debería haber tenido una madre. Atticus la había dejado ser una salvaje desde que tenía dos años, y mira lo que había cosechado. Ahora necesitaba que la enderezasen, y que lo hicieran bien, antes de que fuera demasiado tarde.

—Jean Louise —le dijo—, me gustaría recordarte algunos hechos de la vida. No... —Alexandra extendió el brazo para indicar silencio—. Estoy bastante segura de que ya conoces esos hechos, pero hay algunas cosas que tú con tu ocurrente forma de ser no sabes, y por Dios bendito que voy a explicártelas. A pesar de tu vida en la ciudad, eres tan inocente como un huevo recién puesto. Henry no es y nunca será adecuado para ti. Nosotros los Finch no nos casamos con los hijos de gentuza pueblerina, que es exactamente lo que eran los padres de Henry cuando nacieron y lo que fueron toda su vida. No se les puede llamar nada mejor. El único motivo de que Henry sea como es ahora se debe a que tu padre lo tomó de la mano cuando era un muchacho, y porque llegó la guerra y pagó su educación. A pesar de lo buen muchacho que es, nadie le quitará esos modales de gentuza. ¿Has notado alguna vez cómo se chupa los dedos cuando come pastel? Gentuza. ¿Le has visto alguna vez toser sin taparse la boca? Gentuza. ¿Sabías que tuvo problemas con una chica en la universidad?

Gentuza. ¿No lo has visto meterse el dedo en la nariz cuando cree que nadie lo está mirando? Gentuza...

—Lo que tiene no son modales de gentuza, es lo propio de ser hombre, tía —dijo ella con voz suave.

Por dentro, hervía de enojo. Con unos minutos más, habría logrado volver a considerarlo con humor. «Ella nunca puede ser vulgar, como yo estoy a punto de serlo. Ella nunca puede ser común y corriente, como Hank y como yo. No sé lo que es ella, pero será mejor que no siga fastidiando o le daré algo en que pensar...».

—... y para colmo, piensa que puede labrarse un lugar en esta ciudad aprovechándose de los éxitos de tu padre. Esa es su idea, trata de ocupar el lugar de tu padre en la iglesia metodista, intenta quedarse con su bufete de abogado, recorre todo el país en su automóvil. Se comporta como si esta casa ya fuera de él, y ¿qué hace Atticus? Lo acepta, eso es lo que hace. Lo acepta y le encanta. Todo Maycomb habla de que Henry Clinton se está apoderando de todo lo que tiene Atticus...

Jean Louise dejó de recorrer con el dedo el borde de una taza mojada que estaba en el fregadero. Se sacudió el dedo y dejó caer al piso una gota de agua, y la frotó sobre el linóleo con el pie.

—Tía —dijo con tono cordial—, ¿por qué no vas y te meas en el sombrero?

El ritual que se llevaba a cabo las noches de los sábados entre Jean Louise y su padre era demasiado antiguo para romperlo. Jean Louise entraba en el salón y se quedaba de pie delante del sillón de él. Entonces se aclaraba la garganta.

Atticus dejaba a un lado el *Mobile Press* y la miraba. Ella se giraba lentamente.

—¿Voy bien abrochada? ¿Están rectas las costuras de las medias? ¿Tengo el tupé bajado?

—Las siete en punto y todo está bien —dijo Atticus—. Has dirigido palabras malsonantes a tu tía.

—No.

—Ella me ha dicho que sí.

—He sido áspera, pero no he dicho nada soez.

Cuando Jean Louise y su hermano eran niños, Atticus les había trazado una clara distinción entre la mera escatología y la blasfemia. Las primeras las podía soportar; pero odiaba meter a Dios en esas frases. Como resultado, Jean Louise y su hermano nunca maldecían en presencia de él.

—Ella me sacó de quicio, Atticus.

—No deberías habérselo permitido. ¿Qué le dijiste?

Jean Louise se lo dijo. Atticus hizo un gesto de dolor.

—Bueno, es mejor que hagas las paces con ella. Cariño, a veces arremete fuerte, pero es una buena mujer...

—Se trataba de Hank, y me puso furiosa.

Atticus era un hombre sabio, así que dejaron el tema.

El timbre de la puerta de los Finch era un instrumento místico; era posible descifrar el estado mental de quien lo tocaba. Cuando hizo ¡ding-dooong! Jean Louise supo que Henry estaba fuera tocando el timbre tan contento. Se apresuró a acudir a la puerta.

Pudo distinguir su agradable y remoto olor masculino cuando entró al vestíbulo, pero la crema de afeitar, el tabaco, su auto nuevo y sus libros polvorientos se disiparon ante el recuerdo de la conversación en la cocina. De repente, ella lo rodeó con sus brazos por la cintura y hundió la cabeza en su pecho.

—¿Y esto? —preguntó Henry con deleite.

—No tengo que darte explicaciones. Vámonos.

Henry asomó la cabeza por la esquina para mirar a Atticus en el salón.

—La traeré a casa temprano, señor Finch.

Atticus señaló en dirección a él con el periódico.

Cuando salieron y se alejaron en la noche, Jean Louise se preguntaba qué haría Alexandra si supiera que su sobrina estaba más cerca que nunca de casarse con alguien que era gentuza.

PARTE II

4

La ciudad de Maycomb, Alabama, debía su ubicación a la idea de un tal Sinkfield, quien, en los comienzos del condado, dirigía una posada donde dos senderos de cerdos salvajes se cruzaron, la única taberna en el territorio. El gobernador William Wyatt Bibb, con la intención de procurar la paz en el condado recién creado, envió a un equipo de supervisores para localizar su centro exacto y allí establecer su sede de gobierno. Si Sinkfield no hubiera hecho un audaz movimiento para preservar su propiedad, Maycomb habría estado situado en medio del pantano de Winston, un lugar totalmente carente de interés.

En cambio, Maycomb creció y se extendió desde su centro, la taberna de Sinkfield, porque él se ocupó de emborrachar una noche a esos huéspedes, los convenció para sacar sus mapas y sus planos, dibujar una pequeña curva allí, añadir otro poco allá y delinear el centro del condado para que se ajustara a lo que él quería. Entonces los envió al día siguiente con sus planos y veinte litros de licor en sus alforjas: ocho para cada uno y cuatro para el gobernador.

Jean Louise nunca pudo decidir si la maniobra de Sinkfield fue sabia; colocó la joven ciudad a treinta kilómetros del único tipo de transporte público que había en aquella época, las barcas fluviales, y alguien del extremo sur del condado necesitaba dos días para viajar a Maycomb y comprar provisiones. Como resultado, la ciudad siguió con el mismo tamaño durante más de ciento cincuenta años. La razón principal de su existencia fue ser sede del gobierno. Lo que la salvó de convertirse en otra sucia y pequeña comunidad de Alabama fue que la proporción de profesionales de Maycomb era alta: uno iba allí para que le sacaran una muela, para que le arreglaran la carreta, para que le auscultaran el corazón, para depositar su dinero, para que el veterinario viera sus mulas, para salvar su alma, para que le ampliaran la hipoteca.

En muy raras ocasiones se establecían allí personas nuevas. Las mismas familias se casaban con las mismas familias hasta que los grados de parentesco se convertían en un auténtico lío, y todos los miembros de la comunidad guardaban entre sí un rutinario parecido. Jean Louise, hasta la Segunda Guerra Mundial, estuvo relacionada por sangre o por matrimonio con casi toda la gente de la ciudad, pero eso no era nada comparado con lo que sucedía en la mitad noreste del condado de Maycomb: había una comunidad llamada Old Sarum, habitada por dos familias que al principio estuvieron separadas, pero que desgraciadamente llevaban el mismo nombre. Los Cunningham se casaron con los Coningham hasta que la correcta ortografía de los nombres se convirtió en tema de estudio académico; eso hasta que un Cunningham tuvo un contencioso con un Coningham por los títulos de propiedad de unos terrenos y lo llevó ante un tribunal. La única vez que Jean Louise vio al juez Taylor en un punto muerto en un juicio fue durante una disputa de este tipo. Jeems Cunningham testificó que su madre lo deletreaba Cunningham ocasionalmente en escrituras de propiedad y otros papeles, pero que ella realmente era una Coningham, apenas sabía de ortografía, y a veces se sentaba en la galería por la tarde y no hacía otra cosa que mantener la vista en la distancia. Después de nueve horas escuchando las excentricidades de los habitantes de Old Sarum, el juez Taylor desestimó el caso por connivencia en obtener ganancia, y declaró que dejaba en manos de Dios que los litigantes quedaran satisfechos con haber tenido cada uno la palabra. Así fue. Eso era lo único que ellos querían desde un principio.

Maycomb no tuvo una calle pavimentada hasta 1935, por cortesía de F. D. Roosevelt, e incluso entonces no era exactamente una calle pavimentada. Por alguna razón, el Presidente decidió que un solar que iba desde la puerta frontal de la Escuela Secundaria de Maycomb hasta el camino de doble rodada que había al lado de la propiedad de la escuela necesitaba mejoras, así que lo mejoraron, dando como resultado rodillas desolladas y heridas en los cráneos para los niños, y un bando del alcalde diciendo que nadie debía jugar al juego del látigo en el pavimento. Así se sembraron las semillas de los derechos del estado en los corazones de la generación de Jean Louise.

Lo segundo que la Guerra Mundial hizo a Maycomb: sus muchachos que regresaban a casa volvían con ideas extrañas sobre ganar dinero y con una urgencia por recuperar el tiempo perdido. Pintaron las casas de sus padres con colores atroces, blanquearon las tiendas de Maycomb, pusieron carteles nuevos, construyeron casas de ladrillo rojo en lo que antes eran campos de maíz y bosques de pinos, y arruinaron el antiguo aspecto de la ciudad. Sus calles no solo fueron pavimentadas, también les pusieron nombre (Avenida Adeline, por la señorita Adeline Clay), pero los vecinos más ancianos no utilizaban nombres de calles... la carretera que pasa por la casa de los Tompkin era suficiente para mantener la orientación. Después de la guerra, jóvenes procedentes de granjas arrendadas en todo el país llegaron en masa a Maycomb, levantaron pequeñas casas de madera y comenzaron nuevas familias. Nadie llegaba a saber cómo se ganaban la vida, pero lo hacían, y ellos habrían creado un nuevo estrato social en Maycomb si el resto de la ciudad hubiera reconocido su existencia.

Aunque el aspecto de Maycomb había cambiado, latían los mismos corazones en casas nuevas, con batidoras Mixmaster, delante de televisores. Se podía blanquear todo lo que uno quisiera y levantar cómicos letreros de neón, pero los antiguos maderos se mantenían firmes bajo su carga adicional.

—No te gusta, ¿verdad? —preguntó Henry—. He visto tu expresión cuando has pasado la puerta.

—Una resistencia conservadora al cambio, eso es todo —respondió Jean Louise mientras masticaba un bocado de gambas fritas. Estaban en el comedor del Hotel Maycomb sentados en sillas cromadas en una mesa para dos. El aparato de aire acondicionado delataba su presencia con un constante ruido bajo.

—Lo único que me gusta es que ya no está el olor.

Una larga mesa llena de muchos platos, el olor a humedad de la vieja sala y fuego en la cocina.

—Hank, ¿qué es fuego en la cocina?

—¿Qué?

—Era un juego, o algo así.

—Te refieres a «Guisantes calientes», cariño. Es saltar a la cuerda, cuando dan la cuerda muy rápido para que tropieces.

—No, tenía algo que ver con pillar.

Ella no podía recordarlo. Cuando se estuviera muriendo, probablemente lo recordaría, pero ahora tenía en la mente solo el débil recuerdo de una manga de tela de mezclilla y un grito rápido: «¡Fuego en la cocina!». Se preguntaba quién era el dueño de la manga, qué habría sido de él. Podría estar levantando una familia en una de esas nuevas casitas. Tenía el extraño sentimiento de que el tiempo había pasado de largo ante ella.

—Hank, vamos al río —dijo.

—No lo dirás en serio, ¿verdad?

Henry le sonreía. Nunca sabía por qué, pero Jean Louise era más como siempre había sido cuando iba al Desembarcadero Finch: es como si hubiera algo en el aire.

—Eres como Jekyll y Hyde —dijo él.

—Has estado viendo demasiada televisión.

—A veces creo que te tengo así —Henry cerró el puño—, y justo cuando creo que te tengo, agarrándote fuerte, te alejas de mí.

Jean Louise arqueó las cejas.

—Señor Clinton, si permite una observación de una mujer de mundo, su mano le delata.

—¿Cómo?

Ella sonrió.

—¿No sabes cómo agarrar a una mujer, cariño?—. Se pasó la mano por la cabeza, como si la tuviera rapada, frunció el ceño y dijo: —A una mujer le gusta que su hombre sea dominante y a la vez lejano, si puedes hacer algo así. Haz que se sientan indefensas, especialmente cuando una sabe que ellos pueden levantar mucho peso sin ningún problema. Nunca dudes delante de ellas, y jamás les digas que no las entiendes.

—*Touché*, cariño —afirmó Henry—. Pero pondría una pequeña objeción a tu última sugerencia. Yo creía que a las mujeres les gustaba que las consideraran extrañas y misteriosas.

—No, tan solo nos gusta parecer extrañas y misteriosas. Cuando se deja atrás la boa de plumas, toda mujer quiere un hombre fuerte que la conozca como un libro, que no sea solamente su amante sino tan buen protector como el mismo Dios. ¿No es cierto, tonto?

—Quieren un padre en lugar de un esposo, entonces.

—A eso se reduce —dijo ella—. Los libros tienen razón en ese punto.

—Estás muy sabia esta noche —observó Henry—. ¿Dónde aprendiste todo eso?

—Viviendo en pecado en Nueva York —contestó ella. Encendió un cigarrillo e inhaló profundamente—. Observando a elegantes matrimonios jóvenes en la Avenida Madison... ¿conoces ese lenguaje, cariño? Es muy divertido, pero se necesita tener el oído acostumbrado: pasan por una especie de baile tribal, pero de aplicación generalizada. Comienza con las esposas muertas de aburrimiento porque sus maridos están tan cansados de ganar dinero que no les prestan atención. Pero cuando ellas comienzan a gritar, en lugar de tratar de entender el motivo, los hombres se limitan a buscar un hombro compasivo sobre el que llorar. Entonces, cuando se cansan de hablar de ellos mismos, regresan a sus esposas. Todo es de color de rosa durante un tiempo, pero ellos se cansan y sus esposas comienzan a gritar de nuevo, y así siguen. Los hombres en esta época han convertido a «la otra mujer» en un sillón de psiquiatra, y con un precio mucho menor.

Henry se le quedó mirando fijamente.

—Nunca te había visto tan cínica —dijo—. ¿Qué te ocurre?

Jean Louise parpadeó.

—Lo siento, cariño —apagó su cigarrillo—. Es solo que tengo mucho miedo a fastidiarlo, todo por estar casada con el hombre equivocado, el tipo incorrecto para mí, a eso me refiero. No soy distinta a cualquier otra mujer, y el hombre equivocado haría que me convirtiera en una arpía en tiempo récord.

—¿Qué te hace estar tan segura de que te casarás con el hombre equivocado? ¿No sabías que yo soy machista desde hace mucho?

La mano de un negro les llevó la cuenta en una bandeja. Le resultaba familiar y levantó la vista.

—Hola, Albert —le dijo—. Te han puesto chaqueta blanca.

—Sí, señorita, señorita Scout —replicó Albert—. ¿Qué tal Nueva York?

—Bien —respondió ella, y se preguntó quién más en Maycomb seguía recordando a Scout Finch, bandolera juvenil, siempre provocando peleas. Nadie salvo el tío Jack, quizá, quien a veces la avergonzaba despiadadamente ante otras personas recitando sus fechorías de infancia. Ella le vería en la iglesia mañana, y mañana en la tarde tendría que hacerle una visita sin prisas. El tío Jack era uno de los placeres de Maycomb que no cambiaban.

—¿A qué se debe —preguntó Henry deliberadamente— que nunca te bebas más de la mitad de tu segunda taza de café después de la cena?

Ella bajó la mirada a su taza, sorprendida. Cualquier referencia a sus excentricidades personales, incluso por parte de Henry, le producía un sentimiento de timidez. Astuto por parte de Hank observar eso. ¿Por qué había esperado quince años para decírselo?

5

Cuando se estaba subiendo al auto, Jean Louise se golpeó la cabeza contra el techo.

—¡*Mal*dición! ¿Por qué no hacen estas cosas lo bastante altas para que una pueda subirse? —se frotó la frente hasta recuperar la vista.

—¿Estás bien, cariño?

—Sí, estoy bien.

Henry cerró la puerta con suavidad, fue hasta el otro asiento y se sentó a su lado.

—Demasiada vida de ciudad —afirmó él—. Nunca te has subido a un auto allí, ¿verdad?

—No. ¿Cuánto tardarán en hacerlos dos palmos de alto? El año que viene tendremos que ir bocabajo.

—Disparados desde un cañón —dijo Henry—. Disparados de Maycomb a Mobile en tres minutos.

—Me contentaría con un viejo Buick. ¿Los recuerdas? Ibas sentado como mínimo a metro y medio pies de distancia del suelo.

—¿Te acuerdas de cuando Jem se cayó del auto? —preguntó Henry.

Ella se rio.

—Se lo estuve restregando durante semanas... al que no pudiera llegar hasta el remanso de Barker sin caerse del auto lo llamábamos gallina mojada.

En el borroso pasado, Atticus había tenido un viejo turismo con techo de lona, y una vez, cuando llevaba a nadar a Jem, Henry y Jean Louise, el auto pasó por encima de un bache muy pronunciado del camino y se quedó sin Jem. Atticus siguió conduciendo serenamente hasta que llegaron al remolino de Barker porque Jean Louise no tenía la más mínima intención de decirle a su padre que Jem ya no estaba presente, y además le agarró el dedo a Henry y se lo dobló hacia atrás para impedir que él se lo dijera. Cuando llegaron al arroyo, Atticus se dio la vuelta diciendo un sincero: «¡Todo el mundo abajo!», y se le congeló la sonrisa:

—¿Dónde está Jem?

Jean Louise dijo que debía de estar ya a punto de llegar. Cuando Jem apareció resoplando, sudoroso y sucio por la carrera forzosa, pasó al lado de ellos corriendo y se zambulló en el arroyo con la ropa puesta. Segundos después, una cara con expresión asesina surgió del agua diciendo:

—¡Ven acá, Scout! ¡A que no te atreves, Hank!

Ellos aceptaron su reto, y en cierto momento Jean Louise pensó que Jem la iba a matar, pero finalmente la soltó: Atticus estaba allí.

—Han puesto una cepilladora de troncos en el remanso —dijo Henry—. Ya no se puede nadar allí.

Henry condujo hasta la tienda E-Lite Eat Shop y tocó el claxon.

—Danos dos vasos, por favor, Bill —le dijo al joven que apareció después de sonar la bocina.

En Maycomb, o bebías o no bebías. Si bebías, te ibas detrás de la cochera, abrías una pinta y te la tomabas; si eras de lo que no bebían, pedías vasos sin alcohol en la tienda E-Lite Eat amparado por la oscuridad: no se sabía de ningún hombre que tomara un par de copas antes o después de la cena en su casa o con su vecino. Eso era beber en sociedad. Quienes lo hacían no llegaban a pertenecer a la alta sociedad, y como nadie en Maycomb se consideraba de otra cosa que de la alta sociedad, no se bebía en sociedad.

—Que el mío sea suave, cariño —dijo ella—. Solo un poco de color al agua.

—¿Aún no has aprendido a aguantarlo? —le preguntó. Henry metió la mano debajo del asiento y sacó una botella marrón de Seagram´s Seven.

—El fuerte no —contestó ella.

Henry tintó el agua de su vaso de papel. Se sirvió para él un trago de tamaño adulto, lo removió con el dedo, y, mientras sostenía la botella entre las rodillas, le puso el tapón. La metió debajo del asiento y arrancó el auto.

—Allá vamos —dijo.

Los neumáticos del automóvil zumbaban sobre el asfalto, y le hicieron sentirse somnolienta. Lo que más le gustaba de Henry Clinton era que la dejaba estar en silencio cuando ella así lo quería. No tenía que entretenerlo.

Henry nunca intentaba incomodarla cuando ella estaba así. Su actitud era como la de un seguidor de Asquith, y él sabía que ella le apreciaba por su paciencia. Jean Louise no sabía que él estaba aprendiendo esa virtud de su padre.

—Con calma, hijo —le había dicho Atticus en uno de sus raros comentarios acerca de ella—. No la presiones. Deja que vaya a su ritmo. Si la presionas, sería más fácil la convivencia con cualquier mula del condado que con ella.

La clase de Henry Clinton en la Facultad de Derecho estaba compuesta por jóvenes veteranos brillantes y sin sentido del humor. La competencia era terrible, pero Henry estaba acostumbrado al trabajo duro. Aunque era capaz de seguir el ritmo y arreglárselas muy bien, aprendió poco que tuviera valor práctico. Atticus Finch tenía razón cuando decía que el único bien que la universidad le hizo a Henry fue permitirle hacer amistades con futuros políticos, demagogos y hombres de estado de Alabama. Uno comenzaba a ver realmente en qué consistía el derecho solamente cuando llegaba el momento de ejercer. Alabama y el alegato de derecho común, por ejemplo, era una materia tan etérea que Henry tuvo que memorizar el libro para pasarlo. El hombre bajito y amargado que la enseñaba era el único profesor que tenía agallas para intentar impartirla, y hasta él evidenciaba la rigidez propia de quien no entiende bien lo que dice.

—Señor Clinton —le dijo cierta vez que Henry se aventuró a pedir explicaciones por un examen particularmente ambiguo—, por lo que a mí respecta puede usted escribir hasta el día del juicio, pero si sus respuestas no coinciden con mis respuestas, son equivocadas. Equivocadas, señor.

No es de extrañar que Atticus confundiera a Henry en los primeros tiempos de su relación al decir:

—El alegato es poco más que poner sobre papel lo que uno quiere decir.

Paciente y discretamente, Atticus le había enseñado a Henry todo lo que sabía acerca de su profesión, pero este a veces se preguntaba si sería tan viejo como Atticus antes de poder llegar a dominar el derecho. *Tom, Tom, el hijo del deshollinador.* ¿Era ese el viejo caso de entrega de bienes en custodia? No, era el primero de los casos de hallazgo de un tesoro: la posesión se aplica contra todos los interesados salvo el verdadero dueño. El muchacho había encontrado una joya. Miró a Jean Louise. Ella dormitaba.

Él era su verdadero dueño, eso lo tenía claro. Desde la época en que ella le lanzaba piedras, cuando casi le vuela la cabeza jugando con pólvora; cuando saltaba sobre él desde atrás, le agarraba y le hacía una llave y le obligaba a rendirse; cuando estuvo enferma y deliraba un verano gritándoles a él, a Jem y a Dill... Henry se preguntaba dónde estaría Dill. Jean Louise lo sabría, pues mantenían el contacto.

—Cariño, ¿dónde está Dill?

Jean Louise abrió los ojos.

—En Italia, la última vez que tuve noticias.

Se conmovió. Charles Baker Harris. Dill, su amigo del alma. Bostezó y vio cómo el automóvil se tragaba la línea blanca de la carretera.

—¿Dónde estamos?

—Nos quedan otros quince kilómetros para llegar.

—Ya se nota el río —dijo ella.

—Debes de ser mitad caimán —afirmó Henry—. Yo no lo noto.

—¿Sigue por ahí Tom «Dos dedos»?

Tom «Dos dedos» vivía dondequiera que hubiera un río. Era un genio: hacía túneles por debajo de Maycomb y se comía las gallinas por la noche; en una ocasión le siguieron desde Demópolis hasta Tensas. Era tan viejo como el condado de Maycomb.

—Podríamos verlo esta noche.

—¿Qué te ha hecho pensar en Dill? —preguntó ella.

—No sé. Solamente me acordé de él.

—Nunca te gustó, ¿verdad?

Henry sonrió.

—Estaba celoso de él. Los tenía a ti y a Jem para él solo durante todo el verano, mientras que yo tenía que irme a casa cuando terminaban las clases. No había nadie en casa con quien jugar.

Ella estaba en silencio. El tiempo se detuvo, cambió de marcha y fue perezosamente hacia atrás. De algún modo, entonces era siempre verano. Hank estaba en casa con su madre y no podía salir, y Jem tenía que conformarse con su hermana pequeña para tener compañía. Los días eran largos, Jem tenía once años. El patrón estaba establecido:

Estaban en el porche donde dormían, la parte más fresca de la casa. Dormían allí cada noche desde el comienzo de mayo hasta el final de septiembre. Jem, que había estado tumbado sobre su catre leyendo desde el amanecer, le lanzó una revista de fútbol a la cara, señaló a una fotografía y dijo:

—¿Quién es este, Scout?

—Johnny Mack Brown. Vamos a representar una historia.

Jem movió la página ante su cara.

—¿Y quién es este?

—Tú —dijo ella.

—Bien. Llama a Dill.

A Dill no hacía falta llamarlo. Las coles temblaban en el huerto de la señorita Rachel, la valla trasera crujía y Dill se presentaba ante ellos. Dill era una rareza porque venía de Meridian, Mississippi, y era ducho en las costumbres del mundo. Pasaba todos los veranos en Maycomb con su tía abuela, que vivía en la casa contigua a la de los Finch. Era un personaje bajito, robusto y de cabeza hueca, con cara de ángel y la astucia de un armiño. Era un año mayor que ella, pero ella le sacaba una cabeza.

—Hola —saludó Dill—. Juguemos a Tarzán hoy. Yo soy Tarzán.

—No puedes ser Tarzán —dijo Jem.

—Yo soy Jane —afirmó ella.

—Bueno, yo no voy a ser la mona otra vez —protestó Dill—. Siempre tengo que ser la mona.

—¿Quieres ser Jane entonces? —preguntó Jem. Se estiró, se subió los pantalones y dijo: —Vamos a jugar a Tom Swift. Yo soy Tom.

—Yo soy Ned —dijeron Dill y ella a la vez.

—No, tú no —le dijo Scout a Dill.

A Dill se le puso roja la cara.

—Scout, tú siempre tienes que ser el segundo mejor personaje. Yo nunca soy el segundo mejor.

—¿Y qué piensas hacer? —le preguntó ella educadamente, cerrando los puños.

—Puedes ser el señor Damon, Dill —dijo Jem—. Él es siempre divertido y salva a todo el mundo al final. Mira, él siempre lo bendice todo.

—Bendita sea mi póliza de seguros —contestó Dill, como si dejara colgar los dedos en tirantes invisibles—. Bueno, está bien.

—¿A qué jugamos —preguntó Jem—, su *Aeropuerto Océano* o su *Máquina Voladora*?

—Estoy cansada de esas —dijo ella—. Inventemos una.

—Muy bien. Scout, tú eres Ned Newton. Dill, tú eres el señor Damon. Un día, Tom está en su laboratorio trabajando en una máquina que puede ver a través de las paredes cuando entra este hombre y dice: «¿Señor Swift?». Yo soy Tom, así que digo: «¿Sí, señor?»...

—Nada puede ver a través de una pared de ladrillo —afirmó Dill.

—Esta cosa podía. No importa, este hombre entra y dice: «¿Señor Swift?».

—Jem —dijo ella—, si va a estar este hombre, necesitaremos a alguien más. ¿Quieres que vaya corriendo a buscar a Bennett?

—No, este hombre no dura mucho, así que yo diré su parte. Hay que comenzar una historia, Scout...

El papel de ese hombre consistía en explicar al joven inventor que un importante profesor había estado perdido en el Congo Belga durante treinta años y que ya era hora de que alguien intentara ir a buscarlo. Naturalmente, había venido en busca de los servicios de Tom Swift y de sus amigos, y a Tom le animó la posibilidad de tener aventuras.

Los tres se montaron en su Máquina Voladora, que consistía en anchos tablones que tiempo atrás habían clavado en las ramas más robustas del cinamomo.

—Hace mucho calor aquí —dijo Dill—. Hum, hum, hum.

—¿Qué? —preguntó Jem.

—Digo que hace mucho calor aquí tan cerca del sol. Bendita sea mi ropa interior.

—No puedes decir eso, Dill. Cuanto más alto se sube, más frío hace.

—Yo creo que hace más calor.

—Bueno, pues no es así. Cuanto más alto se sube, más frío hace, porque el aire se vuelve más fino. Ahora, Scout, tú dices: «Tom, ¿dónde vamos?».

—Creía que íbamos a Bélgica —dijo Dill.

—Tiene que preguntar dónde vamos porque el hombre me lo dijo a mí, no te lo dijo a ti, y yo no te lo he dicho a ti aún, ¿lo entienden?

Todos lo entendieron.

Cuando Jem explicó su misión, Dill dijo:

—Si lleva perdido tanto tiempo, ¿cómo saben que sigue vivo?

—Ese hombre dijo que habían recibido una señal desde la Costa de Oro de que el profesor Wiggins estaba… —dijo Jem.

—Si acababan de saber de él, ¿cómo es que está perdido? —preguntó ella.

—… estaba entre una tribu perdida de cazadores de cabezas —continuó Jem, ignorándola—. Ned, ¿tienes el rifle de visión rayos X? Ahora tú dices que sí.

—Sí, Tom —dijo ella.

—Señor Damon, ¿ha cargado en la máquina voladora suficientes provisiones? *¡Señor Damon!*

Dill se sacudió y prestó atención.

—Diantres que lo hice, Tom. ¡Sí señoooor! ¡Hum, hum, hum!

Hicieron un aterrizaje en tres tiempos en las afueras de Ciudad del Cabo, y ella le dijo a Jem que no le había dado nada que decir durante diez minutos y que no iba a seguir jugando si no le daba frases.

—Bien. Scout, tú dices: «Tom, no hay tiempo que perder. Vamos hacia la jungla».

Ella lo dijo.

Fueron marchando alrededor del patio trasero, abriéndose paso entre la maleza, deteniéndose ocasionalmente para derribar a un elefante perdido o luchar contra una tribu de caníbales. Jem dirigía en el camino. A veces gritaba: «¡Atrás!», y ellos se tumbaban boca abajo con la barriga contra el suelo caliente. Entonces rescató al señor Damon de las cataratas Victoria mientras ella se quedaba de pie y se enojaba porque lo único que tenía que hacer era sujetar la cuerda que agarraba a Jem.

Entonces Jem gritó:

—¡Casi hemos llegado, así que adelante!

Avanzaron rápidamente a la cochera: una aldea de cazadores de cabezas. Jem cayó de rodillas y comenzó a actuar como un encantador de serpientes.

—¿Qué estás haciendo? —preguntó ella.

—¡Shh! Haciendo un sacrificio.

—Parece que estás llorando —dijo Dill—. ¿Qué es un sacrificio?

—Se hace para alejar de ti a los cazadores de cabezas. ¡Miren, ahí están!

Jem hizo un tarareo grave, diciendo algo como «*buja-buja-buja*», y la cochera se llenó de salvajes.

Dill levantó los ojos haciendo un gesto de dolor, se puso rígido y cayó al suelo.

—¡Tienen al señor Damon! —gritó Jem.

Sacaron a Dill, tan tieso como un poste de madera, al sol. Reunieron hojas de higuera y se las pusieron a Dill desde la cabeza hasta los pies.

—¿Crees que funcionará, Tom? —dijo ella.

—Podría ser. No puedo decirlo aún. ¿Señor Damon? ¡Señor Damon, despierte! —Jem le golpeó en la cabeza.

Dill se incorporó desparramando las hojas de higuera.

—Basta ya, Jem Finch —dijo él, y regresó a su posición con los brazos en cruz—. No voy a quedarme mucho más. Hace calor.

Jem hizo misteriosos movimientos rituales por encima de la cabeza de Dill y dijo:

—Mira, Ned. Está regresando.

Los párpados de Dill se movieron y se abrieron. Se levantó y salió corriendo y dando vueltas por el patio musitando:

—¿Dónde estoy?

—Justo aquí, Dill —contestó ella, con cierta alarma.

Jem frunció el ceño.

—Que no. Tú dices: «Señor Damon, está usted perdido en el Congo Belga, donde ha estado bajo un hechizo. Yo soy Ned, y este es Tom».

—¿Estamos perdidos nosotros también? —preguntó Dill.

—Lo estuvimos todo el tiempo que tú estuviste hechizado, pero ya no —dijo Jem—. El profesor Wiggins está bajo vigilancia en una cabaña más allá y tenemos que rescatarlo…

Por lo que ella sabía, el profesor Wiggins seguía vigilado. Calpurnia deshizo el hechizo de los tres asomando la cabeza por la puerta trasera y gritando:

—Oigan, ¿quieren limonada? Son las diez y media. Será mejor que vengan y se beban una, ¡o se asarán vivos bajo ese sol!

Calpurnia había puesto tres vasos y una jarra grande llena de limonada al otro lado de la puerta en el porche trasero, para asegurar así que estuvieran en la sombra al menos cinco minutos. La limonada en mitad de la mañana era una costumbre diaria en el tiempo de verano. Cada uno se bebió tres vasos, y se quedó vacía delante de ellos el resto de la mañana.

—¿Quieren ir a los pastos de Dobbs? —preguntó Dill.

No.

—¿Y si construimos una cometa? —dijo ella—. Podemos pedirle algo de harina de Calpurnia...

—No se puede volar una cometa en el verano —afirmó Jem—. No sopla ni una brizna de aire.

El termómetro del porche trasero no se movía de los treinta y tres grados, la cochera resplandecía ligeramente en la distancia y los dos cinamomos gigantes estaban quietos como muertos.

—*Ya* sé —dijo Dill—. Hagamos una campaña de avivamiento.

Los tres se miraron. Aquello tenía mérito.

El verano en Maycomb significaba al menos un evento de predicaciones de avivamiento, y uno de ellos se celebraba esa semana. Era costumbre de las tres iglesias de la ciudad (metodista, bautista y presbiteriana) juntarse y escuchar a un ministro visitante. Pero cuando ocasionalmente las iglesias no podían ponerse de acuerdo en el predicador o en su salario, cada congregación tenía su propia campaña de avivamiento con una invitación abierta a todos; a veces, por lo tanto, la población se aseguraba tres semanas de campañas de predicaciones. El periodo de avivamiento era un tiempo de guerra: guerra contra el pecado, la Coca-Cola, las exposiciones de pintura, la caza en domingo; guerra contra la tendencia cada vez mayor de las jóvenes a pintarse y fumar en público; guerra a beber *whisky*... a este respecto, cada verano al menos cincuenta muchachos pasaban al altar y prometían que no iban a beber, fumar o maldecir hasta que tuvieran los veintiún años; guerra contra algo tan nebuloso que Jean Louise nunca pudo saber lo que era, excepto que no había que maldecir mencionándolo; y guerra entre las señoras de la ciudad por quién podía preparar la mejor mesa para el evangelista. Los pastores habituales de Maycomb también comían gratis durante una semana, y se decía entre los grupos irrespetuosos que el clero local instaba deliberadamente a sus iglesias a realizar servicios por separado para tener así dos semanas más de honorarios. Esto, sin embargo, era una mentira.

Esa semana, durante tres noches, Jem, Dill y ella habían estado sentados en la parte para los niños de la Iglesia Bautista (los bautistas eran los anfitriones esta vez) y habían escuchado los mensajes del reverendo James Edward Moorehead, un conocido orador del norte de Georgia. Al menos eso fue lo que les contaron; ellos entendieron poco de lo que dijo, salvo sus observaciones sobre el infierno. El infierno era y siempre sería, por lo que a ella respectaba, un lago de fuego exactamente del tamaño de Maycomb, Alabama, rodeado por un muro de ladrillos de sesenta metros de altura. Satanás lanzaba con un tridente a los pecadores por encima de ese muro y se cocían durante toda la eternidad en cierto tipo de sopa de sulfuro líquido.

El reverendo Moorehead era un hombre alto y triste, con joroba y con tendencia a poner a sus sermones títulos sorprendentes (*¿Hablarías a Jesús si te lo encontraras en la calle?* El reverendo Moorehead dudaba de que pudieras aunque quisieras, porque Jesús probablemente hablaría arameo). La segunda noche que predicó, su tema fue *La paga del pecado*. Al mismo tiempo, el cine de la localidad proyectaba una película del mismo título (no se dejaba entrar a los menores de dieciséis): Maycomb pensaba que el reverendo Moorehead iba a predicar sobre la película, y la ciudad entera acudió para escucharlo. El reverendo Moorehead no hizo nada de eso; estuvo tres cuartos de hora hilando fino sobre la exactitud gramatical de su texto (¿qué era correcto, la paga del pecado *es* muerte o las pagas del pecado *son* muerte? Había una diferencia, y el reverendo Moorehead trazó distinciones de tal profundidad que ni siquiera Atticus Finch pudo entender a qué quería referirse).

Jem, Dill y Jean Louise se habrían muerto de aburrimiento si no hubiera sido porque el reverendo Moorehead poseía un singular talento para fascinar a los niños. Era un silbador. Había un espacio entre sus dos dientes de delante (Dill juraba que eran postizos, y que se los habían puesto así para que parecieran naturales), que producía un sonido desastrosamente satisfactorio cuando decía una palabra que contenía una s o más. *Jesús*, *Cristo*, *tristeza* o *salvación* eran palabras clave que ellos deseaban escuchar cada noche, y su atención se veía recompensada de dos maneras: en aquella época ningún ministro podría dar un sermón sin utilizarlas todas, y ellos se aseguraban un paroxismo de deleite contenido al menos siete veces cada noche; segundo, como prestaban una atención tan escrupulosa al reverendo Moorehead, Jem, Dill y ella eran considerados los niños que mejor se portaban en la congregación.

La tercera noche de la campaña, cuando los tres pasaron al frente junto con otros niños y aceptaron a Cristo como

Salvador personal, se encontraron fijamente al piso durante la ceremonia porque el reverendo Moorehead había puesto las manos sobre sus cabezas y les había dicho entre otras cosas: «Bienaventurado el varón que no se ha sentado en silla de escarnecedores». A Dill le dio una fuerte tos ahogada, y el reverendo Moorehead susurró a Jem:

—Llévate al niño fuera para que le dé el aire.

—Ya sé lo que haremos —dijo Jem—, podemos terminarlo en tu patio al lado del estanque.

Dill dijo que eso estaría bien.

—Sí, Jem. Podemos usar unas cajas como púlpito.

Un sendero de gravilla separaba el patio de los Finch del de la señorita Rachel. El estanque estaba en el patio del lado de la señorita Rachel, rodeado por arbustos de azalea, de rosas, de camelias y de jazmines. En el estanque vivían algunas carpas doradas, viejas y gordas, junto con ranas y lagartijas de agua, sombreadas por anchos nenúfares y yedras. Una gran higuera extendía sus ponzoñosas hojas por encima de la zona circundante, haciendo que fuera el lugar más fresco del barrio. La señorita Rachel había puesto algunos muebles de exterior alrededor del estanque y había una mesa sostenida por caballetes bajo la higuera.

Encontraron dos cajones vacíos en el ahumadero de la señorita Rachel y prepararon un altar delante del estanque. Dill se situó tras él.

—Yo soy el señor Moorehead —dijo.

—Yo soy el señor Moorehead —protestó Jem—. Yo soy el mayor.

—Bueno, está bien —dijo Dill.

—Tú y Scout pueden ser la congregación.

—No tendremos nada que hacer —dijo ella—, y me aburriré si me quedo aquí sentada escuchándote una hora, Jem Finch.

—Tú y Dill pueden recoger la colecta —afirmó Jem—, y también pueden ser el coro.

La congregación agarró dos sillas del patio y se sentó de cara al altar.

Jem dijo:

—Ahora canten todos algo.

Ella y Dill cantaron:

«Sublime gracia del Señor
que un infeliz salvó;
Fui ciego mas hoy veo yo,
Perdido y Él me halló». Amén.

Jem se agarró al púlpito con las dos manos, se inclinó hacia delante y dijo con tono de confidencia:

—Vaya, qué bueno verlos a todos esta mañana. Esta *es* una mañana hermosa.

—Amén —contestó Dill.

—¿Hay alguien esta mañana que tiene ganas de abrirse por completo y cantar con todo su corazón? —preguntó Jem.

—Sí, señor —dijo Dill.

Dill, cuya constitución cuadrada y bajita le condenaban para siempre a representar ese personaje, se puso de pie, y delante de sus ojos se convirtió en un coro de un solo hombre:

«Cuando suene la trompeta en el día del Señor,
su esplendor y eterna claridad veré,

Cuando lleguen los salvados ante el magno Redentor,
Y en el cielo pasen lista, yo estaré».

El ministro y la congregación se sumaron al coro. Mientras estaban cantando, ella escuchó que Calpurnia llamaba desde la distancia; espantó el sonido como quien se aparta un mosquito del oído.

Dill, con la cara enrojecida por sus esfuerzos, se sentó en la bancada de los amén y aleluya.

Jem se puso en la nariz unos lentes quevedos invisibles, se aclaró la garganta y dijo:

—El texto para hoy, hermanos, es del libro de los Salmos: «Cantad alegres al Señor, oh puertas».

Jem se quitó sus lentes, y mientras los limpiaba repetía con voz profunda: «Cantad alegres al Señor».

—Es la hora de la colecta —dijo Dill, y le dio golpecitos a ella para que sacara las dos monedas que tenía en el bolsillo.

—Las devuelves cuando termine la iglesia, Dill —le indicó ella.

—Silencio todos —interrumpió Jem—. Es la hora del sermón.

Jem predicó el sermón más largo y más tedioso que ella había escuchado jamás. Dijo que el pecado era la cosa más pecaminosa imaginable, y nadie que pecara podía tener éxito, y que bienaventurado aquel que se sentaba en silla de escarnecedores; en pocas palabras, repitió su propia versión de todo lo que había oído durante las tres últimas noches. Su voz cambió el tono a sus registros más bajos, y después se elevaba hasta ser un grito que se agarraba al aire como si el suelo se estuviera abriendo bajo sus pies. Una vez preguntó:

«¿Dónde está el diablo?», y señaló directamente a la congregación:

—Precisamente aquí en Maycomb, Alabama.

Comenzó a hablar del infierno, pero ella dijo:

—Déjalo ya, Jem.

La descripción que el reverendo Moorehead había hecho fue ya suficiente para recordarla toda una vida. Jem cambió de campo y habló del cielo: el cielo estaba lleno de plátanos (la debilidad de Dill) y patatas fileteadas (las favoritas de ella), y cuando murieran irían allí y comerían cosas buenas hasta el día del juicio. Pero en el día del juicio, Dios, al haber escrito todo lo que ellos hicieron en un libro desde el día en que nacieron, les echaría al infierno.

Jem concluyó el servicio pidiendo a todos los que quisieran estar unidos con Cristo que pasaran adelante. Ella pasó.

Jem impuso las manos sobre su cabeza y dijo:

—Jovencita, ¿te arrepientes?

—Sí, señor —dijo ella.

—¿Has sido bautizada?

—No, señor —respondió ella.

—Bien... —Jem metió la mano en el agua negra del estanque y la roció sobre su cabeza— Yo te bautizo...

—Oye, ¡un momento! —gritó Dill—. ¡Eso no es así!

—Creo que sí lo es —dijo Jem—. Scout y yo somos metodistas.

—Sí, pero lo que estamos haciendo es un culto de avivamiento bautista. Tienes que sumergirla. Creo que yo también quiero ser bautizado.

Dill estaba comenzando a entender las implicaciones de la ceremonia, y se trabajó a fondo el papel.

—Me toca a mí —insistió—. Yo soy el bautista, así que creo que soy yo quien debe ser bautizado.

—Escucha ahora, Dill Pickle Harris —dijo ella con tono amenazante—, yo no he hecho ni un bendito papel en toda la mañana. Tú has estado en el rincón de los aleluyas, has cantado un solo, y has pasado la colecta. Ahora me toca a mí.

Tenía los puños cerrados, el brazo izquierdo en guardia, y los dedos de los pies bien agarrados al suelo.

—Ni hablar, Scout —protestó Dill echándose para atrás.

—Ella tiene razón, Dill —dijo Jem—. Tú puedes ser mi ayudante.

Entonces la miró.

—Scout, será mejor que te quites la ropa. Se te mojará.

Ella se quitó el overol, que era su único atuendo.

—No me tengas mucho rato bajo el agua —dijo ella—, y no olvides taparme la nariz.

Ella se puso de pie en el borde de cemento del estanque. Una vieja carpa dorada salió a la superficie y la miró con hostilidad, para después desaparecer bajo las oscuras aguas.

—¿Qué profundidad tiene esto? —preguntó ella.

—Poco más de medio metro —respondió Jem, y se giró hacia Dill para obtener confirmación. Pero Dill los había abandonado. Le vieron que iba rápidamente hacia la casa de la señorita Rachel.

—¿Crees que está enojado? —preguntó ella.

—No lo sé. Vamos a esperar a ver si regresa.

Jem dijo que sería mejor que ahuyentaran a los peces hacia un lado del estanque para no hacer daño a ninguno, y estaban apoyados a un lado moviendo el agua cuando una ominosa voz a sus espaldas dijo: «Uuuu».

—Uuuu —gritó Dill desde detrás de una sábana de cama matrimonial a la que había recortado dos agujeros para los ojos. Levantó los brazos por encima de la cabeza y se abalanzó hacia ella—. ¿Estás lista? —preguntó—. Apresúrate, Jem. Me está dando calor.

—Por gritar tan fuerte —dijo Jem—. ¿Qué haces?

—Soy el Espíritu Santo —contestó Dill con modestia.

Jem la agarró de la mano y la llevó hasta dentro del estanque. El agua estaba tibia y babosa, y el fondo se notaba resbaladizo.

—Sumérgeme solamente una vez —le dijo ella.

Jem estaba al borde del estanque. La figura que había debajo de las sábanas se sumó a él y agitó sus brazos con rapidez. Jem echó hacia atrás a su hermana y la sumergió. Cuando su cabeza estaba debajo de la superficie, escuchó a Jem entonar: «Jean Louise Finch, yo te bautizo en el nombre del...».

¡Zas!

La vara de la señorita Rachel hizo pleno contacto con el trasero de la aparición sagrada. Como no quería retroceder para encontrarse con una lluvia de golpes, Dill avanzó con brío y se sumó a ella en el estanque. La señorita Rachel sacudía de modo implacable una maraña de nenúfares, una sábana, piernas y brazos y yedra.

—¡Sal de ahí! —gritó la señorita Rachel—. ¡Ya te daré yo Espíritu Santo, Charles Baker Harris! Te llevas las sábanas de mi mejor cama, les haces agujeros, tomas el nombre del Señor en vano... ¡vamos, sal de ahí!

—¡Un momento, tía Rachel! —balbuceó Dill— ¡Déjame explicártelo!

Los esfuerzos de Dill por desenredarse de allí con dignidad tuvieron solo un discreto éxito: se alzó desde el estanque como si fuera un monstruito marino fantasmagórico, cubierto de cieno verdoso y con la sábana chorreando. Tenía enredado en la cabeza y el cuello un tirabuzón de yedra. Movía la cabeza violentamente para liberarse, y la señorita Rachel retrocedió para evitar que le salpicara el agua.

Jean Louise le siguió y también salió del agua. Sentía un terrible hormigueo en la nariz por el agua que le había entrado, y cuando aspiraba le dolía.

La señorita Rachel no tocaba a Dill, sino que le hacía indicaciones con la vara, diciendo:

—¡En marcha!

Ella y Jem observaron a los dos hasta que desaparecieron en el interior de la casa de la señorita Rachel. Ella no pudo evitar sentir lástima por Dill.

—Vámonos a casa —dijo Jem—. Ya debe de ser la hora de la comida.

Se volvieron en dirección a su casa y se encontraron directamente con los ojos de su padre. Estaba de pie en el sendero de entrada.

A su lado había una señora a la que ellos no conocían y el reverendo James Edward Moorehead. Parecía que llevaban allí un rato.

Atticus se acercó a ellos a la vez que se quitaba la chaqueta. Ella sintió que se le cerraba la garganta y le temblaban las rodillas. Cuando él dejó caer la chaqueta sobre sus hombros, ella se dio cuenta de que estaba de pie y desnuda en presencia de un predicador. Intentó salir corriendo, pero Atticus la agarró por el cogote y dijo:

—Ve con Calpurnia. Entra por la puerta trasera.

Calpurnia la estuvo frotando con fuerza en la bañera, musitando:

—El señor Finch llamó esta mañana y dijo que iba a traer a casa a comer al predicador y su esposa. Les grité a todos ustedes con todas mis fuerzas. ¿Por qué no me respondieron?

—No te oímos —mintió ella.

—Bueno, era o meter ese pastel en el horno o arrearlos a ustedes. No podía hacer las dos cosas. Debería darles vergüenza, ¡mortificar así a su papá!

Ella pensaba que el huesudo dedo de Calpurnia iba a atravesarle la oreja.

—Ya basta —dijo.

—Si él no les quita a los dos esta brea a golpes, yo lo haré —prometió Calpurnia—. Ahora, sal de esa bañera.

Casi le quita la piel con la áspera toalla, y le mandó que levantase las manos por encima de la cabeza. Calpurnia le puso un vestido rosa muy almidonado, le sujetó la barbilla con firmeza entre sus dedos pulgar e índice, y le peinó el cabello con un peine de púas afiladas. Le lanzó a los pies un par de zapatos de charol.

—Póntelos.

—No puedo abrochar los botones —dijo ella.

Calpurnia bajó de un golpe la tapa del retrete y se sentó. Scout observaba esos grandes dedos de espantapájaros realizar la complicada tarea de hacer pasar botones de perla por agujeros demasiado pequeños, y se maravillaba por la fuerza que había en las manos de Calpurnia.

—Ahora ve con tu papá.

—¿Dónde está Jem? —preguntó ella.

—Se está lavando en el baño del señor Finch. Puedo fiarme de él.

En el salón, Jem y ella se sentaron tranquilos en el sofá. Atticus y el reverendo Moorehead conversaban de temas poco interesantes, y la señora Moorehead miraba fijamente a los niños. Jem miró a la señora Moorehead y sonrió. Su sonrisa no fue correspondida, así que él dejó de hacerlo.

Para alivio de todos, Calpurnia tocó la campana de la comida. En la mesa, se sentaron por un momento con un silencio incómodo y Atticus pidió al reverendo Moorehead que bendijera los alimentos. El reverendo Moorehead, en lugar de pedir una bendición impersonal, aprovechó la oportunidad para hablar al Señor de las travesuras de Jem y de ella. Cuando el reverendo Moorehead llegó a la parte que explicaba que eran niños huérfanos de madre, ella sintió que su altura no llegaba a una pulgada del suelo. Miró a Jem: tenía la nariz casi metida en el plato, y las orejas rojas. Ella dudaba si Atticus sería capaz de volver a levantar la cabeza, y su sospecha quedó confirmada cuando el reverendo Moorehead finalmente dijo amén y Atticus levantó la vista. Dos grandes lágrimas habían caído desde detrás de sus lentes hasta los costados de sus mejillas. Le habían hecho mucho daño esta vez. De repente dijo: «Perdonen», se levantó abruptamente, y desapareció en la cocina.

Calpurnia entró con cuidado, llevando una bandeja muy pesada. Con los invitados llegaron los modales de Calpurnia para invitados: aunque ella sabía hablar el lenguaje de Jeff Davis tan bien como cualquiera, dejaba caer sus verbos en presencia de los invitados; pasaba con aire arrogante los platos de verduras; parecía inhalar con fuerza. Cuando Calpurnia estaba a su lado, Jean Louise dijo:

—Perdón, por favor —extendió el brazo, llevó la cabeza de Calpurnia a la altura de la suya y susurró—: Cal, ¿está muy molesto Atticus?

Calpurnia se estiró, bajó la mirada hasta ella, y dijo a la mesa en general:

—¿El señor Finch? No, señorita Scout. ¡Está en el porche trasero riéndose!

¿El señor Finch? Riéndose. Las ruedas de un automóvil que pasaban del pavimento a la tierra le hicieron volver a la realidad. Se pasó la mano por el cabello. Abrió la guantera, encontró un paquete de cigarrillos, sacó uno y lo encendió.

—Casi hemos llegado —dijo Henry—. ¿Dónde estabas? ¿En Nueva York con tu novio?

—Solo estaba distraída pensando —contestó ella—. Pensaba en esa vez que hicimos un culto de avivamiento. Lo que te perdiste.

—Gracias a Dios. Esa es una de las favoritas del doctor Finch.

Ella se rio.

—El tío Jack lleva treinta años contando esa aventura, y aun así me sigue avergonzando. Mira, Dill fue la única persona a la que olvidamos notificarle la muerte de Jem. Alguien le envió un recorte de periódico. Así se enteró.

—Siempre sucede eso —dijo Henry—. Uno se olvida de los principales. ¿Crees que regresará algún día?

Jean Louise negó con la cabeza. Cuando el ejército lo envió a Europa, Dill se quedó. Había nacido nómada. Cuando estaba limitado con las mismas personas y entornos durante una cantidad de tiempo era como una pequeña pantera encerrada. Ella se preguntaba dónde terminaría él sus días. No en la acera en Maycomb, eso era seguro.

El aire fresco del río recorría la cálida noche.

—Desembarcadero Finch, señorita —dijo Henry.

El Desembarcadero Finch consistía en trescientos sesenta y seis escalones que descendían por un alto desfiladero y terminaban en un embarcadero que llegaba hasta el río. Se llegaba hasta allí siguiendo un gran claro de unos doscientos setenta y cinco metros de anchura que se extendía desde el borde del desfiladero hasta los bosques. Un camino de doble rodada discurría desde la ribera del río y se desvanecía entre oscuros árboles. Al final del camino había una casa blanca de dos pisos con porches que la rodeaban toda en ambas plantas.

Lejos de encontrarse en un avanzado deterioro, la vieja casa de los Finch se encontraba en un excelente estado de conservación: era un club de caza. Algunos hombres de negocios de Mobile habían rentado los terrenos que la rodeaban, habían comprado la casa, y habían establecido lo que Maycomb consideraba un infierno de juego. No lo era: las habitaciones de la vieja casa resonaban las noches de invierno con risas masculinas, y ocasionalmente se oía algún disparo, no por enojo, sino por exceso de licor. Que jugaran al póquer y tuvieran las juergas que quisieran; lo único que quería Jean Louise era que la vieja casa estuviera bien cuidada.

La casa tenía una historia muy común en el Sur: el abuelo de Atticus Finch se la compró al tío de una renombrada dama envenenadora que operaba a ambos lados del Atlántico pero que provenía de una refinada familia de Alabama. El padre de Atticus nació en la casa, y también Atticus, Alexandra, Caroline (que se casó con un hombre de Mobile) y John Hale Finch. El claro se usaba para reuniones familiares hasta que dejó de estar de moda, algo que había quedado bien grabado en el recuerdo de Jean Louise.

El tatarabuelo de Atticus Finch, un metodista inglés, se estableció al lado del río cerca de Claiborne y tuvo siete hijas y un hijo. Se casaron con los hijos de los soldados del coronel Maycomb, tuvieron mucha descendencia y establecieron lo que el condado denominaba las Ocho Familias. A lo largo de los años, en cada reunión anual de los descendientes, se hacía necesario para el Finch que residía en el Desembarcadero hacer más espacio en los bosques para tener terreno donde comer al aire libre, lo cual justificaba el tamaño actual del claro. Se utilizaba, sin embargo, para otras cosas aparte de reuniones familiares: los negros jugaban al baloncesto allí, el Klan se reunía allí en sus buenos tiempos, y en la época de Atticus se realizaba un gran torneo en el cual los caballeros del condado competían por el honor de llevar a sus damas a Maycomb para una gran fiesta y banquete (Alexandra decía que ver al tío Jimmy acertar a meter un palo por una anilla a pleno galope fue lo que la hizo casarse con él).

También fue en tiempos de Atticus cuando los Finch se trasladaron a la ciudad: Atticus estudió Derecho en Montgomery y regresó para ejercer en Maycomb; Alexandra, rendida ante la destreza del tío Jimmy, se fue con él a Maycomb; John Hale Finch se fue a Mobile a estudiar Medicina, y Caroline se fugó para casarse cuando tenía diecisiete años. Cuando su padre murió, ellos rentaron la tierra, pero su madre no quiso moverse de la vieja casa. Siguió viviendo allí, observando cómo se rentaban y vendían las tierras pedazo a pedazo. Cuando ella murió, lo único que quedaba era la casa, el claro y el embarcadero. La casa permaneció vacía hasta que los caballeros de Mobile la compraron.

Jean Louise creía que recordaba a su abuela, pero no estaba segura. Cuando vio su primer Rembrandt, una mujer con capa y gola, dijo: «Ahí está la abuela». Atticus dijo que no, que ni siquiera se parecía. Pero Jean Louise tenía la impresión de que en algún lugar en la vieja casa la habían llevado a una habitación en penumbra, y en medio de ella se sentaba una dama vieja, vieja, vestida de negro y con un cuello de lazo blanco.

Los escalones hasta el embarcadero eran conocidos, por supuesto, como los Escalones Bisiestos, y cuando Jean Louise era niña y asistía a las reuniones anuales, ella y una multitud de primos hacían ir a sus padres hasta el borde del desfiladero preocupados por que estuvieran jugando en los escalones, hasta que reunieron a los niños y los dividieron en dos categorías: los que sabían nadar y los que no. Quienes no sabían fueron relegados a estar en el lado del claro del bosque y jugar a juegos inicuos; los que sabían nadar tenían que recorrer los escalones, más o menos supervisados por dos jóvenes negros.

El club de caza había conservado los escalones en un estado decente, y usaba el embarcadero como muelle para sus barcas. Eran hombres perezosos; resultaba más fácil dejarse llevar corriente abajo y remar hasta el pantano de Winston que atravesar maleza y tajos de pinos. Más lejos corriente abajo, detrás del risco, había huellas de las viejas tierras de algodón donde los negros de los Finch cargaban balas y provisiones, y descargaban bloques de hielo, harina y azúcar, equipo para la granja y vestidos para las mujeres. Solamente los viajeros usaban el Desembarcadero Finch: los escalones daban a las damas una excusa excelente para el desvanecimiento; su equipaje se dejaba en el embarcadero del algodón, pues desembarcar allí, delante de los negros, era impensable.

—¿Crees que son seguros?

—Claro —respondió Henry—. El club los mantiene en buen estado. Mira, estamos violando la propiedad.

—Qué violando ni qué demonios. Me gustaría ver el día en que un Finch no pueda caminar por sus propias tierras—. Hizo una pausa y preguntó: —¿A qué te refieres?

—Vendieron la última parte hace cinco meses.

—No me dijeron ni palabra de eso —protestó Jean Louise.

El tono de su voz hizo que Henry se detuviera.

—No te importa, ¿verdad?

—No, en realidad no. Pero me gustaría que me lo hubieran dicho.

Henry no estaba convencido.

—Por el amor de Dios, Jean Louise, ¿de qué le servía al señor Finch o a los demás?

—De nada en absoluto, con los impuestos y otras cosas. Tan solo me gustaría que me lo hubieran dicho. No me gustan las sorpresas.

Henry se rio. Se agachó y recogió un puñado de arena gris.

—¿Te estás poniendo sureña con nosotros? ¿Quieres que haga igual que Gerald O´Hara?

—Déjalo, Hank —dijo con un tono agradable.

—Creo que tú eres la peor de todos —dijo Henry—. Cuando se trata de algo como esto, el señor Finch es un joven de setenta y dos años y tú una anciana de cien.

—Sencillamente no me gusta que mi mundo cambie sin recibir ninguna advertencia. Vamos a bajar al embarcadero.

—¿Seguro que quieres?

—Puedo ganarte siempre que quiera.

Fueron apresuradamente a los escalones. Cuando Jean Louise comenzó el rápido descenso, sus dedos notaron un frío metal. Se detuvo. Habían puesto una barandilla metálica el año anterior. Hank iba demasiado por delante de ella para poder ponerse a su altura, pero lo intentó.

Cuando llegó al embarcadero, sin aliento, Henry ya estaba tumbado sobre los tablones.

—Cuidado con la brea, cariño —dijo él.

—Me hago vieja —observó ella.

Fumaron en silencio. Henry puso el brazo bajo el cuello de ella y de tanto en tanto la acercaba y la besaba. Ella miraba al cielo.

—Casi puedes estirar el brazo y tocarlo, está muy cerca.

—¿Hablabas en serio antes cuando decías que no te gustaba que tu mundo cambiara? —preguntó él.

—¿Qué? —No lo sabía. Suponía que así era. Intentó explicarlo—. Cada vez que he regresado a casa estos últimos cinco años… antes de eso, incluso, me he encontrado algún cambio. Desde la universidad; siempre ha cambiado algo más…

—… y no estás segura de que te guste, ¿no? —Henry sonreía bajo la luz de la luna y ella podía notarlo.

Jean Louise se incorporó.

—No sé si me explico, cariño. Cuando vives en Nueva York, a menudo tienes la sensación de que Nueva York no es el mundo. Me refiero a esto: cada vez que regreso a casa, siento que estoy regresando al mundo, y cuando me voy de Maycomb es como salir del mundo. Es una tontería. No puedo explicarlo, y lo que hace que sea aún más tonto es que si viviera en Maycomb comenzaría a despotricar.

—No lo harías, y lo sabes —dijo Henry—. No quiero presionarte para que des una respuesta... no te muevas... pero tienes que decidirte por una cosa, Jean Louise. A lo largo de nuestra vida vas a ver cambios, vas a ver Maycomb cambiar de cara completamente. Tu problema, ahora, es que quieres las dos cosas a la vez; quieres detener el reloj, pero no puedes. Tarde o temprano tendrás que decidir si es Maycomb o Nueva York.

Él casi lo entendía. «Me casaré contigo, Hank, si me traes a vivir aquí al Desembarcadero Finch. Cambiaré Nueva York por este lugar, pero no por Maycomb».

Jean Louise miró al río. Ese lado del condado de Maycomb lo formaban altos despeñaderos, el condado de Abbott era llano. Cuando llovía, el río se desbordaba y se podía ir remando en barca por los campos de algodón. Ella miró corriente arriba. «La Batalla de las Canoas fue más allá», pensaba ella. Sam Dale atacó a los indios y Águila Roja saltó por el despeñadero.

«Y entonces cree conocer
Las colinas donde su vida surgió,
Y el mar al que camina».

—¿Has dicho algo? —preguntó Henry.

—Nada. Solo me ponía romántica —contestó ella—. A propósito, la tía dice que no te aprueba.

—Eso siempre lo he sabido. ¿Y tú?

—Sí.

—Entonces cásate conmigo.

—Propónmelo.

Henry se levantó y se sentó a su lado. Ambos dejaron colgar los pies por el borde del embarcadero.

—¿Dónde están mis zapatos? —preguntó ella de repente.

—En el auto, donde te los quitaste. Jean Louise, ahora gano suficiente para los dos. En unos cuantos años podremos mantenernos bien si las cosas siguen adelante. El Sur es ahora la tierra de las oportunidades. Hay suficiente dinero aquí en el condado de Maycomb para hundir un... ¿qué te parecería tener un esposo en la legislatura?

—¿Te presentas? —dijo Jean Louise sorprendida.

—Me lo estoy pensando.

—¿Contra el aparato?

Sí. Está casi maduro para caer por su propio peso, y si consigo que caiga en la planta baja...

—El gobierno decente en el condado de Maycomb supondría tal sacudida que no creo que los ciudadanos pudieran soportarlo —dijo ella—. ¿Qué piensa Atticus?

—Él piensa que la situación está madura.

—No lo tendrás tan fácil como él lo tuvo.

Su padre, después de realizar su campaña inicial, trabajó en la asamblea legislativa estatal todo el tiempo que quiso, sin oposición. Él fue único en la historia del condado: ningún aparato político se opuso a Atticus Finch, ningún aparato lo sostuvo, y ninguno fue contra él. Después de jubilarse, el aparato del partido engulló la única oficina independiente que quedaba.

—No, pero puedo competir con buenas posibilidades. La gente de la legislatura está bastante dormida en este momento, y una campaña dura podría derrotarlos.

—Cariño, no tendrás una compañera que te ayude —le dijo ella—. La política me mata de aburrimiento.

—De todos modos, tú no harás campaña contra mí, y eso por sí solo es un alivio.

—Cada vez más arriba, ¿no? ¿Por qué no me dijiste que te nombraron Hombre del Año?

—Tenía miedo a que te rieras —respondió Henry.

—¿Reírme de ti, Hank?

—Sí. Parece que la mitad del tiempo te ríes de mí.

¿Qué podía decir? ¿Cuántas veces había herido sus sentimientos?

—Tú sabes que nunca he tenido mucho tacto, pero te juro ante Dios que nunca me he reído de ti, Hank. Te lo digo de corazón.

Ella tomó la mano de él entre las suyas. Podía sentir su cabello rapado bajo su barbilla; era como terciopelo negro. Henry, besándola, la tumbó a su lado sobre el piso del embarcadero. Un rato después, Jean Louise lo detuvo.

—Será mejor que nos vayamos, Hank.

—Todavía no.

—Sí.

—Lo que más odio de este lugar es que siempre hay que ascender para regresar —dijo él con tono cansado.

—Tengo un amigo en Nueva York que siempre sube las escaleras a toda velocidad. Dice que eso evita que se quede sin aliento. ¿Por qué no lo intentas?

—¿Es tu novio?

—No seas tonto —dijo.

—Ya has dicho eso una vez hoy.

—Vete al infierno, entonces —respondió ella.

—Ya has dicho eso una vez hoy.

Jean Louise se puso las manos en la cintura.

—¿Qué te parecería lanzarte a nadar vestido? Eso no lo he dicho todavía hoy. Ahora mismo, podría empujarte en un abrir y cerrar de ojos.

—Sí, creo que lo harías.

—Sin esfuerzo —asintió ella.

Henry la agarró por el hombro.

—Si yo voy, tú vas conmigo.

—Haré una concesión —dijo ella—. Cuento hasta cinco para que te vacíes los bolsillos.

—Esto es una locura, Jean Louise —protestó él mientras se sacaba de los bolsillos dinero, llaves, cartera y cigarrillos. Se quitó los mocasines.

Se miraron el uno al otro como si fueran gallos de pelea. Henry la hizo saltar, pero cuando ella caía lo agarró de la camisa y se lo llevó con ella. Nadaron rápidamente en silencio hasta el medio del río, dieron media vuelta y nadaron lentamente hasta el embarcadero.

—Dame la mano para subir —dijo ella.

Con la ropa goteando y pegada al cuerpo, subieron por las escaleras.

—Estaremos casi secos cuando lleguemos al auto —afirmó él.

—Había corriente esta noche —respondió ella.

—Cuánta indulgencia.

—Ten cuidado, no sea que no te empuje por el desfiladero. Lo digo de veras —dijo ella sonriendo—. ¿Recuerdas cómo solía hacérselo pasar la señora Merriweather a su pobre marido? Cuando estemos casados, yo voy a hacerte lo mismo.

Lo tenía difícil el señor Merriweather si discutía con su esposa mientras iban por la carretera. El señor Merriweather no sabía conducir, y si su disensión llegaba a agriarse, la señora Merriweather detenía el automóvil y le hacía regresar a la ciudad haciendo autostop. Una vez tuvieron un desacuerdo en una vía secundaria, y el señor Merriweather anduvo abandonado durante siete horas. Finalmente pudo hacer que le llevara una carreta que pasaba por allí.

—Cuando esté en la legislatura no podremos salir a nadar de noche —dijo Henry.

—Entonces no te presentes.

El auto zumbaba al arrancar. Gradualmente, el aire dejó de sentirse fresco y volvió a ser sofocante. Jean Louise vio por el retrovisor el reflejo de faros detrás de ellos y les pasó un auto. Pronto pasó otro, y otro. Maycomb estaba cerca.

Con la cabeza sobre el hombro de él, Jean Louise se sentía satisfecha. Pensó que podría funcionar, después de todo. «Pero yo no soy una mujer de su casa. Ni siquiera sé cómo mandar a una cocinera. ¿Qué se dicen las damas unas a otras cuando van de visita? Tendré que llevar un sombrero. Se me caerían los bebés y los mataría».

Algo que parecía una gigantesca abeja negra pasó por su lado y se alejó escorándose en la curva más adelante. Ella se incorporó, asombrada.

—¿Qué era eso?

—Un auto lleno de negros.

—Señor, ¿qué creen que están haciendo?

—Ese es el modo en que se reivindican en estos tiempos —dijo Henry—. Tienen dinero suficiente para comprar automóviles de segunda mano, y van por la carretera a toda velocidad. Son una amenaza pública.

—¿Tienen licencia de conducir?

—No muchos. Tampoco tienen seguro.

—Dios mío, ¿y si sucede algo?

—Pues es toda una tragedia.

En la puerta, Henry la besó suavemente y la dejó ir.

—¿Mañana por la noche?

Ella asintió.

—Buenas noches, cariño.

Con los zapatos en la mano, entró de puntillas en el dormitorio de la parte frontal y encendió la luz. Se desvistió, se puso la chaqueta del pijama y se asomó en silencio al salón. Encendió una lámpara y fue a la estantería de los libros. «Qué difícil», pensó. Recorrió con el dedo los volúmenes de historia militar, se quedó unos momentos en *La Segunda Guerra Púnica* y se detuvo en *The Reason Why*. Pensó que podría prepararse bien para el tío Jack. Regresó a su dormitorio, apagó la luz del techo, alcanzó la lámpara de lectura y la encendió. Se metió en la cama que la vio nacer, leyó tres páginas y se quedó dormida con la luz encendida.

PARTE III

6

—¡Jean Louise, Jean Louise, despierta!

La voz de Alexandra la hizo despertar de su sueño y le resultó difícil encarar la mañana. Abrió los ojos y vio a Alexandra de pie al lado de su cama.

—¿Qué..? —exclamó ella.

—Jean Louise, ¿qué te propones, qué se *proponían* Henry y tú al ir a nadar anoche desnudos?

Jean Louise se sentó en la cama.

—¿Cómo?

—He preguntado qué tenían en mente Henry y tú al ir a nadar al río anoche desnudos. Todo Maycomb habla de ello esta mañana.

Jean Louise apoyó la cabeza sobre las rodillas e intentó despertarse.

—¿Quién te ha dicho eso, tía?

—Mary Webster llamó casi al amanecer, ¡y dijo que les vieron a ustedes dos desnudos en mitad del río anoche a la una de la mañana!

—Quien sea que tenga tan buena vista para distinguir eso es que no iba con buena intención —Jean Louise se encogió de hombros—. Bueno, tía, supongo que ahora tendré que casarme con Hank, ¿no es así?

—Yo... yo no sé qué pensar de ti, Jean Louise. Tu padre se morirá, se morirá, cuando lo descubra. Es mejor que se lo digas antes de que se entere en cualquier esquina por la calle.

Atticus estaba de pie en la puerta con las manos metidas en los bolsillos.

—Buenos días —dijo—. ¿De qué me voy a morir?

—Yo no voy a decírselo, Jean Louise —afirmó Alexandra—. Tienes que hacerlo tú.

Jean Louise hizo una señal silenciosa a su padre; su mensaje fue recibido y entendido. Atticus parecía serio.

—¿Qué sucede? —preguntó.

—Mary Webster llamó por teléfono. Sus espías nos vieron a Hank y a mí en medio del río anoche sin ropa.

—Humm... —dijo Atticus. Se tocó sus lentes—. Espero que no fueras nadando a estilo espalda.

—¡Atticus! —exclamó Alexandra.

—Lo siento, Zandra —dijo Atticus—. ¿Es eso cierto, Jean Louise?

—En parte. ¿He traído a la familia una deshonra sin remedio?

—Podríamos sobrevivir a eso.

Alexandra se sentó sobre la cama.

—Entonces es cierto —afirmó—. Jean Louise, en primer lugar, no sé qué estaban haciendo en el Desembarcadero Finch anoche...

—... pero sí lo sabes. Mary Webster te lo contó todo, tía. ¿No te dijo lo que sucedió después? Lánzame mi camisón, por favor, señor.

Atticus le lanzó los pantalones de su pijama. Ella se los puso bajo las sábanas, dio una patada a la sábana para apartarla y estiró las piernas.

—Jean Louise —continuó Alexandra, y se detuvo. Atticus sostenía un vestido de algodón que aún no estaba seco. Lo puso sobre la cama y fue hacia la silla. Agarró una combinación a medio secar, la sostuvo en alto y la dejó caer encima del vestido.

—Deja de atormentar a tu tía, Jean Louise. ¿Son estas tus ropas de nadar?

—Sí, señor. ¿Crees que debiéramos llevarlas por la ciudad colgadas de un palo?

Alexandra, perpleja, señaló la ropa de Jean Louise y dijo:

—Pero ¿qué se apoderó de ti anoche para meterte con la ropa puesta?

Cuando su hermano y su sobrina se rieron, ella dijo:

—No tiene gracia. Incluso si nadaron con la ropa puesta, Maycomb tampoco aprobará eso. Lo mismo daría haberlo hecho desnudos. No puedo imaginar quién te metió en la cabeza hacer tal cosa.

—Yo tampoco —dijo Jean Louise—. Además, si te resulta de algún consuelo, tía, no fue tan divertido. Tan solo comenzamos a burlarnos el uno del otro y yo reté a Hank, y él no pudo echarse atrás, y entonces yo no pude echarme atrás, y lo siguiente fue que estábamos dentro del agua.

Alexandra no estaba impresionada.

—A sus edades, Jean Louise, tal conducta es de lo más inapropiada.

Jean Louise dio un suspiro y se levantó de la cama.

—Bueno, lo siento —se disculpó—. ¿Hay café?

—Hay una olla esperándote.

Jean Louise se sumó a su padre en la cocina. Fue hacia el fogón, se sirvió una taza de café y se sentó a la mesa.

—¿Cómo puedes beber leche fría para el desayuno?

Atticus dio un trago.

—Sabe mejor que el café.

—Calpurnia solía decir, cuando Jem y yo le rogábamos que nos diera café, que nos haría volvernos negros como ella. ¿Estás enojado conmigo?

Atticus respiró hondo.

—Claro que no. Pero se me ocurren varias cosas más interesantes que hacer en mitad de la noche que lanzar un desafío como ese. Será mejor que te prepares para la escuela dominical.

El corsé de los domingos de Alexandra era aún más formidable que los que llevaba entre semana. Estaba de pie en la puerta del cuarto de Jean Louise vestida, con sombrero, con guantes, perfumada y lista.

El domingo era el día de Alexandra: en los momentos de antes y después de la clase de escuela dominical, ella y otras quince damas metodistas se sentaban juntas en el auditorio de la iglesia y realizaban un simposio que Jean Louise denominaba «Repaso de las noticias de la semana». Jean Louise lamentaba haber privado a su tía del placer de su día de reposo; hoy Alexandra estaría a la defensiva, pero Jean Louise confiaba en que Alexandra podría llevar a cabo una guerra defensiva con casi tanto genio táctico como el que usaba en sus imposiciones, que se recompondría y escucharía el sermón con la reputación de su sobrina intacta.

—Jean Louise, ¿estás lista?

—Casi —respondió. Se dio unos golpecitos en la boca con el lápiz de labios, se bajó un poco el tupé, irguió los hombros y se giró—. ¿Cómo me veo? —preguntó.

—Nunca te he visto completamente vestida en toda tu vida. ¿Dónde está tu sombrero?

—Tía, sabes muy bien que si entro en la iglesia hoy con un sombrero, todos pensarán que alguien ha muerto.

La única vez en que ella se puso un sombrero fue en el funeral de Jem. No sabía por qué lo hizo, pero antes del funeral insistió en que el señor Ginsberg abriera su tienda para ella. Escogió uno y se lo puso, plenamente consciente de que Jem se habría reído si hubiera podido verla, pero de alguna manera le hacía sentirse mejor.

Su tío Jack estaba de pie en las escaleras de la iglesia cuando llegaron.

El doctor John Hale Finch no era más alto que su sobrina, que medía un metro setenta y dos. Su padre le había legado una nariz con puente elevado, un austero labio inferior y grandes pómulos. Se parecía a su hermana Alexandra, pero su semejanza física terminaba en el cuello: el doctor Finch era delgado, casi como una araña; su hermana tenía proporciones más robustas. Él fue la razón de que Atticus no se casara hasta que tuvo cuarenta años. Cuando llegó el momento de escoger una profesión, John Hale escogió la medicina, y decidió estudiarla en una época en que el algodón se vendía a un céntimo el medio kilo y los Finch tenían de todo menos dinero. Atticus, que aún no estaba establecido en su profesión, gastó y pidió prestada cada moneda que pudo encontrar para darle una educación a su hermano; a su debido tiempo le fue devuelto con intereses.

El doctor Finch llegó a ser médico, ejerció en Nashville, jugó con astucia en la Bolsa, y cuando llegó a los cuarenta y cinco años de edad había acumulado suficiente dinero para jubilarse y dedicar todo su tiempo a su primer y eterno amor: la literatura victoriana, una empresa que en sí misma le hizo ganarse la reputación de ser el excéntrico licenciado más culto del condado de Maycomb.

El doctor Finch había libado tanto tiempo y con tanta intensidad del fuerte licor victoriano que su ser había adoptado curiosos gestos y extrañas exclamaciones. Puntuaba su conversación con pequeños «ja» y «hum» y expresiones arcaicas, encima de los cuales titubeaba precariamente su afición por la jerga moderna. Era agudo de ingenio, con aire distraído; permanecía soltero, pero daba la impresión de albergar divertidos recuerdos; tenía una gata de diecinueve años, y la mayor parte del condado de Maycomb no podía comprenderle porque su conversación estaba coloreada de sutiles alusiones a secretos victorianos.

Daba a los desconocidos la idea de ser un caso límite, pero quienes sintonizaban en su longitud de onda sabían que el doctor Finch poseía una mente tan lúcida, especialmente cuando se trataba de las especulaciones mercantiles, que sus amigos con frecuencia se arriesgaban a oír largos sermones sobre la poesía de Mackworth Praed a cambio de escuchar sus consejos. Debido a su tan larga y estrecha relación (en los solitarios años de su adolescencia, el doctor Finch había intentado hacer de ella una erudita), Jean Louise había desarrollado la suficiente comprensión de su temática para poder seguirle la mayor parte del tiempo, y disfrutaba de su conversación. Cuando no sufría un ataque de risa silencioso, estaba encantada por la ágil memoria que él tenía y por su amplitud e inquietud de mente.

—¡Buenos días, hija de Nereo! —exclamó su tío mientras la besaba en la mejilla. Una de las concesiones del doctor Finch al siglo XX era el teléfono. Mantenía a su sobrina a distancia de un brazo y la miraba con un divertido interés.

—Llevas en casa diecinueve horas y ya has satisfecho tu predilección por los excesos lavatorios, ¡ja! Un clásico ejemplo de conductismo watsoniano... creo que escribiré sobre ti y lo enviaré a la revista de la Asociación Médica Americana.

—Calla, viejo curandero —susurró Jean Louise manteniendo los dientes apretados—. Voy a ir a visitarte esta tarde.

—Tú y Hank teniendo una aventura por ahí en el río... ¡ja!... Debieran avergonzarse de ustedes mismos... deshonra para la familia... ¿te divertiste?

La clase de escuela dominical estaba comenzando y el doctor Finch le hizo una reverencia en la puerta:

—Tu culpable amante está esperando dentro —dijo.

Jean Louise le echó una mirada a su tío que no le hizo amedrentarse en absoluto, y entró en la iglesia con toda la dignidad que pudo reunir. Sonreía y saludaba a los metodistas de Maycomb, y en su viejo salón de clase se sentó al lado de la ventana y estuvo durmiendo con los ojos abiertos durante toda la lección, como de costumbre.

7

«No hay nada como un himno de los que te hielan la sangre para hacer que uno se sienta en casa», pensaba Jean Louise. Cualquier sentimiento de aislamiento que pudiera tener se había marchitado y había muerto en la presencia de unos doscientos pecadores que pedían sinceramente ser sumergidos bajo un río redentor de aguas carmesí. A la vez que ofrecía al Señor los resultados de la alucinación del señor Cowper, o declaraba que era el amor lo que la levantaba, Jean Louise compartía el afecto que prevalece entre diversos individuos que se encuentran en la misma barca durante una hora cada semana.

Estaba sentada al lado de su tía en el banco del medio en el lado derecho del auditorio; su padre y el doctor Finch se sentaban uno al lado del otro a la izquierda, en la tercera fila desde el frente. Por qué lo hacían seguía siendo un misterio para ella, pero se habían sentado juntos allí desde que el doctor Finch regresó a Maycomb. Ella pensaba que nadie los tomaría por hermanos. «Es difícil creer que sea diez años mayor que el tío Jack».

Atticus Finch se parecía a su madre; Alexandra y John Hale Finch se parecían a su padre. Atticus le sacaba una cabeza de altura a su hermano, su cara era más ancha y abierta, con una nariz recta y una boca amplia y delgada, pero algo en los tres los marcaba como familia. «Al tío Jack y a Atticus les están saliendo manchas blanquecinas en los mismos lugares y se parecen en los ojos», pensó Jean Louise. «Así son las cosas». Ella tenía razón. Todos los Finch tenían cejas rectas e incisivas y ojos con párpados abultados; cuando miraban de soslayo, hacia arriba o hacia delante, un observador neutral tendría un destello de lo que Maycomb denominaba «parecido familiar».

Sus meditaciones fueron interrumpidas por Henry Clinton. Había pasado la bandeja de la colecta por la fila de detrás, y mientras esperaba a que regresara por la fila donde ella estaba sentada, le hizo un claro y solemne guiño. Alexandra le vio y se puso hecha una fiera. Henry y el otro ujier recorrieron el pasillo central y se detuvieron con reverencia ante el altar.

Inmediatamente después de la colecta, los metodistas de Maycomb cantaban lo que denominaban la Doxología, así no hacía falta que el ministro orase por la colecta y se ahorraba los rigores que conllevaba inventarse otra oración, ya que en ese punto había pronunciado ya tres saludables invocaciones. Desde los tiempos de los recuerdos eclesiásticos más tempranos de Jean Louise, Maycomb había cantado la Doxología de una manera, y solamente de una:

A Dios—el—Padre—Celestial,

una interpretación y también una tradición del metodismo del Sur, como la del pago parcial en especies al predicador. Ese domingo, Jean Louise y la congregación se aclaraban con toda inocencia la garganta para cantar juntos cuando de repente la señora Clyde Haskins tocó al órgano:

A Dios, el Padre celestial
al Hijo, nuestro Redentor;
al eterno Consolador,
unidos, todos alabad.

Tal fue la confusión que siguió que, si el arzobispo de Canterbury se hubiera materializado vestido con toda su parafernalia, Jean Louise no se habría sorprendido lo más mínimo: la congregación no había notado ningún cambio en la interpretación que la señora Haskins llevaba toda su vida haciendo, y había entonado la Doxología hasta su glacial conclusión como se les había enseñado, mientras la señora Haskins correteaba frenéticamente por delante de sus voces como algo salido de la catedral de Salisbury.

El primer pensamiento de Jean Louise fue que Herbert Jemson se había vuelto loco. Herbert Jemson había sido el director musical de la Iglesia Metodista de Maycomb desde que le alcanzaba la memoria. Era un hombre bueno y grande con una voz de barítono suave, que dirigía un coro de solistas reprimidos con buen tacto, y que tenía una memoria infalible para los himnos favoritos de los superintendentes de distrito. En las diversas guerras eclesiales que constituían parte indisoluble del metodismo de Maycomb, se podía contar con que Herbert era la persona que mantuviera la calma, hablara con sensatez y reconciliara a los elementos más primitivos de la congregación con la facción de los radicales. Había dedicado treinta años de su tiempo libre a su iglesia, y esta le había recompensado recientemente con un viaje al campamento musical metodista en Carolina del Sur.

El segundo impulso de Jean Louise fue echar la culpa al ministro. Era un hombre joven, con el nombre de señor Stone, que tenía lo que el doctor Finch denominaba el mayor talento para el aburrimiento que había visto jamás en un hombre próximo a los cincuenta. No había en absoluto nada de malo en el señor Stone, excepto que poseía todas las cualificaciones necesarias para ser contable público certificado: no le gustaba la gente, se le daban bien los números, no tenía ningún sentido del humor y era un cabeza de chorlito.

Debido a que durante años la iglesia de Maycomb no había sido lo bastante grande para tener un buen ministro, pero sí demasiado grande para tener uno mediocre, Maycomb se alegró cuando, en la última Conferencia de la Iglesia, las autoridades decidieron enviar a sus metodistas a un joven lleno de vitalidad. Pero, pasado menos de un año, el joven ministro había impresionado a su congregación hasta el punto de llevar al doctor Finch a observar con tono distraído y audible un domingo:

—Pedimos pan y nos dieron una piedra.

Hacía tiempo que se tenía la sospecha de las posibles tendencias liberales del señor Stone; se llevaba demasiado bien, pensaban algunos, con sus hermanos yanquis; recientemente había resultado perjudicado en parte por una controversia sobre el Credo de los Apóstoles; y, lo peor de todo, se decía que era ambicioso. Jean Louise estaba construyendo un caso irrefutable contra él cuando recordó que el señor Stone no tenía oído musical.

Sin mostrar inquietud ante la falta de lealtad de Herbert Jemson, porque no lo había oído, el señor Stone se levantó y caminó hacia el púlpito con la Biblia en la mano. La abrió y dijo:

—Mi texto para hoy está tomado del capítulo veintiuno de Isaías, versículo seis:

«Porque así me ha dicho el Señor:
Ve y pon un centinela, que informe de todo lo que vea».

Jean Louise hizo un sincero esfuerzo por escuchar lo que veía el centinela del señor Stone, pero, a pesar de sus esfuerzos por apaciguar ese sentimiento, sintió que el entretenimiento se convertía en un indignante disgusto al mirar a Herbert Jemson durante el servicio. ¿Cómo se atrevía a cambiarlo? ¿Intentaba llevarlos de regreso a la Iglesia de Inglaterra? Si se hubiera dejado dominar por la razón, se habría dado cuenta de que Herbert Jemson era todo un metodista: andaba sensiblemente escaso de teología y tenía una larga lista de buenas obras.

Eliminada la Doxología, lo siguiente sería introducir el incienso... *la ortodoxia es mi doctrina.* «¿Eso lo dijo el tío Jack o fue uno de sus viejos obispos?». Miró al otro lado del pasillo hacia él y vio la afilada silueta de su perfil. «Está irritado», pensó.

El señor Stone seguía con su sonsonete... «un cristiano puede librarse de las frustraciones del modo de vida moderno al... acudir a la "noche de la familia" cada miércoles y traer un plato de comida... esté con ustedes ahora y siempre, amén».

El señor Stone había pronunciado la bendición y estaba de camino hacia la puerta cuando ella recorrió el pasillo para arrinconar a Herbert, quien se había quedado atrás para cerrar las ventanas. El doctor Finch se adelantó:

—... no debería cantarlo así, Herbert —le estaba diciendo—. Somos metodistas después de todo, D. V.

—No me culpe a mí, doctor Finch —Herbert levantó las manos al aire como si fuera a repeler lo que llegara—, es el modo en que nos dijeron que lo cantáramos en el campamento Charles Wesley.

—No va a aceptar algo así sin protestar, ¿verdad? ¿Quién le dijo que hiciera eso? —el doctor Finch retorció su labio derecho hasta que fue casi invisible y después lo soltó de golpe.

—El instructor de música. Él enseñó un curso sobre las incorrecciones que tenemos en la música eclesial del Sur. Él era de Nueva Jersey —dijo Herbert.

—Conque eso les enseñó, ¿no?

—Sí, señor.

—¿Y qué incorrecciones mencionó?

—Dijo que bien podríamos estar cantando el himno «Arrima tus labios al manantial de donde brota el evangelio» como la mayoría de himnos que cantamos. Dijo que debiéramos prohibir a Fanny Crosby por ley en la iglesia, y que «Roca de la eternidad» era una abominación al Señor.

—¿De veras?

—Dijo que deberíamos animar la Doxología.

—¿Animarla? ¿Cómo?

—Como la cantamos hoy.

El doctor Finch se sentó en el primer banco. Apoyó su brazo en el respaldo y movía sus dedos meditativamente. Levantó la mirada a Herbert.

—Parece ser —dijo—, parece ser que nuestros hermanos en el norte no se contentan solo con las actividades de la Corte Suprema. Ahora están intentando que cambiemos nuestros himnos.

—Nos dijo que deberíamos librarnos de los himnos sureños —dijo Herbert— y aprender algunos otros. A mí no me gusta... algunos que a él le parecían bonitos ni siquiera tienen melodía.

El «¡Ja!» del doctor Finch fue más tajante de lo habitual, una señal inequívoca de que se estaba enojando. Lo refrenó lo suficiente para poder decir:

—¿Himnos sureños, Herbert? ¿Himnos sureños?

El doctor Finch se colocó las manos sobre las rodillas y enderezó la espalda hasta ponerla recta.

—Ahora, Herbert —continuó—, vamos a sentarnos tranquilamente en este santuario y analizar esto con calma. Creo que su hombre desea que acabemos cantando la Doxología con nada menos que la Iglesia de Inglaterra; sin embargo, lo invierte... lo invierte... ¿y quiere que desechemos «Señor Jesús, el día ya se fue»?

—Correcto.

—Lyte.

—¿Qué... señor?

—Lyte, señor. Lyte. ¿Y qué de «La cruz excelsa al contemplar»?

—Ese es otro —dijo Herbert—. Nos dio una lista.

—Les dio una lista, ¿no? Supongo que «Firmes y Adelante» está en ella, ¿verdad?

—El primero.

—¡Ja! —exclamó el doctor Finch—. H. F. Lyte, Isaac Watts, Sabine Barin-Gould.

El doctor Finch dijo el último nombre con acento del condado de Maycomb: la *a* y la *i* largas, y una pausa entre sílabas.

—Inglés cada uno de ellos, Herbert, verdaderos ingleses —dijo—. Quiere desecharlos, y al mismo tiempo intenta hacernos cantar la Doxología como si todos estuviéramos en la Abadía de Westminster, ¿verdad? Bueno, deje que le diga algo…

Jean Louise miró a Herbert, quien asentía con la cabeza mostrando acuerdo, y a su tío, que miraba como si fuera Theobald Pontifex.

—… su amigo es un esnob, Herbert, y eso es un hecho.

—Era en cierto modo un poco cobarde —afirmó Herbert.

—Apuesto a que lo era. ¿Va a seguir usted todas esas tonterías?

—Cielos, no —respondió Herbert—. Pensé que lo probaría una vez, tan solo para asegurarme de lo que ya suponía. La congregación nunca lo aprenderá. Además, me gustan los himnos antiguos.

—A mí también, Herbert —dijo el doctor Finch. Se levantó y agarró del brazo a Jean Louise—. Nos veremos el próximo domingo, y si descubro que esta iglesia ha desviado un solo pie del sendero, le haré a usted personalmente responsable.

Algo en la mirada del doctor Finch le indicó a Herbert que eso era una broma. Se rio y dijo:

—No se preocupe, señor.

El doctor Finch acompañó a su sobrina hasta el automóvil, donde aguardaban Atticus y Alexandra.

—¿Quieres que te llevemos? —preguntó ella.

—Desde luego que no —contestó el doctor Finch.

Tenía por costumbre ir a la iglesia y volver caminando cada domingo, y eso hacía, sin que borrascas, calor ardiente o frío helador lo disuadieran.

Cuando se dio media vuelta para irse, Jean Louise lo llamó.

—Tío Jack —le dijo—, ¿qué significa D. V.?

El doctor Finch dio un suspiro del tipo que expresa: «No tienes educación ninguna, señorita», levantó las cejas y dijo:

—*Deo Volente*, Dios mediante, niña. Dios mediante. Una confiable aseveración católica.

8

Con la misma súbita rapidez con que un niño asalvajado tira de la larva de una hormiga y la saca de su agujero para dejarla batallando al sol, a Jean Louise la arrancaron de su ámbito de paz y la dejaron sola para proteger su sensible epidermis como pudo una húmeda tarde de domingo, a las 2:28 exactamente. Las circunstancias que condujeron a este hecho fueron las siguientes:

Después de la comida, momento en que Jean Louise amenizaba su hogar con las observaciones del doctor Finch sobre cantar himnos a la moda, Atticus estaba sentado en su rincón del salón leyendo la prensa dominical, y Jean Louise esperaba con ilusión las risas de una tarde con su tío, completada con pastas de té y el café más fuerte de Maycomb.

Sonó el timbre y oyó decir a Atticus: «¡Entra!», y la voz de Henry le respondió:

—¿Listo, señor Finch?

Ella dejó el trapo de cocina; antes de que pudiera salir, Henry asomó la cabeza por la puerta y dijo:

—Hola.

Alexandra lo clavó a la pared con su mirada de inmediato:

—Henry Clinton, deberías estar avergonzado.

Henry, cuyas miradas también tenían un efecto considerable, se la devolvió con toda su intensidad a Alexandra, quien no mostró señal alguna de retraerse.

—Señorita Alexandra —dijo—, no puede seguir enojada con nosotros mucho tiempo aunque lo intente.

—Esta vez los he sacado de esta —espetó Alexandra—, pero puede que yo no esté por aquí la próxima vez.

—Señorita Alexandra, se lo agradecemos más que nada en el mundo. —dijo, y se volvió hacia Jean Louise—. A las siete y media esta noche, y nada de ir al Desembarcadero. Iremos al espectáculo.

—Bien. ¿Dónde van a ir?

—Edificio del juzgado. Reunión.

—¿En domingo?

—Sí.

—Muy bien, se me olvidaba que por estas tierras todo el politiqueo se hace en domingo.

Atticus llamó a Henry para que se fueran.

—Adiós, cariño —dijo él.

Jean Louise lo siguió hasta el salón. Cuando la puerta frontal se cerró tras su padre y Henry, fue hasta el sillón de Atticus para ordenar los periódicos que él había dejado al lado en el piso. Los recogió, los colocó por secciones y los puso sobre el sofá en un montón ordenado. Cruzó de nuevo la sala para enderezar el montón de libros que había sobre su mesita, y en eso estaba cuando un panfleto del tamaño de un sobre captó su atención.

En su portada había un dibujo de un antropófago negro; encima del dibujo estaba la frase *La Plaga Negra*. Su autor era alguien con varios títulos académicos después de su nombre. Abrió el panfleto, se sentó en el sillón de su padre y comenzó a leer. Cuando hubo terminado, agarró el panfleto por una de sus esquinas, lo sostuvo como sostendría a una rata muerta por la cola y entró en la cocina. Sostuvo el panfleto delante de su tía.

—¿Qué es esta cosa? —le preguntó.

Alexandra lo miró por encima de sus lentes.

—Algo de tu padre.

Jean Louise pisó el pedal del cubo de la basura y tiró dentro el panfleto.

—No hagas eso —dijo Alexandra—. Es difícil que lleguen en estos tiempos.

Jean Louise abrió la boca para decir algo, la cerró, y la abrió de nuevo.

—Tía, ¿has leído eso? ¿Sabes lo que dice?

—Claro que sí.

Si Alexandra hubiera pronunciado una obscenidad en su cara, Jean Louise se habría sorprendido menos.

—Tú... tía, ¿sabes que lo que hay escrito ahí hace que el doctor Goebbels parezca un inocente muchacho de pueblo?

—No sé a qué te refieres, Jean Louise. Hay muchas verdades en ese libro.

—Sí, ciertamente —dijo Jean Louise con ironía—. Me gusta especialmente la parte donde dice que los negros, pobres criaturas, no pueden evitar ser inferiores a la raza blanca porque sus cráneos son más gruesos y sus cerebros menos profundos... lo que sea que eso signifique, y por eso debemos ser todos muy amables con ellos y no permitirles nada que pueda hacer que se dañen, y mantenerlos en su sitio. Dios mío, tía...

Alexandra tenía la espalda totalmente erguida.

—¿Y bien? —preguntó.

—Es solo que no sabía que estuvieras a favor de la literatura inmoral, tía —contestó Jean Louise.

Su tía estaba en silencio. Jean Louise continuó:

—Me ha impresionado bastante la parábola que dice que, desde el amanecer de la historia, los que han regido del mundo han sido siempre blancos, salvo Genghis Khan o alguien... el autor fue realmente justo en eso... y deja muy claro incluso que los Faraones eran blancos y sus súbditos eran o blancos o judíos...

—Eso es cierto, ¿no?

—Claro, pero ¿qué tiene que ver eso con el caso?

Cuando Jean Louise se sentía aprensiva, expectante o enojada, especialmente al enfrentarse a su tía, su cerebro saltaba a la métrica de las niñerías de las operetas de Gilbert. Tres animadas figuras daban vueltas frenéticamente en su cabeza: horas llenas del tío Jack y Dill danzando con disparatados ritmos oscurecían la llegada del mañana con los problemas del mañana.

Alexandra le estaba hablando:

—Te lo dije. Es algo que tu padre trajo a casa de una reunión del Consejo de ciudadanos.

—¿De una qué?

—Del Consejo de ciudadanos del condado de Maycomb. ¿No sabías que tenemos uno?

—No lo sabía.

—Bueno, tu padre está en la junta directiva y Henry es uno de los miembros más acérrimos —Alexandra dio un suspiro—. No es que en realidad necesitemos tener uno. Todavía no ha sucedido nada en Maycomb, pero siempre es sabio estar preparados. Ahí es donde están en este momento.

—¿Consejo de ciudadanos? ¿En Maycomb? —Jean Louise se oyó a sí misma repitiéndolo como atontada— ¿Atticus?

—Jean Louise —dijo Alexandra—, no creo que entiendas del todo lo que ha estado sucediendo aquí...

Jean Louise giró sobre sus talones, caminó hasta la puerta frontal, salió, cruzó el ancho patio frontal, fue por la calle hacia la ciudad tan rápidamente como podía caminar, con las palabras de Alexandra como un eco a sus espaldas: «No vas a ir a la ciudad de ese modo». Se había olvidado de que había un auto en buen estado en la cochera, y de que las llaves estaban en la mesa del vestíbulo. Caminaba rápidamente, siguiendo el ritmo de la absurda cancioncita que corría por su cabeza.

«Así es como lo haremos
si nos casaremos,
El día que te mueras,
A la dama a la que quieras
¡La mataremos!
Así es como lo haremos».

¿Qué pretendían Hank y Atticus? ¿Qué estaba sucediendo? No lo sabía, pero antes de la puesta del sol lo descubriría.

Tenía algo que ver con ese panfleto que encontró en la casa... allí delante de Dios y de todo el mundo... algo que ver con los Consejos de ciudadanos. Ella sabía algo, desde luego. Los periódicos de Nueva York estaban llenos de artículos sobre ese tema. Desearía haberles prestado más atención, pero solamente una ojeada a una de sus columnas era suficiente para leer una historia que le sonaba familiar: algunas personas que eran el Imperio Invisible, que odiaban a los católicos; ignorantes, llenos de temores, de caras sonrosadas, groseras, ciudadanos cien por ciento anglosajones, sus compatriotas americanos... basura.

Atticus y Hank estaban tramando algo, estaban allí meramente para echar un ojo a las cosas... la tía dijo que Atticus estaba en la junta directiva. Estaba equivocada. Era todo un error; la tía se confundía algunas veces...

Ralentizó el paso cuando llegó a la ciudad. Estaba desierta; había solamente dos automóviles delante de la droguería. El viejo edificio del juzgado se erigía con su blancura en medio del resplandor de la tarde. Se veía a un sabueso negro dar grandes zancadas por la calle en la distancia, y las araucarias se alzaban silenciosas en las esquinas de la plaza.

Cuando llegó a la entrada del lado norte, vio automóviles vacíos en doble fila a lo largo del edificio.

Cuando subió por las escaleras del edificio del juzgado extrañó a los ancianos que merodeaban por allí, extrañó el dispensador de agua fría que había pasada la puerta, extrañó las sillas que antes estaban en el pasillo; no extrañó el frío y húmedo olor a orina de los cuchitriles interiores. Pasó al lado de las oficinas del asesor fiscal, el recaudador de impuestos, el secretario del condado, el abogado del condado, el juez de sucesiones; subió las viejas escaleras sin pintar hasta el piso de la sala de juicios, después una pequeña escalera cubierta hasta la galería para las personas de color, entró en ella y ocupó su viejo asiento en la esquina de la primera fila, donde ella y su hermano se sentaban cuando iban a la corte y veían a su padre.

Debajo de ella, en toscos bancos, estaba sentada no solamente la mayor parte de la gentuza del condado de Maycomb, sino también los hombres más respetables del condado. Miró hacia el extremo más alejado de la sala, y detrás del barandal que separaba el tribunal de los espectadores, en una mesa larga, estaban sentados su padre, Henry Clinton, varios hombres que ella conocía demasiado bien y uno al que no conocía.

En el extremo de la mesa, sentado como una gran babosa gris hidrocéfala, estaba William Willoughby, el símbolo político de todo lo que su padre y hombres como él despreciaban. «Él es el último de *su* especie», pensó. Atticus no le hará pasarlo bien, y ahí está de todos modos...

William Willoughby fue sin duda el último de su especie, durante un tiempo al menos. Se desangraba hasta morir en medio de la abundancia, porque la sangre de su vida era la pobreza. Cada condado en el Sur profundo tenía a un Willoughby, cada uno tan parecido al otro que constituían una categoría llamada «Él, el Gran Hombre, el Pequeño Hombre», concediendo mínimas diferencias territoriales. Él, o como le llamaran sus súbditos, ocupaba la principal oficina administrativa en su condado (por lo general era *sheriff*, o juez de sucesiones), pero había mutaciones, como el Willoughby de Maycomb, quien decidió no honrar con su presencia ninguna oficina pública. Willoughby era raro, su preferencia por mantenerse en un segundo plano significaba que carecía de esa arrogancia personal que es característica esencial de los déspotas.

Willoughby decidió dirigir el condado no desde su oficina más cómoda, sino desde lo que respondía mejor a la descripción de una choza: una pequeña habitación oscura y con un olor terrible que tenía su nombre en la puerta, y que no albergaba nada más que un teléfono, una mesa de cocina y asientos ajustables sin pintar de rica pátina. Dondequiera que iba Willoughby, le seguía axiomáticamente un pequeño grupo de personajes pasivos, y en su mayoría negativos, que eran conocidos como el «Grupo del tribunal», especímenes a los que Willoughby había situado en las diversas oficinas municipales y del condado para que hicieran lo que se les decía.

Sentado a la mesa al lado de Willoughby estaba uno de ellos, Tom-Carl Joyner, su mano derecha y legítimamente orgulloso de ello: ¿acaso no estuvo con Willoughby desde el principio? ¿No llamaba él, en los viejos tiempos de la Depresión, a las puertas de los arrendatarios de cabañas a medianoche? ¿No le machacaba el cerebro a todo desgraciado ignorante y hambriento que aceptaba la ayuda pública, ya fuera un empleo o dinero, para que votara a Willoughby? Si no había voto, no había comida. Al igual que sus satélites menores, Tom-Carl había adoptado con los años un inadecuado aire de respetabilidad, y no le importaba que le recordaran sus ruines comienzos. Tom-Carl se sentaba ese domingo seguro, sabiendo que el pequeño imperio que había construido a costa de perder muchas horas de sueño sería suyo cuando Willoughby perdiera el interés o muriera. Nada en el rostro de Tom-Carl indicaba que alguna burda sorpresa pudiera interponerse en su camino: una independencia fomentada por la prosperidad había minado ya su reino hasta estar llevándolo a pique; dos elecciones más, y se derrumbaría hasta convertirse en material de tesis para la asignatura de sociología. Jean Louise observaba su carita prepotente, y casi se rio cuando pensó en lo implacable que el Sur era para recompensar a sus servidores públicos con la extinción.

Miró abajo y vio filas de cabezas que le resultaban familiares: cabello blanco, cabello castaño, cabello cuidadosamente peinado para ocultar la parte calva, y recordó que hacía mucho tiempo, cuando se aburría en la corte, apuntaba con bolitas de papel mojado a las brillantes cúpulas que había abajo. Un día, el juez Taylor la pilló y la amenazó con una orden de arresto.

El reloj del edificio del juzgado crujió, se oyó un «¡Ploc!», y dio la hora. Las dos. Una vez mitigado el sonido, vio a su padre levantarse y dirigirse a la asamblea con su seco tono de voz característico en los juicios:

—Caballeros, nuestro orador el día de hoy es el señor Grady O´Hanlon. No necesita ninguna presentación. Señor O´Hanlon.

El señor O´Hanlon se puso de pie y dijo:

—Como le dijo la vaca al lechero una fría mañana: «Gracias por la cálida mano».

Ella nunca había visto ni había oído del señor O´Hanlon en toda su vida. Sin embargo, a juzgar por los puntos esenciales de su comentario introductorio, el señor O´Hanlon dejó claro quién era: un hombre común, temeroso de Dios como cualquier otro hombre común, que había dejado su empleo para dedicar todo su tiempo a preservar la segregación. «Bueno, hay caprichos para todos los gustos», pensó ella.

El señor O´Hanlon tenía el cabello fino y castaño, ojos azules, expresión de tozudez y una llamativa corbata, y no llevaba chaqueta. Se desabrochó el cuello de la camisa, se aflojó la corbata, parpadeó, se pasó la mano por el cabello y fue directamente al grano:

El señor O´Hanlon nacido y criado en el Sur, fue a la escuela allí, se casó con una dama sureña, vivió allí toda su vida, y su principal interés en la actualidad era defender el «modo de vida sureño», y ningún negro ni ninguna Corte Suprema iban a decirle a él, ni a ninguna otra persona, lo que tenían que hacer... «una raza tan zoquete como... inferioridad esencial... cabezas lanudas rizadas... aún en los árboles... olor a grasa... se casan con nuestras hijas... hacen mestiza la raza... mestizaje... *mestizaje*... salvar al Sur... Lunes Negro... más ruines que cucarachas... Dios creó las razas... nadie sabe por qué, pero Él quiso que ellos se mantuvieran apartados... si Él no hubiera querido, nos habría creado a todos de un solo color... regresar a África...».

Ella oyó la voz de su padre, una suave voz que hablaba en el cálido y confortable pasado: *Caballeros, si hay un eslogan en este mundo que yo creo, es este: derechos iguales para todos, privilegios especiales para nadie.*

«Esos predicadores negros... como monos... bocas como latas... tuercen el evangelio... el tribunal prefiere escuchar a comunistas... sacarlos a todos y pegarles un tiro por traidores...».

Contra el zumbido de la arenga del señor O´Harlon, regresaba a su mente un recuerdo que competía con sus palabras: la sala del tribunal cambió de modo imperceptible, y en ella bajó la vista para ver las mismas cabezas. Cuando miró al otro lado de la sala, había un jurado sentado en la tribuna, el juez Taylor estaba en el estrado, mientras su pez piloto escribía rápidamente más abajo enfrente de él; su padre estaba de pie: se había levantado de una mesa en la cual ella podía ver la espalda de una cabeza lanuda y rizada...

Atticus Finch rara vez aceptaba un caso criminal; no le gustaba la ley criminal. La única razón por la que aceptó fue porque sabía que su cliente era inocente de la acusación, y no podía permitir de ninguna manera que el joven negro fuera a la cárcel por culpa de una defensa mediocre y nombrada por el tribunal. El muchacho había acudido a él a través de Calpurnia, le contó su historia, y le había dicho la verdad. La verdad era desagradable.

Atticus puso su carrera en manos de él, se aprovechó de la negligencia en la formulación de los cargos, lo llevó delante de un jurado y logró lo que no se había hecho ni antes ni después en el condado de Maycomb: ganó una exculpación para un hombre negro acusado de violación. El testigo principal del fiscal era una muchacha blanca.

Atticus tenía dos ventajas de peso: aunque la muchacha blanca tenía catorce años de edad, el demandado no fue acusado de estupro, así que Atticus podía demostrar, y demostró, que hubo consentimiento. El consentimiento fue más fácil de demostrar que en circunstancias normales, pues el demandado tenía un solo brazo. El otro se lo amputaron en un accidente en un aserradero.

Atticus siguió el caso hasta su conclusión empleando toda su capacidad y sintiendo un disgusto instintivo tan amargo que solamente el saber que después podría vivir en paz consigo mismo pudo eliminarlo. Después del veredicto, salió de la sala de juicios a mediodía, regresó caminando a casa y se dio un baño caliente. Nunca calculó lo que le había costado; nunca miró atrás. Nunca supo que dos pares de ojos como los suyos habían estado observándole desde la galería.

«... No la cuestión de si los mocosos de los negros irán a la escuela con sus hijos o subirán delante en un autobús... es si la civilización cristiana seguirá existiendo o si seremos esclavos de los comunistas... abogados negros... pisotearon la Constitución... nuestros amigos judíos... mataron a Jesús... votaron al negro... nuestros abuelos... jueces y *sheriff* negros... separado es igual... noventa y cinco por ciento del dinero de los impuestos... para el negro y el viejo sabueso... siguiendo el becerro de oro... predican el evangelio... la vieja señora Roosevelt... amanegros... entretener a cuarenta y cinco negros pero a ninguna virgen blanca sureña... Huey Long, ese caballero cristiano... negro como una mecha quemada... sobornó a la Corte Suprema... cristianos blancos decentes... fue Jesús crucificado por los negros...».

A Jean Louise se le resbaló la mano, la apartó de la baranda y la miró. Estaba mojada y goteaba. Un parche húmedo sobre el barandal reflejaba un delgado haz de luz que provenía de las ventanas superiores. Se quedó mirando a su padre, que estaba sentado a la derecha del señor O´Hanlon, y no podía creer lo que veía. Se quedó mirando a Henry, sentado a la izquierda del señor O´Hanlon, y no podía creer lo que veía...

... pero la sala estaba llena. Hombres de entidad y carácter, hombres responsables, hombres buenos. Hombres de todos los tipos y reputaciones... parecía que el único hombre en el condado que no estaba presente era el tío Jack. El tío Jack... se suponía que tenía que ir a visitarlo. ¿Cuándo?

Ella sabía poco sobre los asuntos de hombres, pero sabía que la presencia de su padre en la mesa junto a alguien que escupía suciedad por la boca... ¿le hacía ser menos sucio? No. Lo aprobaba.

Sintió náuseas. Con el estómago hecho un nudo, comenzó a temblar.

Hank.

Le chirriaron todos los nervios del cuerpo, y después se quedaron muertos. Estaba paralizada.

Se apoyó torpemente para ponerse de pie y fue bajando a trompicones desde la galería por la escalera cubierta. No escuchó sus propios pies arrastrándose por la ancha escalera, ni el reloj del edificio del juzgado que trabajosamente dio las dos y media; no sintió el aire frío y húmedo del primer piso.

Los deslumbrantes rayos del sol golpearon sus ojos causándole dolor, y se llevó las manos a la cara. Cuando las quitó lentamente para ajustar su vista de la oscuridad a la luz, vio Maycomb vacío de personas, resplandeciente en la calurosa tarde.

Bajó las escaleras y se puso a la sombra de uno de los robles. Estiró el brazo y se apoyó contra el tronco. Miró hacia Maycomb y se le hizo un nudo en la garganta: Maycomb le devolvía la mirada.

«Vete», decía el viejo edificio. «No hay lugar para ti aquí. No te queremos. Tenemos secretos».

En obediencia a esas voces, bajo la callada canícula se alejó caminando por la vía principal de Maycomb, una carretera que llevaba hasta Montgomery. Siguió caminando, pasó al lado de casas con anchos patios frontales en los cuales se veían moverse damas con buena mano para la jardinería y lentos hombretones. Creyó haber oído a la señora Wheeler gritarle a la señorita Maudie Atkinson al otro lado de la calle, y si la señorita Maudie la viera, le diría que se acercara para comer pastel: «Acabo de hacer uno grande para el doctor y uno pequeño para ti». Contó las grietas que había en la acera, se preparó para la arremetida de la señora Henry LaFayette Dubose… «*¡No me digas hola, Jean Louise Finch, di buenas tardes!*»… Se apresuró al pasar por la vieja casa de tejado inclinado, pasó la de la señorita Rachel y se encontró en su propia casa.

HELADO CASERO.

Apretó los párpados. «Me estoy volviendo loca», pensó.

Intentó seguir caminando, pero era demasiado tarde. La heladería cuadrada, bajita y moderna donde antes se encontraba su casa estaba abierta, y un hombre la miraba desde la ventana. Ella rebuscó en los bolsillos de sus pantalones y sacó un cuarto de dólar.

—¿Podría darme un cono de vainilla, por favor?

—Ya no vienen en conos. Puedo darle un…

—Está bien. Como sea que vengan —le dijo al hombre.

—Jean Louise Finch, ¿es usted?

—Sí.

—Solía vivir aquí, ¿verdad?

—Sí.

—De hecho, nació usted aquí, ¿no es cierto?

—Sí.

—Vive en Nueva York, ¿no?

—Sí.

—Maycomb ha cambiado, ¿no cree?

—Sí.

—No recuerda quién soy, ¿verdad?

—No.

—Bueno, no voy a decírselo. Puede sentarse aquí y comerse el helado, e intentar acordarse de quién soy, y si lo descubre le daré otro gratis.

—Gracias, señor —dijo ella—. ¿Le importa si voy a la parte de atrás...?

—Claro. Hay mesas y sillas en la parte trasera. La gente viene a sentarse aquí en la noche a comer helados.

El patio trasero estaba cubierto de gravilla blanca. «Parece muy pequeño sin casa, sin cochera, sin cinamomo», pensó. Se sentó en una mesa y puso sobre ella el recipiente del helado. «Tengo que pensar».

Todo había sucedido tan rápido que su estómago aún se estaba recuperando. Dio un profundo suspiro para calmarlo, pero no lo logró. Sintió que regresaban las náuseas y bajó la cabeza; por mucho que lo intentara, no podía pensar, simplemente sabía algo nuevo, y lo que sabía era esto:

El único ser humano en el que ella había confiado totalmente y sinceramente le había fallado; el único hombre que había conocido jamás al que podía señalar y decir con pleno conocimiento: «Es un caballero. Es un caballero en lo más profundo» le había traicionado, públicamente, crudamente y sin vergüenza alguna.

9

Integridad, humor y paciencia eran las tres palabras que mejor describían a Atticus Finch. Había también una frase para él: elige al azar a cualquier ciudadano del condado de Maycomb y sus alrededores, pregúntale lo que piensa de Atticus Finch, y la respuesta probablemente sería: «Nunca tuve un amigo mejor».

El secreto de Atticus Finch para su vida era tan sencillo que llegaba a ser profundamente complejo: mientras que la mayoría de hombres tenía códigos y trataba de estar a la altura de ellos, Atticus vivía el suyo al dedillo sin ningún escándalo, ninguna fanfarria ni introspección. Su carácter en privado era su carácter en público. Su código era la sencilla ética del Nuevo Testamento, sus recompensas eran el respeto y la devoción de todos los que le conocían. Incluso sus enemigos le querían, porque Atticus nunca reconocía que ellos eran sus enemigos. Nunca fue un hombre rico, pero era el hombre más rico que sus hijos conocieron jamás.

Pocas veces los niños están en posición de saber cosas como las que sabían sus hijos: cuando Atticus estaba en la legislatura, conoció a una muchacha de Montgomery quince años más joven que él, se enamoró y se casó con ella; la llevó a su hogar en Maycomb y vivieron en una casa recién comprada en la calle principal. Cuando Atticus tenía cuarenta y dos años nació su hijo, y le pusieron el nombre de Jeremy Atticus, por su padre y por el padre de su padre. Cuatro años después nació su hija, y le pusieron el nombre de Jean Louise, por su madre y por la madre de su madre. Dos años después, cuando Atticus regresó a casa del trabajo una tarde, encontró a su esposa en el piso del porche muerta, oculta a la vista por una parra que convertía el rincón del porche en un fresco reservado. No llevaba muerta mucho tiempo; la mecedora de la que se había caído aún se movía. Jean Graham Finch legó a la familia la enfermedad de corazón que mató a su hijo veintidós años después en la acera delante de la oficina de su padre.

A los cuarenta y ocho, Atticus se quedó con dos niños pequeños y una cocinera negra llamada Calpurnia. No es probable que se dedicara a entender el porqué; se limitó a educar a sus hijos lo mejor que pudo, y en términos del afecto que sus hijos sentían por él, lo mejor que pudo fue ciertamente bien: nunca estaba demasiado cansado para jugar a las escondidas; nunca estaba demasiado ocupado para inventar historias maravillosas; nunca estaba demasiado absorbido en sus propios problemas para no escuchar sinceramente una queja; cada noche les leía en voz alta hasta que le fallaba la voz.

Atticus mataba varios pájaros de un tiro cuando leía a sus hijos, y probablemente habría dejado perplejo a más de un psicólogo infantil: les leía a Jem y Jean Louise cualquier cosa que él estuviera leyendo, y los niños se criaron poseyendo una extraña erudición. Les salieron los dientes escuchando historia militar, actas pendientes de ser aprobadas y convertidas en leyes, *True Detective Mysteries*, el *Código* de Alabama, la Biblia, y *Golden Treasury* de Palgrave.

Dondequiera que iba Atticus, la mayoría de las veces Jem y Jean Louise le seguían. Los llevaba a Montgomery con él si la legislatura estaba en sesiones de verano; los llevaba a partidos de fútbol, a reuniones políticas, a la iglesia, a la oficina en la noche si tenía que trabajar hasta muy tarde. Cuando se ponía el sol, rara vez se veía a Atticus en público sin sus hijos a remolque.

Jean Louise nunca conoció a su madre, y nunca supo lo que era una madre, pero muy pocas veces sintió la necesidad de tenerla. En su niñez, su padre nunca la había interpretado mal, ni había vacilado una sola vez, salvo cuando ella tenía once años y regresó a casa de la escuela un día y descubrió que le comenzaba a salir sangre.

Ella pensó que se estaba muriendo y comenzó a gritar. Calpurnia, Atticus y Jem acudieron corriendo y, cuando vieron su situación, Atticus y Jem miraron indefensos a Calpurnia, y Calpurnia se encargó del asunto.

Jean Louise nunca había tenido plena conciencia de que era una muchacha: su vida había estado repleta de acción intrépida y de golpes; luchas, fútbol, escaladas, seguir el ritmo de Jem y ser mejor que cualquiera de su misma edad en cualquier competición que requiriera destreza física.

Cuando estuvo lo bastante tranquila para escuchar, le pareció que le habían gastado una broma pesada: ahora debía entrar en el mundo de la feminidad, un mundo que despreciaba, que no podía comprender y del que no podía defenderse, un mundo que no la quería.

Jem se apartó de ella cuando tenía dieciséis años. Comenzó a peinarse el cabello hacia atrás con agua y a salir con muchachas, y su único amigo era Atticus. Entonces el doctor Finch regresó a casa.

Los dos hombres ya entrados en años la vieron atravesar sus horas más solitarias y más difíciles, el doloroso limbo de pasar de ser una marimacho gritona a una joven señorita. Atticus le quitó de las manos su rifle de aire comprimido y puso en ellas un palo de golf, el doctor Finch le enseñó… el doctor Finch le enseñó lo que tenía más interés para él. Ella cumplió de labios para fuera con el mundo: fingió acatar las regulaciones que gobernaban la conducta de las muchachas adolescentes de buena familia, desarrolló un mediano interés en la ropa, los muchachos, los peinados, los chismes y las aspiraciones femeninas, pero se sentía incómoda todo el tiempo que estaba alejada de la seguridad de las personas que ella sabía que la querían.

Atticus la envió a una universidad femenina en Georgia; cuando terminó sus estudios, él dijo que ya era hora de que comenzara a cambiar por sí misma, y por qué no se iba a Nueva York o a alguna otra parte. Ella se sintió vagamente insultada, como si la estuvieran echando de su propia casa, pero a medida que pasaron los años reconoció todo el valor de la sabiduría de Atticus; él estaba envejeciendo y quería morir con la seguridad de saber que su hija podía arreglárselas sola.

Sí se quedó sola, pero lo que la respaldaba, la fuerza moral más poderosa en su vida, era el amor de su padre. Ella nunca lo cuestionó, nunca pensaba en ello, ni siquiera se daba cuenta nunca de que, antes de tomar cualquier decisión de importancia, pasaba por su subconsciente el reflejo de pensar: «¿Qué haría Atticus?»; nunca se dio cuenta de que lo que la hacía plantarse firme sobre sus talones siempre que eso ocurría era su padre; que cualquier cosa que fuera decente y buena en su carácter la había puesto ahí su padre; que ella no sabía que le adoraba.

Lo único que sabía era que sentía lástima por las personas de su edad que despotricaban contra sus padres por no haberles dado esto o por no haberles querido dar aquello. Sentía lástima por las madrinas de mediana edad que después de muchos análisis descubrían que el asiento de su ansiedad estaba en sus asientos; sentía lástima por las personas que llamaban a sus padres «mi viejo», denotando que eran criaturas vulgares, probablemente borrachos ineptos que habían decepcionado a sus hijos de un modo terrible e imperdonable en algún momento.

Era derrochadora con su lástima, y complaciente en su cómodo y acogedor mundo.

10

Jean Louise se levantó de la silla del patio donde estaba sentada, fue hasta la esquina de la propiedad y vomitó lo que había comido ese domingo. Sus dedos se agarraron a los hilos de una valla de metal, la que separaba el jardín de la señorita Rachel del patio trasero de los Finch. Si Dill estuviera allí, saltaría la valla para ir con ella, acercaría su cabeza a la de él, la besaría y le agarraría la mano, y juntos defenderían su terreno cuando hubiera problemas en la casa. Pero hacía mucho que Dill se había separado de ella.

Cuando recordó la escena en la sala del juzgado, regresaron las náuseas con reforzada violencia, pero no le quedaba nada en el estómago que expulsar.

«Si me hubieras escupido a la cara...».

Podía ser, podría ser, seguía siendo, un terrible error. Su mente se negaba a asimilar lo que sus ojos y sus oídos le decían. Volvió a la silla y se sentó con la mirada fija en un charquito de helado de vainilla derretida que iba avanzando lentamente hacia el borde de la mesa. Se extendió. Se detuvo. Se movió. Goteó. Una gota, otra gota, otra, caían a la gravilla blanca hasta que, una vez saturada, no podía recibir más gotas y apareció un segundo charco diminuto.

Has sido tú. Tan cierto como que estabas allí sentada.

—¿Ya ha averiguado mi nombre? Vaya, mire eso, ha desperdiciado el helado.

Ella levantó la cabeza. El hombre de la tienda estaba apoyado en la ventana trasera, a menos de metro y medio de distancia. Se retiró y volvió a aparecer con un trapo. Mientras limpiaba el helado dijo:

—¿Cómo me llamo?

Rumpelstiltskin.

—Eh, lo siento —miró al hombre con atención—. ¿Es usted uno de los Conningham con *o*?

El hombre mostró una amplia sonrisa.

—Casi. Soy uno de los que llevan u. ¿Cómo lo supo?

—Parecido familiar. ¿Qué le hizo salir del bosque?

—Mi madre me dejó madera en herencia y la vendí, y luego puse aquí esta tienda.

—¿Qué hora es? —preguntó ella.

—Casi las tres y media —respondió el señor Cunningham.

Ella se levantó, se despidió con una sonrisa y dijo que regresaría pronto. Se dirigió hacia la acera. «Dos horas completas y no sabía dónde estaba. Estoy muy cansada».

No regresó pasando por la ciudad. Dio un rodeo por el camino más largo, atravesando el patio de la escuela, por una calle que iba en línea con los árboles de pacanas, cruzando otro patio escolar, y después un campo de fútbol en el que una vez Jem, aturdido, se había enfrentado a un hombre. «Estoy muy cansada».

Alexandra estaba de pie en la puerta. Se hizo a un lado para dejar pasar a Jean Louise.

—¿Dónde has estado? —le preguntó—. Jack llamó hace horas preguntando por ti. ¿Has estado visitando a alguien que no sea de la familia «de esa manera»?

—Yo... no lo sé.

—¿Qué quieres decir con que no lo sabes? Jean Louise, habla con sentido común y telefonea a tu tío.

Fue con paso cansado hasta el teléfono y dijo:

—Uno nueve.

—Doctor Finch —respondió la voz del doctor Finch.

—Lo siento —le dijo ella en un tono bajo—. ¿Nos vemos mañana?

—Muy bien —respondió el doctor Finch.

Estaba demasiado cansada para encontrar divertidos los modales de su tío al teléfono: él veía tales instrumentos con un profundo enojo, y sus conversaciones consistían en monosílabos, en el mejor de los casos.

Cuando se dio la vuelta, Alexandra dijo:

—Tienes mala cara. ¿Qué sucede?

«Madame, mi padre me ha dejado tirada como una platija en la marea baja, y tú me preguntas qué sucede».

—El estómago —contestó.

—Hay mucha gente con ese problema estos días. ¿Te duele?

Sí, duele. Terriblemente. Duele tanto que no puedo soportarlo.

—No, tía, solo son molestias.

—¿Entonces, ¿por qué no te tomas un Alka-Seltzer?

Jean Louise dijo que lo haría, y entonces se le hizo la luz a Alexandra.

—Jean Louise, ¿fuiste a esa reunión con todos aquellos hombres allí?

—Sí, señora.

—¿De esa manera?

—Sí.

—¿Dónde te sentaste?

—En la galería. No me vieron. Estuve mirando desde la galería. Tía, cuando venga Hank esta noche dile que me estoy... indispuesta.

—¿Indispuesta?

No podía soportar seguir allí ni un minuto más.

—Sí, tía. Voy a hacer lo que toda virgen cristiana sureña y de raza blanca hace cuando se siente indispuesta.

—¿Y qué es?

—Me voy a la cama.

Jean Louise se fue a su cuarto, cerró la puerta, se desabrochó la blusa, se bajó la cremallera de los pantalones y se tumbó atravesada en la cama de hierro forjado de su madre. Tanteó a ciegas buscando una almohada y se la acercó a la cara. Un minuto después estaba dormida.

Si hubiera sido capaz de pensar, Jean Louise podría haber estado prevenida contra los acontecimientos que se le venían encima, considerando los sucesos del día en términos de una historia recurrente tan antigua como el tiempo: el capítulo que le afectaba comenzó doscientos años atrás y se tuvo lugar en una sociedad orgullosa que ni la guerra más sangrienta ni la paz más rigurosa de la historia moderna pudieron destruir, que regresaba, para volver a desarrollarse en su propio terreno en el crepúsculo de una civilización a la que ninguna guerra ni ninguna paz podían salvar.

Si lo hubiera visto, podría haber traspasado las barreras de su selectivo mundo insular, puede que hubiera descubierto que había tenido durante toda su vida un defecto visual que ella misma y quienes estaban más cerca no habían observado y habían descuidado: había nacido daltónica.

PARTE IV

11

Hubo una época, mucho tiempo atrás, en que los únicos momentos pacíficos de su existencia eran el rato desde que abría los ojos en la mañana hasta llegar a recuperar totalmente la conciencia, cuestión de segundos hasta que, cuando al fin se despertaba, entraba en la pesadilla en vela del día.

Estaba en sexto grado, un curso memorable por las cosas que aprendió dentro y fuera de clase. Ese año, el pequeño grupo de niños de la ciudad fue invadido temporalmente por un grupo de alumnos mayores que habían sido trasladados desde Old Sarum porque alguien había incendiado su escuela. El muchacho de más edad en la clase de sexto de la señorita Blunt tenía casi diecinueve años, y había otros tres de su edad. Había varias muchachas de dieciséis, criaturas felices y voluptuosas que pensaban en la escuela como una especie de vacaciones que las eximía de la obligación de cortar algodón y alimentar al ganado. La señorita Blunt era igual a todos ellos: tan alta como el más alto de la clase, y su cuerpo tenía el doble de anchura.

Jean Louise se acopló inmediatamente a los recién llegados de Old Sarum. Después de acaparar toda la atención de la clase al meter deliberadamente a Gaston B. Means en una discusión sobre los recursos naturales de Sudáfrica, y tras demostrar su puntería al disparar una goma durante el descanso, gozaba de la confianza del grupo de Old Sarum.

Con una ruda amabilidad, los muchachos mayores le enseñaron a lanzar los dados y masticar tabaco sin tragárselo. Las muchachas de más edad se pasaban la mayor parte del tiempo tapándose las risitas con las manos y susurrando mucho entre ellas, pero Jean Louise las consideraba útiles cuando tenía que escoger equipos para un partido de voleibol. En general, estaba resultando ser un año maravilloso.

Maravilloso, hasta cierto día al llegar a casa para comer. No volvió a la escuela esa tarde, la pasó tumbada en la cama y llorando de rabia, intentando entender la terrible información que le había transmitido Calpurnia.

Al día siguiente regresó a la escuela caminando con una dignidad extrema, no por orgullo, sino por la molestia de un accesorio con el que no estaba familiarizada. Tenía la seguridad de que todo el mundo sabía lo que le ocurría, que la estaban mirando, pero se sentía perpleja por no haber oído hablar de aquello antes en toda su vida. «Quizá nadie sabe nada al respecto», pensó. Si así era, tenía noticias.

En el recreo, cuando George Hill le pidió que jugara a «fuego en la cocina», ella negó con la cabeza.

—Ya no puedo hacer nada —dijo, y se sentó en los escalones observando a los muchachos revolcarse en la tierra—. Ni siquiera puedo caminar.

Cuando ya no pudo soportarlo más, se sumó al grupo de muchachas que estaban bajo el roble en una esquina del patio de la escuela.

Ada Belle Stevens se rio e hizo espacio para ella en el largo banco de cemento.

—¿Por qué no estás jugando? —le preguntó.

—No quiero —respondió Jean Louise.

Ada Belle entrecerró los ojos y movió sus claras cejas.

—Apuesto a que sé lo que te pasa.

—¿Qué?

—Tienes la maldición.

—¿La qué?

—La maldición. La maldición de Eva. Si Eva no se hubiera comido la manzana, no la habríamos tenido. ¿Te encuentras mal?

—No —contestó Jean Louise, maldiciendo en silencio a Eva—. ¿Cómo lo has sabido?

—Caminas como si estuvieras montando una yegua alazana —le dijo Ada Belle—. Te acostumbrarás. Yo la tengo desde hace años.

—No me acostumbraré nunca.

Era difícil. Cuando sus actividades quedaron limitadas, Jean Louise se limitó a jugar apostando pequeñas sumas de dinero detrás de un montón de carbón en la parte trasera del edificio de la escuela. La peligrosidad inherente en tal empresa le atraía mucho más que el juego en sí mismo; no era lo bastante buena en aritmética para interesarse por si ganaba o perdía, el disfrute no estaba en batir la ley de los promedios, sino en el placer de engañar a la señorita Blunt. Sus compañeros eran los más perezosos entre los muchachos de Old

Sarum, y el más perezoso de ellos era un tal Albert Coningham, un muchacho lento para el estudio a quien Jean Louise había prestado un valioso servicio durante las seis semanas de exámenes.

Un día, mientras sonaba la campana para entrar, Albert, sacudiéndose carbonilla de los pantalones, dijo:

—Espera un momento, Jean Louise.

Ella esperó. Cuando estaban solos, Albert dijo:

—Quiero que sepas que saqué un aprobado en geografía.

—Eso está muy bien, Albert —le dijo ella.

—Solo quería darte las gracias.

—De nada, Albert.

Albert se sonrojó hasta el nacimiento del pelo, la acercó a él y le dio un beso. Ella sintió su lengua mojada sobre sus labios, y se retiró. Nunca antes la habían besado así. Albert la soltó y se fue arrastrando los pies hacia el edificio de la escuela. Jean Louise le siguió, desconcertada y un poco molesta.

Ella solamente soportaba que le diera un beso un pariente, y en la mejilla, y en esos casos se limpiaba el beso a escondidas; Atticus la besaba suavemente donde cayera, y Jem nunca la besaba. Pensó que Albert de algún modo había calculado mal, y pronto se le olvidó.

A medida que transcurría el año, en el descanso se juntaba con frecuencia con el grupo de chicas bajo el árbol, sentada en medio del grupo, resignada a su destino, pero observando a los muchachos jugar sus partidos de temporada en el patio de la escuela. Una mañana, al llegar tarde a la escena, vio que las muchachas se estaban riendo con más secretismo del habitual y demandó saber el motivo.

—Es Francine Owen —dijo una de ellas.

—¿Francine Owen? Ha faltado un par de días —observó Jean Louise.

—¿Sabes por qué? —preguntó Ada Belle.

—No.

—Es su hermana. Los servicios sociales se han hecho cargo de las dos.

Jean Louise dio unos codazos a Ada Belle, quien le hizo espacio en el banco.

—¿Y qué le pasa?

—Está embarazada, ¿y sabes quién lo hizo? Su padre.

—¿Qué es embarazada? —preguntó Jean Louise.

Se produjo un gruñido en el círculo de muchachas.

—Va a tener un bebé, tonta —dijo una de ellas.

Jean Louise asimiló la definición y dijo:

—Pero ¿qué tiene que ver con eso su padre?

Ada Belle dio un suspiro.

—Su padre es el papá.

—Vamos, Ada Belle... —Jean Louise se rio.

—Es un hecho, Jean Louise. Te apuesto a que el único motivo de que Francine no lo esté es que no ha empezado aún.

—¿Empezado qué?

—Empezado a «ministrar» —dijo Ada Belle con tono impaciente—. Apuesto a que lo hizo con las dos.

—¿Hacer qué? —Jean Louise a esas alturas estaba totalmente confusa.

Las muchachas se rieron.

—No sabes nada, Jean Louise Finch —dijo Ada Belle—. Lo primero de todo es que... y, entonces, si lo haces después de eso, después de empezar, entonces, tendrás un bebé.

—¿Hacer *qué*, Ada Belle?

Ada Belle levantó la vista al círculo y después hizo un guiño.

—Bien, lo primero de todo es que se necesita un muchacho. Luego él te abraza fuerte, respira con mucha fuerza y entonces te da un beso francés. Eso es cuando te besa, abre la boca y te mete la lengua en la boca...

Un pitido en los oídos anuló la narración de Ada Belle. Sintió que la sangre abandonaba su cara. Le sudaban las palmas de las manos, e intentó tragar saliva. No iba a irse. Si se iba, ellas lo sabrían. Se puso de pie, intentando sonreír, pero sintió que le temblaban los labios. Mantuvo cerrada la boca y apretados los dientes.

—... y eso es todo. ¿Qué pasa, Jean Louise? Estás más blanca que la leche. No te he asustado, ¿verdad? —Ada Belle mostró una sonrisa de superioridad.

—No —respondió Jean Louise—. Ya no tengo tanto calor. Creo que me voy dentro.

Rogó para que no vieran que le temblaban las rodillas mientras cruzaba el patio de la escuela. Dentro del baño femenino, se apoyó sobre un lavamanos y vomitó.

No había malinterpretación posible: Albert le había metido la lengua. Estaba embarazada.

Los fragmentos de moralidad adulta que había captado Jean Louise hasta ese entonces eran pocos pero suficientes: era posible tener un bebé sin estar casada, eso lo sabía. Hasta ese día ni sabía ni le importaba cómo se producía, porque el tema no interesaba, pero si alguien tenía un bebé sin estar casada, su familia se veía inmersa en una profunda deshonra. Había oído hablar mucho a Alexandra acerca de deshonras en familias: la deshonra implicaba que te enviaban a Mobile y te encerraban en un Hogar lejos de las personas decentes. La familia de esa muchacha nunca podría volver a llevar la cabeza alta. Algo había sucedido una vez, en la carretera hacia Montgomery, y las señoras del otro lado de la calle estuvieron susurrando y cacareando sobre el tema durante semanas.

Se odiaba a sí misma, odiaba a todo el mundo. No le había hecho ningún daño a nadie. Se veía abrumada por la injusticia de la situación: ella no había tenido intención de hacer daño.

Se escabulló del edificio de la escuela, rodeó la esquina de la casa, se metió por el patio trasero, se subió al cinamomo y se quedó allí sentada hasta que llegó la hora de la comida.

La comida fue larga y silenciosa. Ella apenas era consciente de la presencia de Jem y Atticus en la mesa. Después de la comida regresó al árbol y se quedó allí sentada hasta el atardecer, cuando oyó que Atticus la llamaba.

—Baja de ahí —le dijo. Se sentía demasiado desgraciada para reaccionar al tono serio de su voz. —La señorita Blunt llamó y dijo que te fuiste de la escuela en el descanso y ya no regresaste. ¿Dónde estabas?

—Por la calle.

—¿Estás enferma? Sabes que si estás enferma tienes que ir directamente a Cal.

—No, señor.

—Entonces, si no estás enferma, ¿qué historia puedes presentar para defender tu conducta? ¿Alguna excusa?

—No, señor.

—Bien, deja que te diga algo. Si esto vuelve a suceder, tendrás un severo castigo.

—Sí, señor.

Estuvo a punto de decírselo, de entregarle su carga, pero se quedó en silencio.

—¿Estás segura de que te sientes bien?

—Sí, señor.

—Entonces baja y entra en la casa.

Cuando estaban cenando en la mesa, ella quería lanzarle su plato lleno a Jem, un ser superior de quince años que se comunica con su padre como los adultos. De vez en cuando, Jem le lanzaba miradas desdeñosas. «Me vengaré, no te preocupes», le prometió. «Pero ahora no puedo».

Cada mañana se despertaba llena de energía felina y las mejores intenciones, cada mañana regresaba el sordo temor; cada mañana esperaba el bebé. Durante el día, nunca estaba lejos de su pensamiento consciente, regresando de manera intermitente cuando menos lo esperaba, susurrándole y persiguiéndola.

Buscó la palabra «bebé» en el diccionario y no encontró mucho; buscó «parto» y encontró menos. Se topó con un libro antiguo en la casa titulado *Demonios, medicinas y doctores* y se asustó hasta sentir una histeria muda ante los dibujos de sillas medievales de parto, instrumental para el alumbramiento, y la información que decía que a veces empujaban a las mujeres contra la pared para inducir el parto. Poco a poco fue recopilando datos entre sus amigas de la escuela, con cuidado de espaciar sus preguntas entre las semanas para así no levantar sospechas.

Evitaba a Calpurnia todo el tiempo que podía, porque pensaba que Cal le había mentido. Le había dicho que todas las muchachas lo tenían, que era tan natural como respirar, que era una señal de que se estaban haciendo mayores, y que lo tenían hasta que llegaran a los cincuenta y muchos. En ese tiempo, Jean Louise estaba tan atenazada por la desesperación ante la idea de ser demasiado vieja para disfrutar de nada cuando por fin se le hubiera retirado que se refrenaba de hablar del tema. Cal no había dicho nada sobre bebés y besos con lengua.

Al final, sondeó a Calpurnia por medio de la familia Owen. Cal dijo que no quería hablar de ese señor Owen porque no era digno de relacionarse con seres humanos. Iba a pasar en la cárcel mucho tiempo. Sí, habían enviado a Mobile a la hermana de Francine, pobre muchacha. Francine estaba en el Hogar Bautista para Huérfanas en el condado de Abbott. Jean Louise no debía ocupar su mente con pensamientos sobre esa gente. Calpurnia se estaba enojando, y Jean Louise dejó que las cosas se calmaran.

Cuando descubrió que tenía nueve meses por delante hasta que llegara el bebé, se sintió como un criminal indultado. Contaba las semanas tachándolas en un calendario, pero no tuvo en cuenta que habían pasado ya cuatro meses cuando comenzó a hacer sus cálculos. A medida que se acercaba el momento, pasaba los días con inevitable pánico por si se despertaba una mañana y encontraba un bebé en la cama con ella. Crecían en el estómago, de eso estaba segura.

La idea le había estado dando vueltas en la cabeza durante mucho tiempo, pero la había apartado instintivamente: la sugerencia de una separación definitiva le resultaba insoportable, pero sabía que llegaría el día en que no se podría seguir postergando, no habría manera de ocultarlo. Aunque su relación con Atticus y Jem había llegado a su punto más bajo («Llevas unos días totalmente aturdida, Jean Louise», le había dicho su padre. «¿No puedes concentrarte en nada cinco minutos?»), pensar en cualquier existencia sin ellos, por muy hermoso que fuera el cielo, era inasumible. Pero ser enviada a Mobile y provocar que su familia tuviera que vivir de ahí en adelante con la cabeza agachada era peor: ni siquiera a Alexandra le deseaba eso.

Según sus cálculos, el bebé llegaría en octubre, y el día treinta de septiembre se quitaría la vida.

El otoño llega tarde en Alabama. Incluso en Halloween, se pueden dejar las sillas del porche sin necesidad de abrigarse mucho. Los crepúsculos son largos, pero la oscuridad llega de repente; el cielo cambia de color naranja opaco a azul oscuro en cuestión de segundos, y con la luz se va el último rayo de calor del día, dejando un clima fresco.

El otoño era su estación favorita. Aguardaba con expectación sus sonidos y sus formas: el ruido distante de puñetazos al cuero y de cuerpos jóvenes en el campo de entrenamiento cercano le hacían pensar en bandas y en Coca-Colas frías, cacahuetes secos y en poder ver el vaho del aliento de la gente en el aire. Había incluso algo que esperar con ilusión cuando comenzaban las clases: renovación de viejas enemistades y amistades, semanas de volver a aprender lo que la mitad olvidó durante el largo verano. El otoño era la época de las cenas calientes y de poder comer todo lo que uno se había perdido en la mañana, cuando tenía demasiado sueño aún para saborearlo. Su mundo estaría en su mejor punto cuando llegara la hora de abandonarlo.

Tenía doce años y estaba en undécimo grado. Su capacidad de apreciar el cambio tras haber acabado la educación primaria estaba limitada; los cambios de aula y de profesores en un mismo día no le gustaban, ni tampoco saber que tenía a un héroe como hermano en algún lugar allá en la remota secundaria. Atticus estaba fuera en Montgomery en la asamblea legislativa, y Jem bien podría haber estado fuera con él, a juzgar por las veces que lo veía.

El día treinta de septiembre estuvo sentada en la escuela y no aprendió nada. Después de las clases, fue a la biblioteca y se quedó allí hasta que entró el conserje y le dijo que tenía que irse. Fue caminando despacio a la ciudad, para estar con ella todo el tiempo posible. La luz del día se iba desvaneciendo cuando cruzaba las vías del viejo aserradero hacia la heladería. Theodore el heladero la saludó cuando pasaba, y ella recorrió la calle mirándolo hasta que él se metió en la tienda.

El tanque de agua de la ciudad estaba en un campo al lado de la heladería. Era lo más alto que ella había visto jamás. Una pequeña escalinata iba desde el suelo hasta una pequeña plataforma que rodeaba el tanque.

Dejó caer al suelo sus libros y comenzó a subir. Cuando había subido más alto que los cinamomos de su patio trasero miró abajo, se sintió mareada, y miró hacia arriba al trecho que le faltaba.

Tenía todo Maycomb bajo sus pies. Pensó que podría ver su casa: Calpurnia estaría haciendo panecillos, un rato después Jem estaría entrando de vuelta del entrenamiento de fútbol. Miró al otro lado de la plaza, y vio con claridad a Henry Clinton saliendo de la tienda Jitney Jungle con los brazos cargados de provisiones. Las metió en el asiento trasero del automóvil de alguien. Todas las luces de la calle se encendieron a la vez y sonrió con un repentino deleite.

Se sentó en la estrecha plataforma y dejó colgar los pies sobre el costado. Perdió uno de sus zapatos, y después el otro. Se preguntaba qué tipo de funeral le harían: la anciana señora Duff se quedaría despierta toda la noche y haría a los asistentes firmar en un libro. Y Jem, ¿lloraría? En ese caso, sería la primera vez.

Se preguntaba si debía lanzarse en picado o dejarse caer desde el borde. Si golpeaba el suelo de espaldas, quizá no dolería tanto. Se preguntaba si ellos llegarían a saber alguna vez cuánto los amaba.

Alguien la agarró. Ella se puso rígida cuando sintió unas manos que le fijaban los brazos a los costados. Eran las manos de Henry, con manchas verdosas por las verduras. Sin mediar palabra, le hizo que se pusiera de pie y la obligó a bajar por la empinada escalinata.

Cuando llegaron abajo, Henry le tiró del cabello.

—¡Por Dios que esta vez se lo digo al señor Finch! —exclamó a gritos—. ¡Te lo juro, Scout! ¿Es que estás loca para andar jugando en lo alto de este tanque? ¡Podrías haberte matado!

Volvió a tirarle del cabello, llevándose parte entre sus dedos; le dio una sacudida; se desató el delantal blanco, lo enrolló y lo lanzó brutalmente al suelo.

—¿No sabes que podrías haberte matado? ¿Es que no tienes cabeza?

Jean Louise lo miraba inexpresiva.

—Theodore te vio desde allí y corrió a buscar al señor Finch, y como no pudo encontrarlo fue a buscarme a mí. ¡Dios Todopoderoso…!

Cuando la vio temblar, se dio cuenta de que no era un juego. La agarró suavemente por el cogote; de camino a casa intentó descubrir qué era lo que le inquietaba, pero ella no le decía nada. La dejó en el salón y fue a la cocina.

—Cariño, ¿qué estabas haciendo?

Cuando le hablaba, la voz de Calpurnia era siempre una mezcla de tibio afecto y suave desaprobación.

—Señor Hank —le dijo—, será mejor que regrese a la tienda. El señor Fred se estará preguntando qué le ha sucedido.

Calpurnia, masticando con firmeza un palo de regaliz, miró a Jean Louise.

—¿Qué te proponías? —le preguntó—. ¿Qué estabas haciendo en lo alto de ese tanque de agua?

Jean Louise estaba callada.

—Si me lo dices, no se lo contaré al señor Finch. ¿Qué te tiene tan molesta, cariño?

Calpurnia se sentó a su lado. Había sobrepasado la mediana edad y su cuerpo se había ensanchado un poco, su cabello rizado se estaba poniendo canoso y entrecerraba los ojos por la miopía. Se puso las manos en el regazo y se las examinó.

—No hay nada en este mundo que sea tan malo para no poder contarlo —afirmó.

Jean Louise se lanzó a las faldas de Calpurnia y sintió que unas rudas manos le acariciaban los hombros y la espalda.

—¡Voy a tener un bebé! —dijo sollozando.

—¿Cuándo?

—¡Mañana!

Calpurnia la hizo incorporarse y le secó la cara con el pico de un delantal.

—Pero, por Dios santo, ¿de dónde has sacado una idea así?

Entre bocanadas, Jean Louise le contó su vergüenza, sin omitir nada, y le suplicó que no la enviaran a Mobile, ni la estiraran, ni la lanzaran contra una pared.

—¿No podría irme a tu casa? Por favor, Cal.

Suplicó que Calpurnia lo mantuviera en secreto; cuando llegara, podrían llevarse al bebé de noche.

—¿Has estado cargando con eso todo este tiempo? ¿Por qué no dijiste nada?

Sintió el pesado brazo de Calpurnia sobre sus hombros, consolándola cuando no había ningún consuelo. La oyó musitar:

—... no tienen que llenarte la cabeza con historias... como les ponga las manos encima las mato.

—Cal, tú me ayudarás, ¿verdad? —le preguntó tímidamente.

—Tan cierto como que hay Dios —le dijo Calpurnia—. Métete esto en la cabeza ahora mismo: no estás embarazada, y nunca lo estuviste. No es así como una se queda embarazada.

—Bueno, y si no lo estoy, entonces ¿qué estoy?

—Con todo lo que sabes de los libros, eres la niña más ignorante que he visto jamás —su voz se fue apagando—, pero no creo que en realidad hayas tenido oportunidad.

Despacio y eligiendo las palabras, Calpurnia le explicó la sencilla historia. Conforme Jean Louis escuchaba, la colección de datos repulsivos de ese año encajaba en un diseño totalmente nuevo; a medida que la voz ronca de Calpurnia fue disipando la acumulación de terrores de ese año, Jean Louise sintió que la vida regresaba. Respiró profundamente y sintió el fresco otoño en su garganta. Oyó el ruido de salchichas cocinándose en el fogón, vio la colección de revistas de deportes de su hermano sobre la mesa del salón y olió el aroma agridulce del peinado de Calpurnia.

—Cal —le dijo—, ¿por qué no he sabido todo esto antes?

Calpurnia frunció el ceño y buscó una respuesta.

—Vas un poco atrasada, señorita Scout. No has llegado a darte alcance a ti misma... ahora bien, si te hubieras criado en una granja, lo habrías sabido antes de aprender a caminar, o si hubiera habido alguna mujer por aquí... si tu mamá hubiera vivido, lo habrías sabido...

—¿Mamá?

—Sí, señorita. Habrías visto cosas como a tu papá besando a tu mamá, y habrías hecho preguntas en cuanto hubieras aprendido a hablar, seguro.

—¿Ellos hacían todo eso?

Calpurnia dejó ver sus molares con fundas de oro.

—Ay mi niña, ¿cómo crees que llegaste tú? Claro que lo hacían.

—Bueno, no creía que lo hicieran.

—Cariño, tendrás que crecer un poco más antes de que todo esto tenga sentido para ti, pero tu papá y tu mamá se amaban muchísimo, y cuando amas a alguien así, señorita Scout, pues eso es lo que quieres hacer. Eso es lo que todo el mundo quiere hacer cuando ama así. Quieren casarse, quieren besarse y abrazarse, y seguir a lo siguiente y tener bebés.

—No creo que la tía y el tío Jimmy lo hagan.

Calpurnia manoseaba el delantal.

—Señorita Scout, hay personas diferentes que se casan por motivos distintos. Creo que la señorita Alexandra se casó para tener una casa propia —Calpurnia se rascó la cabeza—, pero eso no es nada que tú tengas que estudiar, no es algo que te importe. No analices los asuntos de otras personas hasta que te hayas ocupado primero de los tuyos.

Calpurnia se puso de pie.

—Ahora no tienes que hacer ningún caso a lo que esa gente de Old Sarum te diga... no tienes que replicarles, tan solo no les prestes atención. Y si quieres saber algo acude a la vieja Cal.

—¿Por qué no me dijiste todo esto antes?

—Porque contigo las cosas empezaron un poco antes de tiempo, y no parecías tomártelo bien, y no nos parecía que te fueras a tomar mejor el resto de las cosas. El señor Finch dijo que sería mejor esperar hasta que te acostumbraras a la idea, pero no contábamos con que te enteraras tan pronto y tan mal, señorita Scout.

Jean Louise se estiró todo lo que le pedía el cuerpo y bostezó, muy contenta con su existencia. Le estaba entrando sueño, y no estaba segura de poder mantenerse despierta hasta la cena.

—¿Habrá panecillos calientes esta noche, Cal?

—Sí, señorita.

Oyó cerrarse la puerta y las pisadas de Jem por el vestíbulo. Se dirigía a la cocina, donde abrió la nevera y se tragó un litro de leche para saciar la sed que le había dado el entrenamiento de fútbol. Antes de empezar a cabecear, cayó en la cuenta de que por primera vez en su vida Calpurnia le había dicho «sí, señorita» y «señorita Scout», formas de tratamiento reservadas para la presencia de compañía de mayor rango. «Se estará haciendo vieja», pensó.

Jem la despertó cuando encendió la luz del techo. Le vio acercándose a ella, con la letra M escarlata destacada en su jersey blanco.

—¿Estás despierta, pequeña «tres ojos»?

—No seas sarcástico —le respondió ella. Si Henry o Calpurnia la delataban, se moriría, pero se los llevaría por delante.

Se quedó mirando fijamente a su hermano. Tenía el cabello húmedo y olía al jabón fuerte que había en los vestuarios de la escuela. «Será mejor empezar la primera», pensó.

—Eh, has estado fumando —le dijo—. Se te huele a un kilómetro.

—No he fumado.

—De todos modos, no entiendo cómo puedes estar en el equipo. Estás demasiado flaco.

Jem sonrió y declinó su estrategia.

«Se lo han dicho», pensó ella.

Jem dio unos suaves golpecitos a la M.

—El «Jem que nunca falla», ese soy yo. He atrapado siete de diez esta tarde —afirmó.

Se acercó a la mesa y agarró una revista de fútbol, la abrió, la hojeó, y volvía a hojearla otra vez cuando dijo:

—Scout, si alguna vez te sucede algo, u otra cosa... mira... algo que no querrías contarle a Atticus...

—¿Qué?

—Ya sabes, si te metes en problemas en la escuela, o algo... tan solo dímelo. Yo cuidaré de ti.

Jem salió tranquilamente del salón, dejando a Jean Louise boquiabierta y preguntándose si estaba despierta del todo.

12

La luz del sol la despertó y miró su reloj. Eran las cinco en punto. Alguien la había tapado durante la noche. Se apartó la manta, puso los pies en el suelo y se sentó mirando sus largas piernas, sorprendida al darse cuenta de que tenían veintiséis años de edad. Sus mocasines estaban en posición de firmes donde ella se los había quitado hacía doce horas. Había un calcetín al lado de sus zapatos, y descubrió que el otro lo tenía puesto. Se quitó el calcetín, fue con pasos suaves al tocador y se miró en el espejo.

Miró su reflejo con remordimiento. «Has tenido lo que el señor Burgess llamaría "los Horrores"», dijo. «Dios mío, no me he despertado así en quince años. Hoy es lunes, llevo en casa desde el sábado, me quedan once días de vacaciones y me despierto histérica». Se rio de sí misma: bueno, *fue* el más largo de que hay constancia... más largo que un día sin pan, y sin ningún resultado visible.

Agarró un paquete de cigarrillos y tres cerillas de cocina, metió las cerillas en el envoltorio de celofán y fue silenciosamente al vestíbulo. Abrió la puerta de madera y después la de tela metálica.

Cualquier otro día habría estado descalza en la hierba mojada escuchando los primeros cantos de los ruiseñores; habría meditado en el sinsentido del silencio, la austera belleza que se renueva con cada amanecer y que pasa desapercibida para la mitad del mundo. Habría caminado bajo pinos con hojas de bordes amarillentos que se elevaban hacia un resplandeciente cielo de levante, y sus sentidos habrían sucumbido a la alegría de la mañana.

Estaba a la espera de recibirla, pero no se daba por aludida. Tuvo dos minutos de paz hasta que regresó a su mente el día anterior: nada podía matar el placer del primer cigarrillo de la mañana. Jean Louise exhaló el humo cuidadosamente hacia la quietud del aire.

Tocó el ayer con cautela, y después se apartó. «No me atrevo a pensar en eso ahora, no hasta que se aleje lo suficiente», pensó. «Es extraño, debe de ser como el dolor físico. Dicen que cuando no puedes soportarlo, tu cuerpo se defiende solo, te desmayas y ya no sientes nada. El Señor nunca te envía más de lo que puedas soportar...».

Esa era una vieja frase de Maycomb que empleaban sus frágiles señoras, sentadas en inhiesta postura por los corsés, y se suponía que era profundamente consoladora para quienes sufrían. Muy bien, iba a consolarse. Se quedaría sentada en casa esas dos semanas aislada y formal, sin decir nada, sin pedir nada, sin culpar a nadie. Actuaría todo lo bien que cupiera esperar bajo tales circunstancias.

Apoyó los brazos sobre las rodillas y la cabeza entre los brazos. «Quisiera haberles pillado a los dos en una cantina con dos mujeres ordinarias... hay que segar la hierba».

Jean Louise fue caminando a la cochera y levantó la puerta corrediza. Sacó el motor de gasolina, quitó la tapa y revisó el tanque. Repuso la tapa, golpeó una diminuta palanca, puso un pie en el cortacésped, apoyó el otro con fuerza sobre la hierba y tiró rápidamente de la cuerda. El motor se atascó dos veces y se detuvo.

«Maldición, lo he ahogado».

Empujó el cortacésped al sol y regresó a la cochera, donde se armó con unas pesadas tijeras podadoras. Fue a la alcantarilla que había en la entrada saliendo hacia el sendero y cortó la hierba más espesa que crecía a ambos lados. Algo se movió a sus pies, y puso su mano izquierda ahuecada sobre un grillo. Metió la derecha por debajo de la criatura y la sostuvo. El grillo se movía frenético entre las palmas de sus manos y ella volvió a dejarlo en el suelo.

—Saliste demasiado tarde —le dijo—. Vete a casa con tu mamá.

Una camioneta subió por la cuesta y se detuvo delante de ella. Un muchacho negro saltó desde el estribo y le entregó tres litros de leche. Ella dejó la leche en las escaleras frontales, y de camino otra vez a la alcantarilla dio otro tirón al cortacésped. Esta vez se puso en marcha.

Miró con satisfacción la formidable franja que había a su espalda. La hierba quedó cortada y olía como la ribera de un arroyo. «El curso de la literatura inglesa habría sido sin duda distinto si el señor Wordsworth hubiera tenido un cortacésped mecánico», pensó.

Algo invadió su línea de visión cuando levantó la mirada. Alexandra estaba de pie en la puerta frontal haciendo gestos que indicaban: «Ven acá ahora mismo». «Creo que lleva corsé. Me pregunto si alguna vez se da la vuelta en la cama por la noche».

Alexandra mostraba poca evidencia de tal actividad mientras esperaba de pie a su sobrina: su espeso cabello gris estaba muy bien arreglado, como siempre; no llevaba maquillaje y eso no marcaba diferencia alguna. «Me pregunto si alguna vez ha llegado a sentir algo en toda su vida. Francis probablemente hizo mella en su vida al nacer, pero no sé si alguna otra cosa la ha conmovido alguna vez».

—¡Jean Louise! —siseó Alexandra— ¡Estás despertando a toda esta parte de la ciudad con esa cosa! Ya has despertado a tu padre, y no pudo pegar ojo anoche. ¡Detenlo ahora mismo!

Jean Louise apagó el motor de una patada, y el repentino silencio rompió la tregua entre ellas.

—Deberías saber que esa máquina no se maneja descalza. A Fink Sewell le amputó tres dedos del pie, y Atticus mató a una serpiente de dos metros de longitud en el patio de atrás el otoño pasado. Sinceramente, a veces te comportas de una manera que cualquiera pensaría que estás fuera de tus *cajillas*.

Muy a su pesar, Jean Louise sonrió. Se podía contar con que en ocasiones Alexandra empleara mal las palabras, siendo el más notable su comentario sobre la «gulosidad» que había manifestado un jovencito de una familia judía de Mobile en su decimotercer cumpleaños: Alexandra declaró que Aaron Stein era el muchacho más glotón que había visto jamás, que se comió catorce mazorcas de maíz en su «Menopausia».

—¿Por qué no pasaste dentro la leche? A estas alturas probablemente estará ya agria.

—No quería despertarlos a todos, tía.

—Bueno, ya estamos despiertos —replicó ella con seriedad—. ¿Quieres desayunar algo?

—Solamente café, por favor.

—Quiero que te vistas y vayas esta mañana a la ciudad por mí. Tendrás que llevar a Atticus. Hoy está bastante incapacitado.

Querría haberse quedado en la cama hasta que él saliera de la casa, pero de todos modos la habría despertado para que lo llevara a la ciudad.

Entró en la casa, fue a la cocina y se sentó a la mesa. Miró el grotesco instrumental para comer que Alexandra había situado al lado del plato de su padre. Atticus había dejado muy clara su opinión respecto a que otra persona le diera de comer, y el doctor Finch resolvió el problema incorporando los mangos de un tenedor, un cuchillo y una cuchara a los extremos de unas bobinas de madera.

—Buenos días.

Jean Louise oyó a su padre entrar en la cocina. Miró su plato y dijo:

—Buenos días, señor.

—Oí que no te sentías bien. Fui a verte cuando llegué a casa y estabas profundamente dormida. ¿Todo bien esta mañana?

—Sí, señor.

—No lo parece.

Atticus pidió al Señor que les concediera corazones agradecidos por esos alimentos y todas sus bendiciones, agarró su vaso y derramó su contenido sobre la mesa. La leche cayó en su regazo.

—Lo siento —dijo—. Algunas mañanas me cuesta un rato arrancar.

—No te muevas, yo lo limpio —. Jean Louise se levantó enseguida y fue al fregadero. Cubrió la leche derramada con dos trapos de cocina, sacó otro nuevo de un cajón del armario y secó la leche de los pantalones y la camisa de su padre.

—Tengo unos gastos enormes de limpieza últimamente —comentó.

—Sí, señor.

Alexandra sirvió a Atticus huevos con beicon y tostadas. Mientras él centraba su atención en el desayuno, Jean Louise pensó que no habría ningún peligro en mirarlo.

Atticus no había cambiado. Su rostro era el mismo de siempre. «No sé por qué esperaba que se pareciera a Dorian Gray o a quien fuera».

Dio un brinco cuando sonó el teléfono.

Jean Louise no era capaz de acostumbrarse a recibir llamadas a las seis de la mañana: la hora de Mary Webster. Alexandra respondió y regresó a la cocina.

—Es para ti, Atticus. Es el *sheriff*.

—Pregúntale qué quiere, por favor, Zandra.

Alexandra volvió a entrar diciendo:

—Algo sobre que alguien le pidió que te llamara...

—Dile que llame a Hank, Zandra. Puede decirle a Hank cualquier cosa que quiera decirme a mí —se volvió hacia Jean Louise—. Me alegra tener a un socio ayudante y también a una hermana. Lo que a uno se le pasa, al otro, no. Me pregunto qué querrá el *sheriff* a estas horas.

—Yo también —comentó ella sin emoción.

—Cariño, creo que deberías dejar que Allen te eche un vistazo. Estás apática y distante.

—Sí, señor.

Con disimulo, observó a su padre comerse el desayuno. Él se las arreglaba con los incómodos cubiertos como si tuvieran su tamaño y forma normales. Echó una ojeada a su rostro y vio en él una barba incipiente. «Si se la dejara crecer sería blanca, pero el cabello se le está poniendo canoso y las cejas son aún negras. El del tío Jack ya está blanco hasta llegar a la frente, y el de la tía está todo canoso. Cuando empiece yo, ¿por dónde comenzaré? ¿Por qué estoy pensando estas cosas?».

—Permiso —dijo ella, y se llevó el café al salón. Puso la taza sobre la mesita, y estaba abriendo las persianas cuando vio el automóvil de Henry entrar por el sendero. Él la encontró de pie junto a la ventana.

—Buenos días. Te ves melancólica —le dijo.

—Gracias. Atticus está en la cocina.

Henry se veía igual que siempre. Después de una noche de descanso, su cicatriz estaba menos marcada.

—¿Estás irritada por algo? —le preguntó—. Te saludé con la mano ayer en la galería, pero no me viste.

—¿Tú me viste?

—Sí. Creía que estarías fuera esperándonos, pero no estabas. ¿Te sientes mejor hoy?

—Sí.

—Bueno, no te enojes conmigo.

Ella se bebió el café, se dijo a sí misma que quería otra taza y siguió a Henry a la cocina. Él se apoyó en el fregadero, dando vueltas a las llaves de su automóvil con el dedo índice. «Es casi tan alto como los armarios», pensó ella. «Nunca podré volver a decirle ni una sola frase lúcida».

—... y sucedió —estaba diciendo Henry—, tenía que pasar, tarde o temprano.

—¿Estaba bebiendo? —preguntó Atticus.

—No estaba bebiendo, estaba borracho. Salía después de estar toda la noche bebiendo en esa cantina que tienen.

—¿Qué pasa? —dijo Jean Louise.

—El hijo de Zeebo —contestó Henry—. El *sheriff* dijo que le tenía en la cárcel... le había pedido que llamara al señor Finch para que le sacara... hum.

—¿Por qué?

—Cariño, el hijo de Zeebo salía de los Quarters esta mañana al amanecer a toda velocidad, se topó con el viejo señor Healy que cruzaba la carretera y lo atropelló; murió al instante.

—Oh, no...

—¿De quién era el automóvil? —preguntó Atticus.

—Creo que de Zeebo.

—¿Qué le dijiste al *sheriff*? —volvió a preguntar Atticus.

—Le dije que le dijera al hijo de Zeebo que usted no iba a tocar el caso.

Atticus inclinó los codos contra la mesa y se impulsó hacia atrás.

—No deberías haber hecho eso, Hank —le dijo amablemente—. Desde luego que lo aceptaremos.

Gracias, Dios. Jean Louise suspiró suavemente y se frotó los ojos. El hijo de Zeebo era nieto de Calpurnia. Atticus podría olvidar muchas cosas, pero nunca los olvidaría a ellos. El día de ayer se disolvía rápidamente en una mala noche. «Pobre señor Healy, probablemente iba tan cargado que ni siquiera supo qué lo golpeó».

—Pero, señor Finch —dijo Henry—, creía que ninguno de...

Atticus descansó el brazo sobre el pico de la silla. Cuando se concentraba, tenía por costumbre toquetear la cadena de su reloj de bolsillo y hurgar distraídamente en el bolsillo del reloj. Hoy sus manos no temblaban.

—Hank, sospecho que, cuando conozcamos todos los hechos del caso, lo mejor que podremos hacer por el muchacho es que se declare culpable. ¿Acaso no es mejor para nosotros estar a su lado en el tribunal que dejar que caiga en las manos equivocadas?

Lentamente se dibujó una sonrisa en el rostro de Henry.

—Veo lo que quiere decir, señor Finch.

—Bueno, yo no lo veo —dijo Jean Louise—. ¿Qué manos equivocadas?

Atticus se volvió hacia ella.

—Scout, probablemente no lo sabes, pero hay abogados pagados por la NAACP dando vueltas por el condado como buitres a la espera de que sucedan cosas como esta...

—¿Te refieres a abogados de color?

Atticus afirmó con la cabeza.

—Sí. Ahora tenemos tres o cuatro en el estado. Están principalmente en Birmingham y otros lugares como ese, pero de juzgado en juzgado observan y esperan a que algún negro cometa un delito contra un blanco... te sorprenderías al saber con qué rapidez lo descubren; entonces llegan y... bueno, en términos que puedas entender, demandan que haya negros en los jurados en tales casos. Citan a declarar a los comisionados del jurado, piden al juez que ceda su puesto, emplean todo recoveco legal que encuentren en sus libros, y tienen muchos, intentan forzar que el juez cometa un error. Por encima de todo, intentan que el caso llegue a un tribunal federal donde saben que las cartas están todas a su favor. Ya ha sucedido en nuestra corte vecina, y no hay nada en los libros que diga que no sucederá aquí.

Atticus se volvió a Henry.

—Por eso digo que aceptaremos este caso si él nos quiere.

—Creía que la NAACP tenía prohibido actuar en Alabama —dijo Jean Louise.

Atticus y Henry la miraron y se rieron.

—Cariño —observó Henry—, no sabes lo que sucedió en el condado de Abbott cuando pasó algo parecido. Esta primavera, llegamos a creer que habría verdaderos problemas. Incluso alguna gente del otro lado del río compró toda la munición que pudo encontrar...

Jean Louise salió de la habitación.

En el salón, oyó la voz uniforme de Atticus:

—... contener, la marea un poco así... es bueno que haya solicitado a uno de los abogados de Maycomb...

Ella seguiría con su café, llegaran todas las dificultades que llegaran. ¿Quiénes eran las personas a las que acudía la gente de Calpurnia siempre y antes que a nadie más? ¿Cuántos divorcios le había arreglado Atticus a Zeebo? Por lo menos cinco. ¿Cuál hijo era este? Esta vez tenía problemas de verdad, necesitaba verdadera ayuda, y qué hacen ellos salvo sentarse en la cocina y hablar de la NAACP... no hace mucho, Atticus lo habría hecho simplemente por la bondad de su corazón, lo habría hecho por Cal. «Debo ir a verla esta mañana sin falta...».

¿Qué era esa maldición que había caído sobre las personas que ella quería? ¿La veía en toda su crudeza porque había estado lejos? ¿Había estado propagándose gradualmente con los años hasta ahora? ¿Lo había tenido a la vista delante de sus narices y no había mirado? No, eso último no. ¿Qué hacía que hombres comunes soltaran porquerías por sus bocas a todo pulmón? ¿Qué había hecho que gente que era como ella se endureciera y usara nombres despectivos para los negros cuando antes no lo hacían?

—... mantenerlos en su lugar, espero —dijo Alexandra entrando en el salón con Atticus y Henry.

—No hay nada que temer —afirmó Henry—. Todo saldrá bien. ¿A las siete y media esta noche, cariño?

—Sí.

—Bueno, podrías mostrar algo de entusiasmo...

Atticus se rio por lo bajo.

—Ya está cansada de ti, Hank.

—¿Puedo llevarle a la ciudad, señor Finch? Es muy temprano, pero creo que iré y me ocuparé de algunas cosas aprovechando el fresco de la mañana.

—Gracias, pero Scout me llevará un poco más tarde.

Oír en sus labios el apodo de su niñez le estalló en sus oídos. «No vuelvas a llamarme así. Tú, él que me llamabas Scout estás muerto y enterrado».

—Tengo una lista de cosas para que traigas de Jitney Jungle, Jean Louise —dijo Alexandra—. Ahora ve a cambiarte de ropa. Puedes ir ahora rápidamente a la ciudad, está abierto, y regresar para buscar a tu padre.

Jean Louise fue al baño y abrió el grifo del agua caliente en la bañera. Fue a su cuarto, sacó del armario un vestido de algodón y se lo colgó en el brazo. Encontró unos zapatos bajos en su maleta, sacó un par de medias y lo llevó todo al baño.

Se miró en el espejo del botiquín. «¿Quién es Dorian ahora?».

Había sombras azuladas bajo sus ojos, y las líneas desde su nariz hasta las comisuras de la boca estaban definidas. «No hay duda respecto a ellos», pensó. Se estiró de la mejilla hacia un lado y miró la leve arruga. «No podría importarme menos. Cuando esté lista para casarme tendré noventa años, y entonces será demasiado tarde. ¿Quién me enterrará? Soy la más joven con diferencia... ese es un motivo para tener hijos».

Templó el agua caliente con fría y cuando la temperatura era soportable se metió en la bañera, se frotó con fuerza, vació el agua, se secó y se vistió rápidamente. Enjuagó la bañera, se secó las manos, estiró la toalla en el colgador y salió del baño.

—Ponte lápiz de labios —le dijo su tía al encontrarse con ella en el pasillo. Alexandra fue al armario del pasillo y sacó la aspiradora.

—Yo haré eso cuando vuelva —observó Jean Louise.

—Estará hecho cuando vuelvas.

Las aceras de Maycomb todavía no habían llegado a la insolación, pero pronto lo harían. Estacionó el automóvil delante de la tienda y entró.

El señor Fred le estrechó la mano, dijo que se alegraba de verla, sacó una Coca-Cola mojada de la máquina, la secó con el delantal y se la dio.

«Esta es una de las cosas buenas de la vida que nunca cambia», pensó. Mientras él viviera, mientras ella siguiera regresando, el señor Fred estaría ahí con su... sencilla bienvenida. ¿Qué personaje era? ¿Alice? ¿Brer Rabbit? Era Mole. Mole, cuando regresaba de algún viaje largo, desesperadamente cansado, había encontrado la familiar espera con su sencilla bienvenida.

—Yo me encargo de la lista, usted disfrute de su Coca-Cola —dijo el señor Fred.

—Gracias, señor —respondió ella. Jean Louise miró la lista de la compra y abrió más los ojos—. La tía cada vez se parece más al primo Joshua. ¿Qué quiere decir con servilletas de coctel?

El señor Fred se rio.

—Creo que se refiere a servilletas de fiesta. Nunca he oído que un coctel tocara sus labios.

—Ni lo verá.

El señor Fred siguió con su tarea, y poco después gritó desde el fondo de la tienda.

—¿Ha oído lo del señor Healy?

—Ah... hum —dijo Jean Louise. Era la hija de un abogado.

—Ni se enteró de qué lo mató —afirmó el señor Fred—. Para empezar, no sabía dónde iba, pobre. Bebía más licor barato que ningún ser humano que yo haya visto. Ese fue su único logro en la vida.

—¿No solía tocar la jarra?

—Sí, desde luego —respondió el señor Fred—. ¿Recuerda cuando organizaban aquellas noches de talento en el edificio del juzgado? Él siempre estaba allí soplando esa jarra. La llevaba llena y se bebía un poco para bajar el tono, y después bebía más para que sonara muy grave, y entonces tocaba su solo. Siempre era *Old Dan Tucker*, y siempre escandalizaba a las señoras, pero nunca pudieron demostrar nada. El licor puro no huele mucho.

—¿De qué vivía?

—Creo que de una pensión. Estuvo en la guerra española... a decir verdad, estuvo en alguna guerra, pero no recuerdo en cuál. Aquí tiene su lista.

—Gracias, señor Fred —le dijo Jean Louise—. Dios mío, me he olvidado el dinero. ¿Puedo dejar la cuenta en el despacho de Atticus? Él vendrá en un rato.

—Claro, claro. ¿Cómo está tu padre?

—Hoy no está muy bien, pero él va a la oficina aunque caiga un diluvio.

—¿Por qué no se queda usted en casa esta vez?

Ella bajó la guardia cuando vio que en la expresión del señor Fred no había más que un buen humor desinteresado.

—Lo haré, algún día.

—Mire, yo estuve en la primera guerra —dijo el señor Fred—. No fui al extranjero, pero he visto mucho en este país. No tenía ganas de regresar, así que después de la guerra seguí lejos diez años, pero cuanto más tiempo estaba lejos, más extrañaba Maycomb. Llegué al punto en que sentí que tenía que regresar o morirme. Uno nunca consigue sacárselo de dentro.

—Señor Fred, Maycomb es como cualquier otra ciudad pequeña. Se toma una muestra...

—No lo es, Jean Louise. Y usted lo sabe.

—Tiene razón —afirmó ella con la cabeza.

No lo era porque allí era donde comenzaba tu vida. Lo era porque allí nacieron personas, y nacieron otras, y otras, hasta que finalmente el resultado eras tú, bebiendo una Coca-Cola en Jitney Jungle.

Ahora ella era consciente del claro distanciamiento, una separación, y no de Atticus y Henry únicamente. Todo Maycomb y el condado de Maycomb se apartaban de ella a medida que pasaban las horas, y automáticamente se culpó a sí misma.

Se golpeó la cabeza al meterse en el auto. «Nunca me acostumbraré a estas cosas. El tío Jack tiene algunos buenos puntos en su filosofía».

Alexandra sacó las provisiones del asiento trasero. Jean Louise se inclinó y abrió la puerta para que entrara su padre; cruzó el brazo por delante de él y la cerró.

—¿Quieres usar el auto esta mañana, tía?

—No, querida. ¿Vas a alguna parte?

—Sí. No tardaré mucho.

Observó fijamente la calle. «No tengo más remedio que mirarlo, escucharlo y hablar con él».

Cuando se detuvo delante de la barbería dijo:

—Pregunta al señor Fred cuánto le debemos. Me olvidé de sacar la nota de la bolsa. Le dije que tú se lo pagarías.

Cuando le abrió la puerta, él salió a la calle.

—¡Cuidado!

Atticus saludó con la mano al automóvil que pasaba.

—No me ha atropellado —dijo.

Ella condujo rodeando la plaza y salió por la carretera de Meridian hasta llegar a una bifurcación. «Es aquí donde seguramente sucedió», pensó.

Había zonas oscuras en la gravilla roja donde terminaba el pavimento. Acercó el automóvil a la sangre del señor Healy. Cuando llegó a una bifurcación en la carretera de tierra giró a la derecha y condujo por un carril tan estrecho que el tamaño del automóvil no dejaba ningún espacio a ambos lados. Siguió adelante hasta que no pudo avanzar más.

La carretera estaba bloqueada por una fila de automóviles detenidos y en diagonal en medio de la cuneta. Estacionó detrás del último y se bajó. Fue caminando y pasó al lado de un Ford de 1939, un Chevrolet de antigüedad ambigua, un Willys y un coche fúnebre azul turquesa con las palabras *Reposo Celestial* en un semicírculo de cromo en la puerta delantera. Estaba asombrada, y echó un vistazo al interior: en la parte de atrás había filas de asientos atornillados al piso, sin lugar alguno para un cuerpo reclinado, ya fuera vivo o muerto. «Esto es un taxi», pensó.

Subió una anilla de metal en el poste de la puerta y entró. El patio de Calpurnia estaba barrido: Jean Louise pudo deducir que se había barrido recientemente, pues aún se veían rayas de escoba entre huellas de pies.

Levantó la mirada, y en el porche de la pequeña casa de Calpurnia había negros vestidos de diversas maneras: un par de mujeres llevaban sus mejores atuendos, una tenía un delantal multicolor, otra iba vestida con su ropa del campo. Jean Louise identificó a uno de los hombres como el profesor Chester Sumpter, director del Instituto Mt. Sinai Trade, la escuela para negros más importante del condado de Maycomb. El profesor Sumpter iba vestido de color negro, como siempre. El otro hombre que llevaba un traje del mismo color no le resultaba conocido, pero Jean Louise sabía que era un ministro. Zeebo llevaba puesta su ropa de trabajo.

Cuando ellos la vieron, se mantuvieron erguidos y se retiraron del borde del porche, formando una piña. Los hombres se quitaron los sombreros y las gorras, la mujer que llevaba delantal cruzó las manos por debajo de él.

—Buenos días, Zeebo —dijo Jean Louise.

Zeebo rompió el patrón al acercarse.

—¿Cómo está, señorita Jean Louise? No sabíamos que había regresado.

Jean Louise era plenamente consciente de que los negros la observaban. Estaban de pie en silencio, respetuosos, y la observaban atentamente.

—¿Está Calpurnia en casa? —preguntó.

—Sí, señorita Jean Louise, mama está dentro. ¿Quiere que vaya a buscarla?

—¿Puedo entrar, Zeebo?

—Sí, señorita.

Todos se apartaron para que entrara por la puerta delantera. Zeebo, inseguro del protocolo, abrió la puerta y se quedó atrás para que ella pasara.

—Ve tú delante, Zeebo —dijo ella.

Le siguió hasta una sala oscura donde se mezclaba el dulce aroma de negros aseados, rapé y Hearts of Love. Varias siluetas se levantaron cuando ella entró.

—Por aquí, señorita Jean Louise.

Recorrieron un diminuto pasillo y Zeebo llamó a una puerta de pino sin pintar.

—Mamá —dijo—, la señorita Jean Louise está aquí.

La puerta se abrió lentamente y apareció al otro lado la cabeza de la esposa de Zeebo. Salió al pasillo, que apenas tenía espacio para albergar a los tres.

—Hola, Helen —dijo Jean Louise—. ¿Cómo está Calpurnia?

—Se lo está tomando bastante mal, señorita Jean Louise. Frank, él nunca había tenido ningún problema...

Así que era Frank. De entre toda su variopinta descendencia, Calpurnia estaba muy orgullosa de Frank. Estaba en la lista de espera del Instituto Tuskegee. Había nacido fontanero, y podía arreglar cualquier cosa por la que corriera agua.

Helen, a la que le colgaba un poco el estómago por haber tenido tantos hijos, se apoyó contra la pared. Iba descalza.

—Zeebo —dijo Jean Louise—, ¿Helen y tú están viviendo juntos otra vez?

—Sí, señorita —respondió Helen tranquilamente—. Ya está viejo.

Jean Louise sonrió a Zeebo, que parecía avergonzado. Por más que lo intentaba, Jean Louise no podía desentrañar la historia doméstica de Zeebo. Creía que Helen debía de ser la madre de Frank, pero no estaba segura. Sabía que Helen era la primera esposa de Zeebo, y estaba igualmente segura de que era su esposa actual, pero ¿cuántas había entre medias?

Recordaba que Atticus le habló de dos de ellas que fueron a su oficina hacía años, porque querían el divorcio. Atticus, intentando la reconciliación, preguntó a Helen si querría recibir de nuevo a su esposo. Su lenta respuesta fue: «No, señor Finch. Zeebo ha estado por ahí disfrutando de otras mujeres. Ya no disfruta de mí, y no quiero a un hombre que no disfrute de su esposa».

—¿Podría ver a Calpurnia, Helen?

—Sí, señorita. Entre.

Calpurnia estaba sentada en una mecedora de madera en un rincón. En la habitación había un armazón de cama de hierro cubierto con una colcha descolorida con dibujo de anillas dobles. Había tres grandes fotografías de negros con marcos dorados y un calendario de Coca-Cola en la pared. Había una tosca repisa sobre la chimenea repleta de pequeños objetos de arte brillantes, de yeso, porcelana, arcilla y cristal. Una bombilla sin lámpara colgaba de un cable del techo, proyectando marcadas sombras en la pared tras la repisa de la chimenea y en el rincón donde estaba sentada Calpurnia.

«Qué pequeña se ve», pensó Jean Louise. «Solía ser muy alta».

Calpurnia estaba vieja y huesuda. La vista le fallaba, y llevaba unos lentes con montura negra que destacaban en su agradable piel morena. Sus grandes manos descansaban sobre su regazo, y las levantó, muy abiertas, cuando entró Jean Louise.

A Jean Louise se le hizo un nudo en la garganta cuando vio los huesudos dedos de Calpurnia, unos dedos muy delicados cuando ella estaba enferma y tan duros como el ébano cuando se portaba mal, unos dedos que hacía mucho tiempo habían realizado complicadas tareas con amor. Jean Louise los agarró y se los acercó a los labios.

—Cal —le dijo.

—Siéntate, niña —le indicó Calpurnia—. ¿Hay una silla?

—Sí, Cal. —Jean Louise acercó una silla de mimbre y se sentó enfrente de su vieja amiga.

—Cal, he venido a decirte... he venido a decirte que, si hay algo que yo pueda hacer por ti, debes decírmelo.

—Gracias, señorita —respondió Calpurnia—. No se me ocurre nada.

—Quiero decirte que el señor Finch se enteró esta mañana temprano. Frank hizo que el *sheriff* le llamara, y el señor Finch le... ayudará.

Las palabras murieron en sus labios. Antes de ayer habría dicho: «El señor Finch le ayudará» consciente de que Atticus sería capaz de cambiar el día en noche.

Calpurnia asintió. Tenía la cabeza alta y la mirada recta hacia delante. «No puede verme bien», pensó Jean Louise.

«Me pregunto cuántos años tiene. Nunca lo supe exactamente, y dudo que ella lo supiera alguna vez».

—No te preocupes, Cal —dijo Jean Louise—. Atticus hará todo lo posible.

—Sé que lo hará, señorita Scout —respondió Calpurnia—. Él siempre hace todo lo posible. Siempre hace lo correcto.

Jean Louise se quedó mirando boquiabierta a la anciana. Calpurnia estaba sentada con la arrogante dignidad que desplegaba en las ocasiones formales, y con ella aparecía una gramática errática. Si la tierra hubiera dejado de girar, si los árboles se helaran, si el mar hubiera devuelto a sus muertos, Jean Louise no lo habría notado.

—¡Cal*pur*nia!

Apenas oyó decir a Calpurnia:

—Frank, ha hecho mal... paga por ello... mi nieto. Le amo... pero va a la cárcel con o sin el señor Finch...

—*¡Calpurnia! ¡Ya basta!*

Jean Louise estaba de pie. Sintió que los ojos se le llenaban de lágrimas, y caminó a ciegas hasta la ventana.

La anciana no se había movido. Jean Louise se dio media vuelta y la vio allí sentada y parecía que no dejaba de aspirar fuerte por la nariz.

Calpurnia adoptaba sus modales de cuando había visita.

Jean Louise volvió a sentarse enfrente de ella.

—Cal —le dijo llorando—. Cal, Cal, Cal, ¿qué me estás haciendo? ¿Qué sucede? Yo soy tu niñita, ¿me has olvidado? ¿Por qué me apartas? ¿Qué me estás haciendo?

Calpurnia levantó las manos y las apoyó suavemente sobre los brazos de la mecedora. Su cara tenía un millón de pequeñas arrugas y, detrás de gruesos lentes, sus ojos se veían sombríos.

—¿Qué nos están haciendo todos ustedes a nosotros? —preguntó ella.

—¿Nosotros?

—Sí, señorita. Nosotros.

Jean Louise habló despacio, más para sí misma que para Calpurnia:

—En toda mi vida, nunca soñé ni remotamente que algo como esto pudiera suceder. Y aquí está. No puedo hablar con el ser humano que me crio desde que tenía dos años... está sucediendo mientras estoy aquí sentada y no puedo creerlo. Háblame, Cal. Por el amor de Dios, háblame. ¡No te quedes ahí sentada de esa manera!

Miró la cara de la anciana y supo que era inútil. Calpurnia la observaba, y en sus ojos no había el más leve indicio de compasión.

Jean Louise se levantó para irse.

—Dime una cosa, Cal —le dijo—, tan solo una cosa antes de irme, por favor, tengo que saberlo. ¿Nos odiabas?

La vieja mujer seguía sentada en silencio, soportando la carga de todos sus años. Jean Louise esperó.

Por fin, Calpurnia negó con la cabeza.

—Zeebo —dijo Jean Louise—, si hay algo que yo pueda hacer, por el amor de Dios, llámame.

—Sí, señorita —respondió él—. Pero no parece que haya nada. Frank, él lo mató, y no hay nada que nadie pueda hacer. El señor Finch, él no puede hacer nada con algo así. ¿Hay algo que yo pueda hacer por usted mientras está en casa, señorita?

Los dos estaban en el porche en el espacio que habían despejado para ellos. Jean Louise suspiró.

—Sí, Zeebo, ahora mismo. Puedes ayudarme a dar media vuelta con mi auto. Si no, dentro de poco estará en el campo de maíz.

—Sí, señorita Jean Louise.

Ella observaba cómo manejaba Zeebo el automóvil en el estrecho espacio de la carretera. «Espero poder regresar a casa», pensaba ella.

—Gracias, Zeebo —le dijo seria—. Recuérdalo.

El negro se tocó el borde del sombrero y regresó a la casa de su madre.

Jean Louise se quedó sentada en el asiento, mirando fijamente el volante. «¿Por qué todo lo que he amado en este mundo se ha alejado de mí en dos días? ¿Me daría la espalda Jem? Ella nos quería, lo juraría. Estaba sentada delante de mí y no me veía, veía a una blanca. Ella me crio, y no le importa. No siempre fue así, juraría que no. La gente solía confiar los unos en los otros por alguna razón, he olvidado por qué. Entonces no se miraban como halcones. No me habrían mirado así desde esos escalones hace diez años. Ella nunca adoptaba sus modales de visita con ninguno de nosotros... cuando Jem murió, su precioso Jem, aquello casi la mata...».

Jean Louise recordaba haber ido a la casa de Calpurnia muy avanzada la tarde hacía dos años. Ella estaba sentada en su cuarto, como hoy, con los lentes en la punta de la nariz. Había estado llorando.

—Siempre era tan fácil arreglarlo —decía Calpurnia—. Ni un solo día de problemas en toda su vida, mi muchacho. Me trajo un regalo cuando regresó de la guerra, me trajo un abrigo eléctrico.

Cuando sonreía, la cara de Calpurnia se llenaba de un millón de arrugas. Fue a la cama y sacó de debajo una caja grande. Abrió la caja y sacó una enorme prenda de cuero negro. Era el abrigo de un oficial de vuelo alemán.

—¿Lo ves? —dijo— Se enciende.

Jean Louise examinó el abrigo y encontró diminutos cables que lo recorrían. Había baterías en uno de los bolsillos.

—El señor Jem dijo que mantendría mis huesos calientes en el invierno. Me dijo que no le tuviera micdo, pero que tuviera cuidado cuando estuviera encendido.

Calpurnia con su abrigo eléctrico era la envidia de sus amigos y vecinos.

—Cal —le había dicho Jean Louise—, por favor, regresa. No puedo irme tranquila a Nueva York si no estás en casa.

Eso pareció ayudar. Calpurnia se puso erguida y afirmó con la cabeza.

—Sí, señorita —le dijo—. Voy a regresar. No se preocupe.

Jean Louise presionó el botón de marcha y el automóvil se movió lentamente por la carretera. «*Uno, dos, tres, cuatro. Agarra a un negro por el zapato. Cuando grite suéltalo...* Dios mío, ayúdame».

PARTE V

13

Alexandra estaba en la mesa de la cocina absorta en ritos culinarios. Jean Louise pasó por su lado de puntillas, pero fue en vano.

—Ven, mira esto.

Alexandra se retiró de la mesa y mostró varias fuentes de cristal tallado llenas con tres pisos de delicados sándwiches.

—¿Es la comida de Atticus?

—No, hoy va a intentar quedarse a comer en la ciudad. Ya sabes cómo aborrece colarse entre un grupo de mujeres.

¡Por el rey de los judíos! ¡El «café»!

—Cariño, ¿por qué no vas y preparas el salón? Estarán aquí en una hora.

—¿A quién has invitado?

Alexandra había convocado a una lista de invitadas tan absurda que Jean Louise dio un hondo suspiro. La mitad de las mujeres eran más jóvenes que ella, y la otra mitad de más edad; no habían compartido ninguna experiencia que ella pudiera recordar, a excepción de una mujer con la que se había peleado frecuentemente durante toda la primaria.

—¿Dónde están todas las de mi clase? —preguntó.

—Allí, supongo.

Ah, sí. Allí, en Old Sarum y otros puntos más adentrados en los bosques. Se preguntaba qué habría sido de ellas.

—¿Fuiste de visita esta mañana? —preguntó Alexandra.

—Fui a ver a Cal.

El cuchillo de Alexandra repiqueteó sobre la mesa.

—¡Jean Louise!

—¿*Y ahora* qué demonios ocurre?

«Este es el último asalto que voy a tener con ella, con la ayuda de Dios. Para ella, nunca he sido capaz de hacer nada correcto en toda mi vida».

—Cálmate, señorita —la voz de Alexandra era fría—. Jean Louise, ya nadie en Maycomb va a ver a negros, no después de lo que nos han estado haciendo. Además de ser unos vagos, ahora te miran a veces con una insolencia descarada, y, por lo que a ellos respecta, el motivo no importa. Esa NAACP ha venido hasta aquí y los ha llenado de tanto veneno que se les sale por los oídos. Hasta ahora no hemos tenido problemas en este condado simplemente porque tenemos un *sheriff* fuerte. Tú no *entiendes* lo que está sucediendo. Hemos sido buenos con ellos, hemos pagado sus fianzas para sacarlos de la cárcel y de las deudas desde el principio de los tiempos, hemos inventado empleos para ellos cuando no había trabajo, les hemos alentado a mejorar, hemos hecho que sean civilizados, pero querida... esa capa de civilización es tan delgada que un puñado de arrogantes negros yanquis puede sacudir el progreso de cien años en cinco...

No, señorita, después de cómo nos han agradecido cuidarlos, nadie en Maycomb siente mucha inclinación a ayudarlos cuando ahora se meten en estos problemas. Lo único que hacen es morder las manos que les dieron de comer. No señor, se acabó... ahora ya pueden cambiar solos.

Había dormido doce horas, y le dolían los hombros de cansancio.

—La Sarah de Mary Webster lleva años enseñando su tarjeta de presentación... y lo mismo la cocinera de cada casa en esta ciudad. Cuando Calpurnia se fue, yo simplemente no iba a molestarme en tener otra, si solo estábamos Atticus y yo. Mantener contento a un *tostado* en estos tiempos es como satisfacer a un rey...

«Mi bendita tía está hablando como el señor Grady O´Hanlon, quien dejó su trabajo para dedicar todo su tiempo a preservar la segregación».

—... hay que ir a buscarlos y llevarlos de regreso hasta que uno se pregunta quién está esperando a quién. Simplemente no vale la pena a cambio de los problemas en estos tiempos... ¿dónde vas?

—A preparar el salón.

Se hundió en un sillón profundo y pensó en el daño que le estaban causando todos los acontecimientos. «Mi tía es una desconocida hostil, mi Calpurnia no quiere tener nada que ver conmigo, Hank es un insensato, y Atticus... algo sucede conmigo, el problema está en mí. Tiene que ser eso, porque todas estas personas no pueden haber cambiado así. ¿Cómo no se les pone la piel de gallina? ¿Cómo pueden creer fervientemente todo lo que oyen en la iglesia y después decir las cosas que dicen y escuchar las cosas que oyen sin vomitar?

Yo me creía cristiana, pero no lo soy. Soy otra cosa, y no sé qué es. Todo lo que siempre había considerado bueno y malo me lo enseñaron estas personas... las mismas, estas mismas personas. Así que soy yo, y no ellos. Algo me ha sucedido. Con una extraña reiteración, todos intentan asegurarme que la culpa de todo la tienen los negros... pero yo ya no puedo escapar volando hacia ellos, y Dios lo sabe. Igual me escapo volando por la ventana».

—¿No has arreglado el salón? —Alexandra estaba delante de ella.

Jean Louise se levantó y arregló el salón.

Las urracas llegaron a las 10:30, según el horario programado. Jean Louise se quedó en las escaleras frontales y las saludaba una a una conforme iban entrando. Llevaban guantes y sombreros, y olían a intensas esencias, perfumes, aguas y talco de baño. Su maquillaje habría hecho avergonzar a un dibujante egipcio, y sus complementos, en particular los zapatos, sin duda los habían comprado en Montgomery o Mobile: Jean Louise pudo detectar A. Nachman, Gayfer´s, Levy´s, Hammel´s por todas partes en el salón.

«¿De qué hablan en estos tiempos?». Jean Louise había perdido el oído, pero lo recuperó de inmediato. Las recién casadas charlaban con engreimiento de su Bob o Michael, de que llevaban casadas cuatro meses con Bob y Michael, y Bob y Michael habían engordado ya nueve kilos cada uno. Jean Louise aplastó la tentación de ilustrar a sus jóvenes invitadas acerca de las probables razones clínicas del rápido crecimiento de sus amados, y dirigió su atención al «grupo de los pañales», que la angustiaba sin medida:

«Cuando Jerry tenía dos meses, me miró y me dijo...». «Habría que enseñarles a usar el baño en realidad cuando...». «Lo bautizamos, agarró al señor Stone del cabello y el señor Stone...». «... no moja la cama. Se lo quité al mismo tiempo que le quité la costumbre de chuparse el dedo». «Con... la más linda, sin duda la camiseta más bonita que hayas podido ver: tiene un pequeño elefante rojo y las letras Marea Roja atravesando el pecho... y nos costó cinco dólares hacer que las quitaran».

La «brigada ligera» se sentaba a su izquierda: estaban en los treinta y tantos, y dedicaban la mayor parte de su tiempo libre al Club Amanuense, al bridge, y a superarse entre sí en lo relativo a los aparatos electrodomésticos. «John dice...». «Calvin dice que es los...». «... riñones, pero Allen me prohibió comer frituras...». «Cuando me quedé enganchada en esa cremallera, me gustaría no haber nunca...». «Me pregunto qué le hace pensar que puede salirse con la suya... pobre, si yo estuviera en su lugar tomaría... terapia de *shock*, eso es lo que le dieron. Dicen...». «Retira la alfombra cada sábado en la noche cuando Lawrence Welk llega...». «Y se ríe, ¡yo creo que me moriría! Ahí estaba él, en...». «Mi viejo vestido de boda. Y mira, aún me sirve».

Jean Louise miraba a las tres «perpetuas esperanzadas» que había a su derecha. Eran agradables muchachas de Maycomb de carácter excelente, que nunca habían llegado a la meta. Sus contemporáneas casadas las trataban de modo paternalista, sentían un poco de lástima por ellas, y se les animaba a salir con cualquier hombre sobrante y solo que resultara estar visitando a sus amigas. Miró a una de ellas con ácida diversión: cuando Jean Louise tenía diez años, hizo su único intento de sumarse a un grupo, y le preguntó un día a Sarah Finley:

—¿Puedo ir a verte esta tarde?

—No —le respondió Sarah—. Mi madre dice que eres demasiado ruda.

«Ahora las dos estamos solas, por razones totalmente diferentes, pero el sentimiento es el mismo, ¿no?».

Las «perpetuas esperanzadas» hablaban en voz baja entre ellas: «El día más largo de mi vida...». «En la parte de atrás del edificio del banco...». «Una casa nueva en la carretera al lado de...». «El grupo de enseñanza, lo añadieron al programa y te pasas cuatro horas cada domingo en la iglesia...». «Cuántas veces le he dicho al señor Fred que me gustan los tomates... que hiervan». «Les dije que si no ponían aire acondicionado en esa oficina, yo...». «Lanzando todo el partido. Ahora bien, ¿quién querría engañar así?».

Jean Louise se lanzó a la brecha.

—¿Sigues todavía en el banco, Sarah?

—Todavía, sí. Ahí estaré hasta que abandone.

Hum.

—Ah, ¿qué fue de Jane... no recuerdo su apellido? Ya sabes, tu amiga de la secundaria —Sarah y Jane «Cuál era su apellido» eran inseparables.

—Ah, ella. Se casó con un muchacho un tanto peculiar durante la guerra, y ahora habla intercalando sus «ay», nunca la reconocerías.

—¿Sí? ¿Y dónde vive ahora?

—En Mobile. Se fue a Washington durante la guerra y adoptó ese horrible acento. Todo el mundo pensaba que lo forzaba mucho, pero nadie tuvo las agallas de decírselo, así que lo sigue haciendo. ¿Recuerdas que solía caminar con la cabeza muy alta, así? Todavía lo hace.

—¿Lo hace?

—Hum, hum.

«La tía tiene sus recursos, la condenada», pensó Jean Louise cuando captó la señal de Alexandra. Fue a la cocina y sacó una bandeja de servilletas de coctel. Mientras las pasaba por la fila, Jean Louise sentía que estaba recorriendo las teclas de un clavicémbalo:

«Nunca en toda mi vida...». «Vi ese maravilloso cuadro...». «Con el viejo señor Healy...». «Sobre la repisa de la chimenea delante de mis ojos todo el tiempo...». «¿Ya? Sobre las once, creo...». «Terminará en divorcio. Después de todo, el modo en que él...». «Me frotaba la espalda cada hora durante todo el noveno mes...». «Te habría matado. Si pudieras haberle visto...». «Orinando cada cinco minutos durante la noche. Acabé...». «A todo el mundo en nuestra clase salvo a esa horrible muchacha de Old Sarum. Ella no conocía la diferencia...». «Entre líneas, pero una sabe *exactamente* lo que quería».

De vuelta a los agudos de la escala con los sándwiches:

«El señor Talbert me miró y dijo...». «Nunca habría aprendido a sentarse en...». «De frijoles cada noche del jueves. Eso es lo único yanqui que aprendió en las...». «¿Guerra de los Rose? No, cariño, dije que a Warren el arroz...». «A la basura. Eso fue lo único que pude hacer cuando ella terminó...». «El centeno. Es que no pude evitarlo, me hizo sentir como una gran...». «¡Amén! Me alegraré mucho cuando eso termine...». «El modo en que la ha tratado...». «Montones y montones de pañales, y él preguntó por qué estaba yo tan cansada. Después de todo, él había estado...». «En las filas todo el tiempo, ahí es donde estaba».

Alexandra caminaba tras ella, aplicando sordina a las teclas con el café hasta que se convertían en un agradable murmullo. Jean Louise decidió que la «brigada ligera» le convendría más, acercó un escabel y se sumó a ellas. Apartó a Hester Sinclair del grupo:

—¿Cómo está Bill?

—Bien. Cada día es más difícil vivir con él. Qué horrible lo del viejo señor Healy, ¿verdad?

—Sin duda.

—¿No tenía que ver algo con ustedes ese muchacho? —preguntó Hester.

—Sí. Es el nieto de nuestra Calpurnia.

—Dios mío, en estos tiempos nunca sé quiénes son todos esos jóvenes. ¿Crees que le juzgarán por asesinato?

—Por homicidio imprudente, diría yo.

—Ah —Hester quedó decepcionada—. Sí, creo que eso es correcto. No tenía intención de hacerlo.

—No, no tenía intención de hacerlo.

Hester se rio.

—Y yo que pensaba que tendríamos algo de emoción.

A Jean Louise se le pusieron los pelos de punta. «Supongo que estoy perdiendo el sentido del humor, quizá sea eso. Me estoy pareciendo al primo Edgar».

—... no ha habido un buen juicio por aquí en diez años —seguía diciendo Hester—. Me refiero a un buen juicio a un negro. Nada más que puñaladas y borracheras.

—¿Te gusta ir a la corte?

—Claro. La primavera pasada tuvimos el caso de divorcio más salvaje que jamás se haya visto. Una gente de Old Sarum. Menos mal que el juez Taylor se murió... ya sabes qué poco le gustaba ese tipo de cosas, siempre pidiendo a las damas que salieran de la sala. A este nuevo no le importa. Bueno…

—Perdona, Hester. Necesitas un poco más de café.

Alexandra llevaba la pesada jarra de plata del café de su madre. Jean Louise observó cómo le servía más. «No se le cae ni una gota. Si Hank y yo… Hank».

Echó una ojeada por el alargado salón de techo bajo a la doble fila de mujeres, mujeres con las que apenas había tratado en toda su vida, y no podía hablar con ellas cinco minutos sin consumirse y quedarse callada. «No se me ocurre nada que decirles. Ellas hablan sin cesar de las cosas que hacen, y yo no sé hacer las cosas que ellas hacen. Si nos casáramos… si me casara con cualquiera de esta ciudad, estas serían mis amigas, y no podría pensar ni una sola cosa que decirles. Sería Jean Louise «la Silenciosa». Seguramente no podría organizar nada como esto sola, y ahí está la tía pasándolo en grande. Me moriría de aburrimiento en la iglesia, me moriría de aburrimiento en las partidas de bridge, me pedirían que hiciera reseñas de libros en el Club Amanuense, se esperaría de mí que me convirtiera en parte de la comunidad. Para formar parte de esta boda se necesitan muchas cosas que yo no poseo».

—… es muy triste —decía Alexandra—, pero así son ellos, y no pueden evitarlo. Calpurnia era la mejor de todos. Ese hijo suyo, Zeebo, ese bribón, sigue en la calle, pero mira, Calpurnia le hizo casarse con cada una de sus mujeres. Cinco, creo, pero Calpurnia hizo que se casara con cada una de ellas. Eso es el cristianismo para ellos.

—Nunca se puede saber qué pasa por sus cabezas —afirmó Hester—. Mi Sophie ahora, un día le pregunté: «Sophie, ¿en qué día cae la Navidad este año?». Sophie se rascó esa lanuda cabeza que tiene y dijo: «Señorita Hester, creo que cae el veinticinco este año». Me reí tanto que creí que iba a morirme. Yo quería saber el día de la semana, no el día del año. ¡Torrrpc!

«Humor, humor, humor, he perdido mi sentido del humor. Me estoy volviendo como el *New York Post*».

—... pero se sabe que aún siguen haciéndolo. Con detenerlos solo han conseguido que pasaran a la clandestinidad. Bill dice que no se sorprendería si hubiera otra rebelión como la de Nat Turner, estamos sentados sobre un barril de dinamita, y tendríamos que estar preparados igualmente —dijo Hester.

—Ah, ah... Hester, claro que yo no sé mucho al respecto, pero creía que el grupo de Montgomery pasaba la mayor parte de la reunión en la iglesia orando —observó Jean Louise.

—Ah, hija, ¿no sabes que eso era solamente para despertar simpatías en el Este? Ese es el truco más viejo de la humanidad. El Káiser Guillermo oraba a Dios todas las noches.

Una absurda estrofa reverberaba en la memoria de Jean Louise. ¿Dónde la había leído?

Por derecho divino, mi querida Augusta,
Hemos tenido otra horrible destrucción;
Diez mil franceses han caído,
Gloria a Dios de quien fluye toda bendición.

Se preguntaba de dónde había sacado Hester su información. No podía concebir que Hester Sinclair hubiera leído algo que no fuera la revista *Buenas costumbres hogareñas*, salvo bajo fuerte coacción. Alguien se lo había dicho. ¿Quién?

—¿Te interesa la historia contemporánea, Hester?

—¿Qué? Ah, tan solo estaba explicando lo que dice mi Bill. Él lee mucho. Dice que los negros que están dirigiendo las cosas en el norte intentan hacerlo como lo hacía Gandhi, y ya sabes lo que es eso.

—Me temo que no lo sé. ¿Qué es eso?

—Comunismo.

—Ah, pensaba que los comunistas estaban todos a favor de los derrocamientos violentos y ese tipo de cosas.

Hester negó con la cabeza.

—¿Dónde has estado, Jean Louise? Usan el medio que sea para sus propósitos. Son como los católicos. Ya sabes que los católicos van a esos lugares y prácticamente se vuelven nativos ellos solamente para conseguir conversos. Pues dirían que San Pablo era un negro como ellos si así convirtieran a un negro. Bill dice, y él estuvo en la guerra allí, ya lo sabes, Bill dice que en algunas de esas islas no se podía distinguir qué era vudú y qué era católico romano, que no se habría sorprendido si hubiera visto a un hombre del vudú con alzacuello. Es lo mismo con los comunistas. Harán cualquier cosa, lo que sea, para apoderarse de este país. Están por todas partes, no se puede decir quién lo es y quién no lo es. Pues incluso aquí, en el condado de Maycomb…

Jean Louise se rio.

—Vamos, Hester, ¿qué querrían los comunistas del condado de Maycomb?

—No lo sé, pero lo que sí sé es que hay un grupo en Tuscaloosa, allá siguiendo la carretera, y, si no fuera por esos muchachos, un negro iría a clase con el resto de ellos.

—No te sigo, Hester.

—¿No has leído de esos profesores sofisticados que hacen esas preguntas en esa… esa convocatoria? Pues le hubieran dejado entrar. Si no hubiera sido por esos muchachos de la fraternidad…

—Dios mío, Hester. He estado leyendo los periódicos equivocados. Uno que leí decía que la turba era de esa fábrica de neumáticos…

—¿Qué lees, el *Worker*?

«Estás embobada en tu propio ombligo. Dirás lo que se te ocurra, pero lo que no puedo entender es que se te ocurran esas cosas. Me gustaría arrancarte la cabeza, poner en ella un dato real y verlo recorrer los pequeños recodos de tu cerebro hasta salirte por la boca. Las dos nacimos aquí, fuimos a las mismas escuelas, nos enseñaron las mismas cosas. Me pregunto qué viste y oíste tú».

—… todo el mundo sabe que la NAACP está empeñada en desestabilizar el Sur…

«Concebida en desconfianza y consagrada al principio de que todos los hombres son creados malvados».

—… no les importa decir que quieren eliminar a la raza negra, y lo harán en cuatro generaciones, dice Bill, si comienzan con esta de ahora…

«Espero que el mundo apenas perciba, y no recuerde por mucho tiempo, lo que estás diciendo».

—… y cualquiera que piense distinto es o bien un comunista o sospechoso de serlo. Resistencia pasiva, ni hablar…

«Cuando en el curso de los acontecimientos humanos a un pueblo se le hace necesario disolver los grupos políticos que los han conectados con otros, son comunistas».

—... siempre quieren casarse con alguien de un tono más claro, quieren mezclar la raza.

—Hester —interrumpió Jean Louise—, deja que te pregunte algo. Llevo en casa desde el sábado, y desde el sábado he escuchado hablar mucho sobre mezclar la raza, y eso me llevó a preguntarme si ese término no será desafortunado, y si no deberíamos sacarlo de la jerga sureña. Se necesitan dos razas para que haya mestizaje racial, si esa es la palabra correcta, y cuando nosotros los blancos gritamos sobre mestizaje, ¿acaso no nos estamos reflejando a nosotros mismos como raza? Lo que deduzco de ese mensaje es que, si fuera legal, habría una avalancha de matrimonios con negros. Si yo fuera una erudita, y no lo soy, diría que ese tipo de argumentos tiene unas profundas connotaciones psicológicas que no resultan particularmente halagadoras para quien los expresa. En el mejor de los casos, denota una alarmante falta de confianza en la propia raza.

Hester se quedó mirando a Jean Louise.

—Te aseguro que no sé qué estás diciendo —le dijo.

—Tampoco yo estoy segura —observó Jean Louise—, solo que se me eriza el vello cada vez que oigo hablar así. Supongo que es porque no me criaron oyendo esas cosas.

—¿Estás insinuando...? —preguntó Helen, que empezaba a enojarse.

—Lo siento —contestó Jean Louise—, no me refería a eso. Te ruego que me perdones.

—Jean Louise, no me estaba refiriendo a *nosotros*.

—Entonces, ¿de quién estabas hablando?

—Hablaba de... ya sabes, las personas de baja calaña. Los hombres que se quedan con mujeres negras, y ese tipo de cosas.

Jean Louise sonrió.

—Qué extraño. Hace cien años, los caballeros tenían mujeres de color, y ahora las tienen los de baja calaña.

—Eso sucedía cuando ellos eran sus dueños. No, la baja calaña es lo que busca la NAACP. Quieren que los negros se casen con esa clase social y seguir así hasta que hayan acabado con todo el orden social.

«Patrón social. Colchas con dibujos de anillas dobles. Ella no podía habernos odiado, y no es posible que Atticus se crea estas cosas. Lo siento, no es posible. Desde ayer me siento como si me estuvieran arrastrando al fondo de un profundo, profundo…».

—BUENO, ¿QUÉ TAL NUEVA YORK?

«Nueva York. ¿Nueva York? Te diré qué tal Nueva York. Nueva York tiene todas las respuestas. La gente va a la YMHA, los programas de la English Speaking Union, Carnegie Hall, la Nueva Escuela para la Investigación Social, y encuentra las respuestas. La ciudad vive mediante eslóganes, -ismos y respuestas claras y rápidas. Nueva York me está diciendo ahora: tú, Jean Louise Finch, no estás reaccionando según tus doctrinas respecto a tu clase; por lo tanto, no existes. Las mejores mentes del país nos han dicho quién eres tú. No puedes escapar, y no te culpamos por ello, pero sí te pedimos que te conduzcas dentro de las reglas que los entendidos hemos establecido para tu conducta, y no trates de ser algo diferente».

Ella respondió: por favor, créanme, lo que ha sucedido en mi familia no es lo que ustedes piensan. Solamente puedo decir esto… que todo lo que aprendí sobre decencia humana lo aprendí aquí. No aprendí de ustedes otra cosa salvo a desconfiar. No sabía lo que era el odio hasta que viví entre ustedes y los vi odiando cada día. Incluso tuvieron que aprobar leyes para evitar el odio. Desprecio sus respuestas rápidas, sus eslóganes en los metropolitanos, y sobre todo desprecio su falta de buenos modales; nunca los llegarán a tener».

El hombre que no podía ser descortés ni con una ardilla se había sentado en la sala del tribunal como cómplice de hombrecitos de mente sucia. Muchas veces ella le había visto en la tienda esperando su turno en fila detrás de algunos negros, y Dios sabe qué. Ella había visto al señor Fred hacerle un gesto con las cejas, y su padre les daba un apretón de manos como respuesta. Él era el tipo de hombre que por instinto esperaba su turno; él tenía modales.

Mira, hermana, conocemos los hechos: pasaste los primeros veinticinco años de tu vida en el condado del linchamiento, en un condado cuya población está formada en dos terceras partes por campesinos negros. Así que deja de fingir.

«No vas a creerme pero te lo diré: nunca en mi vida hasta hoy escuché a un miembro de mi familia pronunciar la palabra "tostado" para referirse a un negro. Nunca aprendí a pensar en términos de "los tostados". Cuando me crie, y me crie con personas negras, los llamábamos Calpurnia, Zeebo el basurero, Tom el jardinero, y comoquiera que se llamaran. Había cientos de negros a mi alrededor, eran las manos en los campos, quienes cortaban el algodón, trabajaban en los caminos, quienes cortaban la madera para construir nuestras casas. Eran pobres, estaban enfermos y sucios, algunos eran perezosos y vagos, pero nunca en mi vida me dieron la idea de que debía despreciar a ninguno de ellos, que debía temer a alguno, debía ser descortés con alguno, o pensar que podía tratar mal a alguno y quedar sin castigo. Ellos como pueblo no entraban en mi mundo, ni tampoco yo entraba en el de ellos: cuando salía de caza, no me metía en la propiedad de un negro, no porque fuera de un negro, sino porque no debía entrar en la propiedad de nadie. Me enseñaron que nunca me aprovechara de nadie que fuera menos afortunado que yo misma, ya fuese menos afortunado en inteligencia, riqueza o posición social; eso significaba de nadie, y no solo de los negros. Me hicieron entender que hacer lo contrario era despreciable. Así fui educada, por una mujer negra y un hombre blanco. Tú debes de haberlo vivido. Si un hombre te dice: "Esto es la verdad", y tú le crees, y descubres que lo que él dice no es la verdad, quedas decepcionada y te aseguras de que no vuelva a pillarte así. Pero cuando te falla un hombre que ha vivido siguiendo la verdad, y has creído en lo que él ha vivido, no te deja únicamente recelosa, te deja sin nada. Creo que por eso estoy a punto de volverme loca...».

—¿Nueva York? Como siempre.

Jean Louise se giró hacia su inquisidora, una joven que llevaba un sombrero pequeño, de gestos pequeños y pequeños dientes afilados. Era Claudine McDowell.

—Fletcher y yo fuimos la pasada primavera e hicimos un esfuerzo por entenderte.

«Apuesto a que así fue».

—¿Les gustó? No, no me contestes, deja que yo te lo diga: pasaron un tiempo maravilloso, pero ni se les ocurriría vivir allí.

Claudine enseñó sus dientes de ratón.

—¡Claro, así es! ¿Cómo lo has adivinado?

—Soy adivina. ¿Recorrieron el centro?

—Señor, sí. Fuimos al Latin Quarter, el Copacabana y al *Pajama Game*. Ese fue el primer espectáculo teatral que habíamos visto, y quedamos bastante decepcionados. ¿Son todos como ese?

—La mayoría. ¿Fueron a lo alto de ya sabes qué?

—No, pero sí pasamos por Radio City. Oye, en ese lugar podría vivir un pueblo. Vimos un espectáculo en Radio City Music Hall y, Jean Louise, un caballo salió al escenario.

Jean Louise dijo que no le sorprendía.

—Fletcher y yo nos alegramos mucho de estar de vuelta en casa. No sé cómo puedes vivir allí. Fletcher se gastó más dinero allí en dos semanas de lo que gastamos en seis meses aquí. Fletcher dijo que no podía entender cómo demonios la gente vivía en ese lugar cuando podrían tener una casa y un patio por mucho menos aquí.

«Yo puedo decírtelo. En Nueva York eres tu propia persona. Puedes extender la mano y abrazar todo Manhattan en una dulce soledad, o puedes irte al infierno si quieres».

—Bueno —dijo Jean Louise—, se necesita un tiempo considerable para acostumbrarse. Yo lo aborrecí durante dos años. Me intimidaba diariamente hasta una mañana, cuando alguien me dio un empujón en el autobús y yo se lo devolví. Después de haber devuelto el empujón, me di cuenta de que había llegado a ser parte de la ciudad.

—Empujones, así son. Allí no tienen modales —dijo Claudine.

—Tienen modales, Claudine. Simplemente son distintos a los nuestros. La persona que me empujó en el autobús esperaba recibir otro a cambio. Eso era lo que se esperaba de mí, es simplemente un juego. No encontrarás personas mejores que en Nueva York.

Claudine apretó los labios.

—Bueno, yo no querría mezclarme con todos esos italianos y puertorriqueños. En un establecimiento un día miré alrededor y había una mujer negra comiendo a mi lado, justamente *a mi lado*. Desde luego, sé que podía hacer eso, pero me quedé asombrada.

—¿Te hizo algo malo?

—No. Me levanté enseguida y me fui.

—Mira —dijo Jean Louise amablemente—, allí se mueve libremente todo tipo de personas.

Claudine se encogió de hombros.

—No entiendo cómo puedes vivir allí con ellos.

—Una no se fija en ellos. Trabajas con ellos, comes a su lado y con ellos, te subes en los autobuses con ellos, y no eres consciente de ellos a menos que quieras serlo. No me doy cuenta de que un hombre negro grande y gordo ha ido sentado a mi lado en un autobús hasta que me levanto para apearme. Sencillamente no los notas.

—Bueno, desde luego, yo los noté. Debes de estar ciega, o algo así.

«Ciega, exactamente. Nunca abrí los ojos. Nunca pensé en mirar los corazones de las personas, miré solamente sus caras. Ciega como una piedra... el señor Stone. El señor Stone puso ayer en la iglesia un centinela, y debería haberme dado uno a mí. Necesito un centinela para que me dirija y declare lo que ve cada hora a la hora en punto. Necesito un centinela que me diga lo que un hombre dice pero me explique lo que quiere decir, que trace una línea en el medio y diga: "Aquí está esta justicia y allá está esa justicia", y me haga entender la diferencia. Necesito un centinela que salga y les proclame a todos ellos que gastarle una broma a alguien no puede durar veintiséis años, por muy divertida que sea».

14

—Tía —dijo Jean Louise cuando hubieron limpiado todos los desperdicios de la devastación de la mañana—, si no necesitas el auto, voy a ir a ver al tío Jack.

—Lo único que necesito es una siesta. ¿Quieres algo de comer?

—No. El tío Jack me dará un sándwich o algo.

—Es mejor que no cuentes con ello. A esta hora es justo cuando no come.

Jean Louise detuvo el automóvil en el sendero de entrada del doctor Finch, subió los altos escalones hasta su casa, llamó a la puerta y entró, canturreando con voz estridente:

«El viejo tío Jack con su muleta y su bastón
Cuando era joven era todo un bailón;
El impuesto a las ventas aplicó…».

La casa del doctor Finch era pequeña, pero el vestíbulo principal era enorme. En una época fue un pasillo techado, pero él lo cerró y puso librerías en todas las paredes.

Llamó desde la parte de atrás de la casa.

—Te he oído, qué vulgaridad. Estoy en la cocina.

Ella recorrió el pasillo, atravesó una puerta, y llegó a lo que antes era un porche trasero abierto. Ahora era un lugar ligeramente parecido a un estudio, como lo eran la mayoría de habitaciones en su casa. Ella nunca había visto un hogar que reflejara con tanta intensidad la personalidad de su dueño. En medio del orden prevalecía una inquietante cualidad de desorden: el doctor Finch mantenía su casa con una impecabilidad castrense, pero tendía a apilar libros dondequiera que se sentaba, y como tenía como costumbre sentarse en cualquier lugar, había pequeños montones de libros en lugares inesperados por toda la casa, que eran siempre una maldición para la mujer que limpiaba. Él no le permitía tocarlos, e insistía en una limpieza perfecta, de modo que la pobre criatura se veía obligada a aspirar, limpiar el polvo y dar cera rodeándolos. Una desacertada sirvienta perdió la cabeza y olvidó dejar en su sitio el *Pre-Tractatian Oxford* de Tuckwell, y el doctor Finch agitó una escoba contra ella.

Cuando apareció su tío, Jean Louise pensó que las modas pueden pasar y regresar, pero él y Atticus se aferraban a sus chalecos para siempre. El doctor Finch iba sin chaqueta y con su vieja gata Rose Aylmer en brazos.

—¿Dónde estabas ayer, en el río otra vez? —dijo mirándola seriamente—. Saca la lengua.

Jean Louise sacó la lengua y el doctor Finch se puso a Rose Aylmer en el pliegue del codo derecho, rebuscó en el bolsillo de su chaleco, sacó un par de lentes sin montura, las abrió y se las fijó a la cara.

—Bueno, no la dejes ahí. Vuelve a meterla —le dijo—. Tienes un aspecto horrible. Vamos a la cocina.

—No sabía que tenías lentes sin montura, tío Jack —observó Jean Louise.

—Ja... descubrí que estaba malgastando dinero.

—¿Cómo?

—Con las antiguas. Estas cuestan la mitad.

Había una mesa en el centro de la cocina del doctor Finch, y sobre la mesa un platito que contenía una galleta salada sobre la que descansaba una sardina solitaria.

Jean Louise miró boquiabierta.

—¿Es esta tu comida? Sinceramente, tío Jack, ¿es posible que puedas ser aún más raro?

El doctor Finch acercó un taburete alto a la mesa, depositó allí a Rose Aylmer y dijo:

—No. Sí.

Jean Louise y su tío se sentaron a la mesa. El doctor Finch agarró la galleta y la sardina y se las presentó a Rose Aylmer. Rose Aylmer dio un pequeño bocado, bajó la cabeza y masticó.

—Come como una persona —dijo Jean Louise.

—Espero haberle enseñado buenos modales —recalcó el doctor Finch—. Es ya tan vieja que tengo que alimentarla bocado a bocado.

—¿Por qué no la mandas a dormir?

El doctor Finch miró con indignación a su sobrina.

—¿Por qué iba a hacer eso? ¿Qué le ocurre? Aún le quedan otros diez años.

Jean Louise afirmó en silencio y desearía, comparativamente hablando, verse tan bien como Rose Aylmer cuando fuera así de vieja. El pelaje amarillo de la gata estaba en excelente estado, aún conservaba su figura, y sus ojos eran brillantes. Ahora se pasaba la vida durmiendo, y una vez al día su tío la sacaba a pasear por el patio trasero con una correa.

El doctor Finch persuadió con paciencia a la vieja gata a terminar su almuerzo y, cuando acabó, fue a un armario encima del fregadero y sacó un frasco que tenía por tapa un cuentagotas. Sacó una gran parte de fluido, dejó la botella, agarró a la gata por la nuca y le dijo que abriera la boca. Ella obedeció; tragó y meneó la cabeza. El doctor Finch puso más líquido en el cuentagotas y le dijo a su sobrina:

—Abre la boca.

Jean Louise tragó saliva y farfulló.

—¿Dios mío, ¿qué era eso?

—Vitamina C. Quiero que dejes que Allen te haga un chequeo.

Jean Louise dijo que lo haría, y preguntó a su tío qué ocupaba su mente esos días. El doctor Finch, deteniéndose frente al horno, dijo:

—Sibthorp.

—¿Señor?

El doctor Finch sacó del horno un bol de madera para ensalada lleno, para sorpresa de Jean Louise, de verduras. «Espero que no estuviera encendido».

—Sibthorp, muchacha. Sibthorp —continuó él—. Richard Waldo Sibthorp. Sacerdote católico romano. Enterrado con todo el ceremonial de la Iglesia de Inglaterra. Intentando encontrar a otro como él. Muy significativo.

Jean Louise estaba acostumbrada a la escritura intelectual típica de su tío: era su costumbre afirmar uno o dos hechos aislados, y una conclusión que no parecía deducirse de esos hechos. De manera lenta y segura, si se le incitaba correctamente, el doctor Finch soltaría el carrete de su extraño conocimiento popular para revelar un razonamiento que resplandecía con una luz propia y particular.

Pero ella no estaba allí para entretenerse con los titubeos de un esteta victoriano menor. Observaba a su tío mezclar la ensalada de verduras con aceite de oliva, vinagre y varios ingredientes desconocidos para ella con la misma precisión y seguridad que empleaba en una osteotomía complicada. Dividió la ensalada en dos platos y dijo:

—Come, niña.

El doctor Finch masticaba con ferocidad su almuerzo y miraba a su sobrina, que colocaba en fila sobre su plato la lechuga, trozos de aguacate, pimiento verde y cebolla.

—Muy bien, ¿qué sucede? ¿Estás embarazada?

—Cielos, no, tío Jack.

—Eso es prácticamente lo único que se me ocurre que puede preocupar a una joven en estos tiempos. ¿Quieres contármelo? —dijo, y suavizó su voz—. Vamos, vieja Scout.

Los ojos de Jean Louise se nublaron de lágrimas.

—¿Qué ha estado sucediendo, tío Jack? ¿Qué le pasa a Atticus? Creo que Hank y la tía han perdido la cabeza, y sé que yo también la estoy perdiendo.

—No he notado que les suceda nada, ¿debería notarlo?

—Deberías haberlos visto sentados en esa reunión ayer...

Jean Louis levantó la mirada hacia su tío, que se balanceaba peligrosamente sobre las patas traseras de la silla. Puso las manos sobre la mesa para equilibrarse, sus rasgos incisivos se suavizaron, subió las cejas y se rió con fuerza. Las patas delanteras de la silla dieron un fuerte golpe en el piso y él se sosegó con risitas ahogadas.

Jean Louise se enojó. Se levantó de la mesa, echó hacia atrás la silla, la puso en su sitio y caminó hacia la puerta.

—No vine aquí para recibir burlas, tío Jack —le dijo.

—Vamos, siéntate y calla —respondió su tío. La miró con un interés genuino, como si ella fuera algo puesto tras la lente de un microscopio, como si fuera alguna maravilla médica que se había materializado inadvertidamente en su cocina.

—Aquí me tienes, nunca pensé que el buen Dios me permitiría vivir para ver a alguien entrar en medio de una revolución y decir con expresión apática: «¿Qué sucede?» —. Él se rio otra vez, negando con la cabeza.

—¿Sucede, niña? Te diré lo que sucede si recuperas la compostura y dejas de... Me pregunto si tus ojos y tus oídos hacen alguna vez con tu cerebro algo más que un contacto espasmódico —dijo, y su rostro se tensó—. Una parte no te va a gustar.

—No me importa lo que sea, tío Jack, solo quiero que me expliques qué ha convertido a mi padre en un «odianegros».

—Vigila tu lengua —la voz del doctor Finch era firme—. No vuelvas a llamar eso a tu padre. Detesto el sonido de ese término tanto como su sustancia.

—¿Qué debo llamarle, entonces?

Su tío dio un largo suspiro. Se acercó al fogón y encendió el quemador de delante bajo la cafetera.

—Consideremos esto con calma —dijo.

Cuando se dio la vuelta, Jean Louise vio que la diversión alejaba la indignación en sus ojos, y entonces se convirtió en una expresión que ella no podía interpretar. Le oyó musitar:

—Ah, querida. Vaya, sí. La novela debe relatar una historia.

—¿A qué te refieres con eso? —preguntó ella. Sabía que estaba citando algo, pero no sabía qué ni por qué, ni le importaba. Su tío podía llegar a molestarla muchísimo cuando quería, y parecía que había optado por eso ahora, y ella se molestó.

—Nada —se sentó, se quitó los lentes, se los guardó en el bolsillo del chaleco y comenzó a hablar—. Cariño —continuó—, por todo el Sur tu padre y hombres como tu padre están luchando en cierto tipo de retaguardia, retrasando la acción para preservar cierto tipo de filosofía que casi se ha ido por el desagüe…

—Si eso es lo que oí ayer, digo que es una buena desaparición.

El doctor Finch levantó la vista.

—Estás cometiendo un grave error si piensas que tu papá está comprometido con eso de mantener a los negros en su sitio.

Jean Louise levantó las manos y la voz.

—¿Y qué demonios he de pensar? Me puso enferma, tío Jack. Completamente enferma…

Su tío se rascó la oreja.

—Sin duda, en algún momento te habrán expuesto ciertos hechos y matices históricos…

—Tío Jack, no me hables de esa manera ahora… lo de aquella guerra no tiene nada que ver con eso.

—Al contrario, tiene mucho que ver, si quieres entenderlo. Lo primero que debes comprender es algo… Dios nos ayude, fue algo... que tres cuartas partes de una nación no han comprendido hasta ahora. ¿Qué tipo de personas éramos nosotros, Jean Louise? ¿Qué tipo de personas somos? ¿De quiénes estamos más cerca todavía en este mundo?

—Pensaba que éramos simplemente personas. No tengo ni idea.

Su tío sonrió, y una luz profana apareció en su mirada. «Ahora se va a ir por las ramas», pensó. «Nunca puedo agarrarlo y que vaya al grano».

—Considera el condado de Maycomb —dijo el doctor Finch—. Es el típico Sur. ¿Nunca te ha resultado singular que casi todo el mundo en el condado es familia o casi familia de los demás?

—Tío Jack, ¿cómo puede alguien ser casi familia de otra persona?

—Es bastante sencillo. Te acuerdas de Frank Buckland, ¿verdad?

Muy a su pesar, Jean Louise sintió que estaba siendo atraída con sigilo a la tela de araña del doctor Finch. «Es una vieja araña maravillosa, pero una araña al fin y al cabo». Se movió lentamente hacia él:

—¿Frank Buckland?

—El naturalista. Transportaba peces muertos por ahí en su maletín y daba cobijo a un chacal en sus habitaciones.

—¿Sí, señor?

—Recuerdas a Matthew Arnold, ¿no?

Ella asintió.

—Bueno, Frank Buckland era el hijo del hermano del esposo de la hermana del padre de Arnold; por lo tanto, ellos eran casi familia. ¿Lo ves?

—Sí, señor, pero…

El doctor Finch miró al techo.

—¿No estaba mi sobrino Jem —dijo lentamente— prometido para casarse con la prima segunda de la esposa del hijo de su tío abuelo?

Se tapó los ojos con las manos y pensó ya furiosa.

—Lo estaba —dijo al final—. Tío Jack, creo que has dicho una incongruencia, aunque no estoy del todo segura.

—Es todo lo mismo, en realidad.

—Pero no comprendo la conexión.

El doctor Finch puso las manos sobre la mesa.

—Eso es porque no has mirado —le dijo—. Nunca has abierto los ojos.

Jean Louis dio un brinco.

—Jean Louise —continuó su tío—, hasta la fecha existen en el condado de Maycomb los equivalentes vivos de cada celta, anglo y sajón cabeza de chorlito. Te acuerdas de Dean Stanley, ¿verdad?

Estaban regresando a ella: los días de horas interminables. Ella estaba en esta casa, delante de una cálida chimenea, y le leían de libros que olían a moho. La voz de su tío tenía su tono de rugido bajo, o ese tono subía mucho con la risa inevitable. Aquel clérigo bajito, despistado y de cabello ahuecado y su fiel esposa llegaron a sus recuerdos.

—¿No te recuerda a Fink Sewell?

—No, señor —respondió ella.

—Piensa, muchacha. Piensa. Ya que no piensas, te daré una pista. Cuando Stanley era deán de Westminster, desenterró a casi todos los difuntos de la Abadía buscando a Jacobo I.

—¡Dios mío! —exclamó ella.

Durante la Depresión, el señor Finckney Sewell, residente en Maycomb y destacado por su independencia de pensamiento, desenterró a su propio abuelo y le extrajo todos los dientes de oro para pagar una hipoteca. Cuando el *sheriff* lo detuvo por robo de tumbas y acaparamiento de oro, el señor Fink objetó con la teoría de que si su propio abuelo no era suyo, entonces, ¿de quién era abuelo? El *sheriff* dijo que el viejo señor M. F. Sewell estaba en terreno público, pero el señor Fink respondió con impertinencia que suponía que era su plaza del cementerio, su abuelito y sus dientes, y se negó el arresto. La opinión pública en Maycomb estaba con él: el señor Fink era un hombre honorable, intentaba por todos los medios pagar sus deudas, y la ley no le molestó más.

—Stanley tenía los motivos históricos más elevados para sus excavaciones —musitó el doctor Finch—, pero sus mentes funcionaban exactamente igual. No se puede negar que invitó a predicar en la Abadía a todos los herejes que pudo encontrar. Creo que una vez le dio la comunión a la señora Annie Besant. Recordarás que apoyaba al obispo Colenso.

Sí, lo recordaba. El obispo Colenso, cuyos puntos de vista sobre todas las cosas se consideraban insensatos en aquella época, y son arcaicos en esta, era la mascota personal del deán. Colenso era el objeto de un agrio debate dondequiera que se reuniera el clero, y Stanley en una ocasión dio un categórico discurso en la Asamblea en su defensa, preguntando si eran conscientes de que Colenso era el único obispo colonial que se había molestado en traducir la Biblia al idioma zulú, que era más de lo que el resto había hecho.

—Fink era como él —dijo el doctor Finch—. Se suscribió al *Wall Street Journal* en los peores momentos de la Depresión y retó a cualquiera a que dijera algo al respecto —el doctor Finch se rio—. A Jake Jeddo, en la oficina de correos, casi le daba un espasmo cada vez que colocaba el correo.

Jean Louise miraba fijamente a su tío. Estaba sentada en su cocina, en plena Era Nuclear, y en los rincones más profundos de su conciencia sabía que el doctor Finch daba plenamente en el clavo en sus comparaciones.

—... como él —seguía diciendo el doctor Finch—, o miremos a Harriet Martineau...

Jean Louise se encontraba haciendo aguas en la Región de los Lagos. Apenas podía mantener la cabeza fuera del agua.

—¿Recuerdas a la señora E. C. B. Franklin?

Sí, la recordaba. Le resultó difícil durante años acordarse de la señorita Martineau, pero recordar a la señora E. C. B. era fácil: recordaba una boina de ganchillo, un vestido de ganchillo por el que se entreveían unas bragas rosa de ganchillo, y medias de ganchillo. Todos los sábados, la señora E. C. B. caminaba casi cinco kilómetros hasta la ciudad desde su granja, que se llamaba Cape Jessamine Copse. La señora E. C. B. escribía poesía.

—¿Te acuerdas de las poetisas menores? —preguntó el señor Finch.

—Sí, señor —dijo ella.

—¿Y bien?

Cuando era niña, durante un tiempo anduvo molestando en la oficina del *Tribune* del condado de Maycomb y había sido testigo de varios altercados, incluido el último, entre la señora E. C. B. y el señor Underwood. El señor Underwood era un impresor de los de antaño y no cubría insensateces. Trabajaba todo el día en una inmensa linotipia negra, refrescándose a intervalos con una jarra de inofensivo licor de cerezas. Un sábado, la señora E. C. B. entró tranquilamente en la oficina con una ocurrencia lírica que el señor Underwood dijo que se negaba a publicar para no poner en ridículo al *Tribune*: era un obituario en verso de una vaca, que comenzaba:

Oh vacas que ya no son mías,
con esos grandes ojos marrones que tenían...

y contenía graves vulneraciones de la filosofía cristiana. El señor Underwood dijo: «Las vacas no van al cielo», a lo cual replicó la señora E. C. B.: «Esta sí», y explicó la licencia poética. El señor Underwood, que en su momento había publicado cierta variedad de versos panegíricos, dijo que aun así no podía publicar aquello porque era blasfemo y no se conformaba a la métrica. Furiosa, la señora E. C. B. sacó una caja de tipos y esparció las letras del anuncio de Biggs Store por toda la oficina. El señor Underwood resoplaba como una ballena, se tomó un trago grande de licor de cerezas delante de ella, se lo tragó, y fue maldiciéndola todo el camino hasta la plaza del edificio del juzgado. Después de aquello, la señora E. C. B. compuso versos para su edificación privada. El condado lamentó la pérdida.

—Ahora, ¿estás dispuesta a admitir que hay cierta conexión, no necesariamente entre dos excéntricos, sino con una... hum... perspectiva general que existe en algunos barrios al otro lado?

Jean Louise tiró la toalla. El doctor Finch hablaba más para sí mismo que para su sobrina.

—En la década de 1770, ¿de dónde provenían las palabras más al rojo vivo?

—De Virginia —dijo Jean Louise con una sonrisa.

—Y en los años cuarenta, antes de que nosotros lo hiciéramos, ¿qué hacía que cada sureño leyera su periódico y escuchara las noticias con un tipo de horror especial? El sentimiento tribal, cariño, eso era la base. Ellos podrían ser unos hijos de perra, los británicos, pero eran nuestros hijos de perra... —el doctor Finch se sorprendió a sí mismo, y cambió rápidamente—. Regresemos... volvamos a principios del siglo XVIII en Inglaterra, antes de que algunos pervertidos inventasen la maquinaria. ¿Qué era la vida allí?

—Una sociedad de duques y mendigos —respondió Jean Louise automáticamente.

—¡Ja! No estás tan corrompida como yo pensaba si aún recuerdas a Caroline Lamb, pobre. Casi lo has entendido, pero no lo suficiente: era principalmente una sociedad agrícola, con un puñado de terratenientes y multitud de arrendatarios. Ahora bien, ¿cómo era el Sur antes de la guerra?

—Una sociedad agrícola con un puñado de grandes terratenientes, una multitud de granjeros sucios y los esclavos.

—Correcto. Dejemos a los esclavos fuera de la cuestión de momento y ¿qué tenemos? A tus Wade Hampton por veintenas, y a tus pequeños arrendatarios por miles. El Sur era una pequeña Inglaterra en su herencia y en su estructura social. Ahora, mencióname algo que no falta en el corazón de todo anglosajón... no sientas vergüenza, sé que en estos tiempos es una palabra sucia... sin importar cuál sea su condición o posición en la vida, sin importar cuáles sean las barreras de ignorancia, desde que dejó de pintarse azul a sí mismo?

—Es orgulloso. En cierto modo, terco.

—Tienes toda la maldita razón. ¿Qué más?

—Yo... no lo sé.

—¿Qué fue lo que convirtió al pequeño y caótico Ejército Confederado en el último de su género? ¿Qué hacía que fuera tan débil, pero tan fuerte que realizó hazañas?

—Ah, ¿Robert E. Lee?

—¡Buen Dios, muchacha! —gritó su tío— ¡Era un ejército de individuos! ¡Dejaron sus granjas y se fueron a la guerra!

Como si fuera a estudiar un espécimen raro, el doctor Finch sacó sus lentes, se los puso, echó hacia atrás la cabeza y la miró.

—Ninguna máquina —observó—, cuando se la aplasta y se la reduce a polvo, vuelve a ensamblarse sola y a funcionar, pero esos huesos secos se levantaron y marcharon, ¡y cómo marcharon! ¿Por qué?

—Creo que fueron los esclavos, y los aranceles, y cosas así. Nunca he pensado mucho en eso.

—Dios nos asista —dijo el doctor Finch en voz baja.

Hizo un esfuerzo visible por dominarse acercándose al fogón y silenciando la cafetera. Sirvió otras dos tazas del brillante líquido negro y las llevó a la mesa.

—Jean Louise —dijo muy serio—, no mucho más del cinco por ciento de la población del Sur vio jamás un esclavo, y mucho menos era dueño de uno. Ahora bien, algo debió de haber irritado al otro noventa y cinco por ciento.

Jean Louise se quedó mirando a su tío con mirada inexpresiva.

—¿No se te ha ocurrido nunca, nunca has recibido... en algún momento, vibraciones sobre que este territorio era una nación aparte? ¿Que era, sin importar sus vínculos políticos, una nación con su propio pueblo, que existía dentro de otra nación? ¿Una sociedad muy paradójica, con desigualdades alarmantes, pero con el honor privado de miles de personas brillando como luciérnagas en la noche? Ninguna guerra se libró jamás por razones tan distintas que se fundían en una razón clara como el cristal. Lucharon para preservar su identidad. Su identidad política, su identidad personal —la voz del doctor Finch se suavizó—. Parece quijotesco hoy día, con aviones a reacción y sobredosis de Nembutal, que un hombre participara en una guerra por algo tan insignificante como su estado.

Parpadeó y continuó:

—No, Scout, aquellas personas ignorantes y andrajosas lucharon hasta que fueron casi exterminadas, por mantener algo que en estos tiempos parece ser privilegio exclusivo de artistas y músicos.

Jean Louise dio un salto desesperado para subir en el tranvía de su tío en marcha:

—De eso ya hace más de... casi cien años, señor.

El doctor Finch sonrió.

—¿De veras? Depende de cómo lo mires. Si estuvieras sentada en una terraza en París, dirías eso sin duda. Pero míralo otra vez. Los que quedaron de ese pequeño ejército tuvieron hijos... Dios, ¡cómo se multiplicaron! El Sur atravesó la Reconstrucción con un único cambio político permanente: ya no había esclavitud. Las personas no se hicieron menos de lo que eran en un principio... en algunos casos llegaron a ser muchísimo más. No fueron destruidos. Fueron tierra en el polvo y de ahí surgieron. De ahí surgió la «Ruta del tabaco», y surgió el aspecto más feo y más vergonzoso de todos: la estirpe de hombre blanco que vivía en abierta competencia económica con los negros libres. Durante años y años, lo único que ese hombre creyó que tenía y que le hacía ser mejor que sus hermanos negros era el color de su piel. Era igual de sucio, olía igual de mal y era igual de pobre. Hoy día tiene más dinero del que tuvo nunca, tiene todo excepto estirpe, se ha liberado de todo estigma, pero se queda sentado alimentando sus restos de odio…

El doctor Finch se levantó y sirvió más café. Jean Louise le observaba. «Dios santo», pensaba ella, «mi propio abuelo luchó en ella. Su propio padre y el de Atticus. Él era hijo único. Vio los cadáveres apiñados y la sangre descender como riachuelos por el monte Shiloh…».

—Entonces, Scout —dijo su tío—, ahora, en este preciso momento, se ha forzado en el Sur una filosofía política ajena a él, y el Sur no está listo para ella… nos encontramos en las mismas aguas profundas. Tan seguro como el paso del tiempo, la historia se repite, y tan seguro como que el hombre es hombre, la historia es el último lugar donde buscará sus lecciones. Espero en Dios que esta vez sea una Reconstrucción relativamente sin derramamiento de sangre.

—No entiendo.

—Mira el resto del país. Hace mucho que se ha alejado del Sur en su pensamiento. El concepto de propiedad, honrado por el tiempo y convertido en ley, el interés de un hombre en esa propiedad y sus obligaciones al respecto, es algo que casi se ha extinguido. Las actitudes de la gente hacia las obligaciones de un gobierno han cambiado. Se han levantado los desposeídos y han demandado y recibido lo que merecían…

a veces más de lo que merecían. A los que tienen se les impide tener más. Quien te protege de los avatares de la vejez no eres tú mismo voluntariamente, sino un gobierno que dice que no confía en que puedas mantenerte solo, de modo que ellos se ocupan de ti. Todo tipo de pequeñas cosas extrañas como esa ha llegado a ser parte de la esencia del gobierno de este país. América es un mundo feliz en la Era Nuclear y el Sur apenas está comenzando su Revolución Industrial. ¿No has mirado a tu alrededor en los últimos siete u ocho años y has visto una clase nueva aquí?

—¿Una clase nueva?

—¡Por amor de Dios, niña! ¿Dónde están tus granjeros arrendatarios? En fábricas. ¿Dónde está tu mano de obra del campo? En el mismo lugar. ¿Te has fijado en quiénes están en esas casitas blancas del otro lado de la ciudad? La clase nueva de Maycomb. Los mismos muchachos y muchachas que fueron a la escuela contigo y se criaron en granjas diminutas. Tu propia generación —dijo, y levantó la nariz—. Esas personas son la niña de los ojos del Gobierno Federal. Les presta dinero para construir sus casas, les proporciona educación gratuita por servir en sus ejércitos, les sostiene en la vejez y les asegura varias semanas de cobertura si pierden sus empleos...

—Tío Jack, eres un viejo cínico.

—Cínico, un infierno. Soy un viejo sano con una desconfianza constitucional hacia el intervencionismo estatal y la sobredosis de gobierno. Tu padre es igual...

—Si me dices que el poder tiende a corromper y que el poder absoluto corrompe absolutamente, te echo encima el café.

—Lo único que me da miedo de este país es que su gobierno algún día se vuelva tan monstruoso que su ciudadano más pequeño pueda ser pisoteado, y entonces no valdrá la pena vivir aquí. Lo único en América que sigue siendo único en este cansado mundo es que un hombre puede llegar tan lejos como lo lleve su inteligencia, o que puede irse al infierno si quiere, pero no será así durante mucho tiempo más —el doctor Finch sonrió como una simpática comadreja—. Melbourne dijo una vez que las únicas obligaciones reales del gobierno eran prevenir el crimen y preservar los contratos, a lo cual yo añadiré una cosa, ya que, para mi disgusto, vivo en el siglo XX: y proporcionar recursos para la defensa común.

—Esa es una afirmación poco clara.

—Ciertamente lo es. Nos deja con mucha libertad.

Jean Louise puso los codos sobre la mesa y se pasó los dedos por el cabello. A su tío le sucedía algo. Le estaba haciendo un elocuente ruego mudo, estaba manteniéndose alejado del tema deliberadamente. Simplificaba por aquí, se escabullía por allá, esquivando y amagando. Ella se preguntaba el porqué. Era tan fácil escuchar lo que decía, adormecerse bajo la suave lluvia de sus palabras, que tuvo que darse cuenta de la ausencia de gestos resolutos, la multitud de «hum» y de «ja» que normalmente se intercalaban en su conversación. No sabía que estuviera tan preocupado.

—Tío Jack —le dijo—, qué tiene que ver todo esto con el precio de los huevos en China, y sabes exactamente a lo que me refiero.

—Vaya —respondió él. Se le sonrojaron las mejillas—. Te estás volviendo inteligente, ¿no?

—Lo suficiente como para saber que las relaciones entre los negros y la gente blanca son peores de lo que he visto en toda mi vida... a propósito, no los has mencionado ni una sola vez; lo bastante inteligente para querer saber qué hace que tu bendita hermana actúe como lo hace, lo bastante inteligente para querer saber qué demonios le ha sucedido a mi padre.

El doctor Finch apretó los puños y se los situó debajo de la barbilla.

—El nacimiento de una persona es de lo más desagradable. Es sucio, es extremadamente doloroso, y a veces es peligroso. Siempre es sangriento. Lo mismo sucede con la civilización. El Sur está en sus terribles dolores de parto finales. Está dando a luz algo nuevo, y no estoy seguro de que me guste, pero no estaré aquí para verlo. Tú sí estarás. Hombres como mi hermano y yo estamos obsoletos y tenemos que irnos, pero será una lástima si nos llevemos con nosotros las cosas relevantes de esta sociedad... tenía cosas muy buenas.

—¡Deja de irte por las ramas y contéstame!

El doctor Finch se puso de pie, se inclinó sobre la mesa y la miró. Las líneas de expresión de la nariz le llegaban hasta la boca, y dibujaban una dura silueta trapezoidal. Le brillaban los ojos, pero su voz era tranquila:

—Jean Louise, cuando un hombre está mirando directamente a una escopeta de dos cañones, agarra la primera arma que encuentra para defenderse, ya sea una piedra, un palo, un leño o un Consejo de ciudadanos.

—¡Eso no es una respuesta!

El doctor Finch cerró los ojos, los abrió y bajó la mirada hacia la mesa.

—Has estado dando un elaborado rodeo, tío Jack, y nunca antes te había visto hacerlo. Tú siempre me has dado una respuesta clara a cualquier cosa que te he preguntado. ¿Por qué no lo haces ahora?

—Porque no puedo. No está dentro de mi capacidad ni de mi campo el hacerlo.

—Nunca te había oído hablar así.

El doctor Finch abrió la boca y volvió a cerrarla enseguida. La agarró del brazo, la condujo a la habitación contigua y se detuvieron delante del espejo de marco dorado.

—Mírate —le dijo él.

Ella miró.

—¿Qué ves?

—A mí, y a ti —dijo, volviéndose hacia el reflejo de su tío—. Mira, tío Jack, eres bien parecido, de una manera un tanto horrible.

Vio por un instante cómo los últimos cien años tomaban posesión de su tío. Él dibujó una cruz entre una reverencia y una afirmación con la cabeza, y dijo: «Muy amable por tu parte, señorita», se puso detrás de ella y la agarró por los hombros.

—Mírate —volvió a decirle—. Solamente puedo decirte esto. Mira tus ojos. Mira tu nariz. Mira tu barbilla. ¿Qué ves?

—Me veo a mí.

—Yo veo dos personas.

—¿Te refieres a la marimacho y a la mujer?

Vio que el reflejo del doctor Finch negaba con la cabeza.

—Nooo, niña. Eso está ahí, es cierto, pero no me refiero a eso.

—Tío Jack, no sé por qué decides difuminarte en la neblina...

El doctor Finch se rascó la cabeza, y dejó de punta un mechón de cabello canoso.

—Lo siento —dijo—. Adelante. Sigue adelante y haz lo que vas a hacer. Yo no puedo detenerte, y no debo hacerlo, Childe Rolando. Pero es un asunto sucio, arriesgado; es un asunto sangriento.

—Tío Jack, cariño, no estás con nosotros.

El doctor Finch se puso frente a ella y la mantuvo a distancia de un brazo.

—Jean Louise, quiero que escuches con atención. De lo que hemos hablado hoy... quiero decirte algo y ver si puedes conectar todos los puntos. Es esto: las circunstancias secundarias relacionadas con nuestra guerra entre estados son las circunstancias secundarias que concurren en la guerra en que estamos ahora, y son las circunstancias secundarias que concurren en tu propia guerra personal. Ahora, piensa en ello y dime lo que crees que quiero decir.

El doctor Finch esperó.

—Suenas como los Profetas Menores —le dijo ella.

—Eso pensaba. Muy bien, ahora escucha otra vez: cuando ya no puedas soportarlo más, cuando tu corazón esté partido por la mitad, debes acudir a mí. ¿Lo entiendes? Debes acudir a mí. Prométemelo —le dio una sacudida—. Prométemelo.

—Sí, señor, te lo prometo, pero...

—Ahora, largo de aquí —dijo su tío—. Vete a alguna parte y juega a la oficina de correos con Hank. Yo tengo cosas mejores que hacer...

—¿Como cuáles?

—Eso no es de tu incumbencia. Largo.

Cuando Jean Louise bajó las escaleras, no vio al doctor Finch morderse el labio inferior, ir a la cocina y acariciar el pelaje de Rose Aylmer, o regresar a su estudio con las manos metidas en los bolsillos y recorrer lentamente la habitación de un lado a otro hasta que, finalmente, levantó el auricular del teléfono.

PARTE VI

15

«Loco, loco, loco de remate. Bueno, así son todos los Finch. Sin embargo, la diferencia entre el tío Jack y el resto de ellos es que él sabe que está loco».

Estaba sentada en una mesa en la parte trasera de la heladería del señor Cunningham, comiendo helado en un recipiente de papel satinado. El señor Cunningham, un hombre de rectitud inflexible, se lo había regalado por haber adivinado su nombre ayer, una de las pequeñas cosas que ella adoraba de Maycomb: las personas recordaban sus promesas.

¿Qué pretendía decir? *Prométemelo... circunstancias que concurren... anglosajón... palabra sucia... Childe Rolando.* «Espero que no pierda la compostura, o tendrán que encerrarlo. Está tan alejado de este siglo que no puede ir al baño, él va al inodoro. Pero, loco o no, él es el único de ellos que no ha hecho o ha dicho algo... ¿Por qué regresé aquí? Tan solo para regodearme, supongo. Solo para mirar la gravilla del patio trasero donde antes estaban los árboles, donde estaba la cochera, y me pregunto si todo habrá sido un sueño. Jem colocaba su caña de pescar allí, cavábamos buscando gusanos al lado de la valla trasera. Una vez yo planté un brote de bambú y nos lo disputamos durante veinte años. El señor Cunningham debe de haber echado sal en la tierra donde crecía, ya no lo veo».

Sentada bajo los rayos del sol de la una de la tarde, reconstruyó su casa, pobló el patio con su padre, su hermano y Calpurnia, situó a Henry al otro lado de la calle y a la señorita Rachel en la puerta contigua.

Eran las dos últimas semanas del año escolar, y ella iba a su primer baile. Tradicionalmente, los miembros de la clase de último año invitaban a sus hermanos y hermanas más jóvenes al baile de graduación, que se celebraba la noche antes del banquete de primer y último año, que era siempre el último viernes de mayo.

El suéter de fútbol de Jem era cada vez más bonito. Él era el capitán del equipo, el primer año que Maycomb vencía a Abbottsville en trece temporadas. Henry era el presidente de la Sociedad de Debate, la única actividad extraescolar para la que tenía tiempo, y Jean Louise era una gordinflona de catorce años, inmersa en la poesía victoriana y las novelas de detectives.

En aquella época, cuando estaba de moda cortejar al otro lado del río, Jem estuvo tan locamente enamorado de una muchacha del condado de Abbott que consideró seriamente estudiar su último año en el instituto de Abbottsville, pero se lo quitó de la cabeza Atticus, que se puso firme y consoló a Jem avanzándole los fondos suficientes para comprarse un cupé Modelo-A. Jem pintó el auto de color negro brillante, añadiendo más pintura consiguió el efecto de neumáticos de banda blanca. Mantenía su medio de transporte pulido a la perfección y se iba a Abbottsville todos los viernes en la tarde pretendiendo ser discreto, inconsciente de que su automóvil sonaba como un molinillo de café gigantesco y que donde fuera solía congregarse una buena cantidad de sabuesos.

Jean Louise estaba segura de que Jem había hecho algún tipo de trato con Henry para que la llevara al baile, pero no le importaba. Al principio ella no quería ir, pero Atticus dijo que se vería raro si estaban allí las hermanas de todos excepto la de Jem, le dijo que se divertiría, y que podía ir a la tienda de Ginsberg y elegir el vestido que quisiera.

Encontró una belleza. Blanco, con mangas abullonadas y una falda que se inflaba cuando ella daba vueltas. Había solamente una desventaja: vestida con él parecía un bolo.

Consultó a Calpurnia, quien le dijo que nadie podía hacer nada respecto a su figura, que así era ella, y que así eran más o menos todas las muchachas cuando tenían catorce años.

—Pero me veo muy rara —dijo tirando del cuello.

—Ese es tu aspecto siempre —observó Calpurnia—. Me refiero a que se te ve igual con todos los vestidos que tienes. Ese no es distinto.

Jean Louise estuvo tres días preocupada. La tarde del baile regresó a Ginsberg y eligió un par de senos postizos, se fue a su casa y se los probó.

—Mira ahora, Cal —le dijo.

—Tienen la forma adecuada —le dijo Calpurnia—, pero ¿no deberías llevarlos poco a poco?

—¿Qué quieres decir? —le preguntó.

—¿No deberías probarlos un tiempo para acostumbrarte a ellos…? Ahora es demasiado tarde —susurró Calpurnia.

—Ah, Cal, no seas tonta.

—Bueno, tráelos aquí. Voy a coserlos para dejarlos unidos.

Cuando Jean Louise se los dio, un pensamiento repentino la dejó plantada en el suelo.

—Ah, Dios mío —susurró.

—¿Qué pasa ahora? —preguntó Calpurnia—. Te has estado preparando para esto toda una semana. ¿Qué se te olvidó?

—Cal, no creo que sepa bailar.

Calpurnia apoyó las manos en las caderas.

—Buen momento para pensar en eso —le dijo, mirando al reloj de la cocina—. Son las 3:45.

Jean Louise corrió al teléfono.

—Seis cinco, por favor —dijo, y cuando su padre respondió, ella se puso a llorar.

—Cálmate y consulta a Jack —le aconsejó—. Jack era bueno en sus tiempos.

—Debió de haber formado un mal minueto —contestó ella, pero llamó a su tío, quien respondió con entusiasmo.

El doctor Finch enseñó a su sobrina con la melodía del tocadiscos de Jem. «No es difícil... como el ajedrez... tú concéntrate... no, no, no, mete el trasero... no estás jugando a atrapar... odio el baile de salón... muy parecido a trabajo... no intentes dirigirme... cuando él te pisa es culpa tuya por no apartarlo... no mires al suelo... no, no, no... ahora lo tienes... básico, no intentes nada complicado».

Después de una hora de concentración intensa, Jean Louise pudo dominar un paso sencillo. Contaba para sí con total concentración, y admiraba la habilidad que tenía su tío para hablar y bailar simultáneamente.

—Relájate y lo harás bien —le dijo.

Los esfuerzos que hizo Jack fueron recompensados por Calpurnia con la oferta de café y una invitación a cenar, que él aceptó. El doctor Finch pasó una hora a solas en el salón hasta que llegaron Atticus y Jem; su sobrina se encerró en el baño y se quedó allí bañándose y bailando. Salió radiante, cenó vestida con su albornoz, y desapareció a su cuarto, ajena a la diversión de su familia.

Mientras se vestía, oyó los pasos de Henry en el porche frontal y pensó que llegaba a buscarla demasiado temprano, pero él siguió caminando por el vestíbulo hacia el cuarto de Jem. Ella se aplicó el color Tangee Orange a los labios, se cepilló el cabello y se aplastó el tupé usando el Vitalis de Jem. Su padre y el doctor Finch se pusieron de pie cuando ella entró en el salón.

—Pareces un cuadro —dijo Atticus. Le dio un beso en la frente.

—Ten cuidado —observó ella—, para no despeinarme.

—¿Hacemos un último ensayo? —preguntó el doctor Finch.

Henry los encontró bailando en el salón. Parpadeó cuando vio la nueva figura de Jean Louise y le dio unos golpecitos en el hombro al doctor Finch.

—¿Puedo interrumpir, señor?

—Te ves muy bonita, Scout —le dijo Henry—. Tengo algo para ti.

—Tú también te ves bien, Hank —respondió Jean Louise.

Los pantalones de Henry, los de sarga azul de los domingos, tenían la raya pulcramente marcada, su chaqueta color castaño olía a detergente; Jean Louise reconoció la corbata color azul claro de Jem.

—Bailas bien —dijo Henry, y Jean Louise tropezó.

—¡No bajes la vista, Scout! —exclamó el doctor Finch—. Te he dicho que es como llevar una taza de café. Si la miras, la derramas.

Atticus abrió su reloj de bolsillo.

—Será mejor que Jem se mueva si quiere ir a buscar a Irene. Esa carreta que tiene no pasará de los cincuenta.

Cuando Jem apareció, Atticus le envió otra vez a su cuarto a cambiarse de corbata. Cuando volvió a aparecer, Atticus le dio las llaves del automóvil familiar, un poco de dinero y una charla sobre no sobrepasar los ochenta.

—Miren —dijo Jem, después de decir los cumplidos de rigor a Jean Louise—, ustedes pueden ir en el Ford, así no tendrán que ir conmigo todo el camino hasta Abbottsville.

El doctor Finch se tocaba nerviosamente los bolsillos de la chaqueta.

—Es irrelevante para mí cómo vayan —dijo—. Simplemente vayan. Me están poniendo nervioso al quedarse aquí vestidos así de elegante. Jean Louise está comenzando a sudar. Entra, Cal.

Calpurnia estaba de pie, tímida, en el vestíbulo, dando su aprobación poco entusiasta a la escena. Le ajustó la corbata a Henry, quitó pelusas invisibles de la chaqueta de Jem y pidió la presencia de Jean Louise en la cocina.

—Creo que deberíamos coserlos —le dijo dudosa.

Henry gritó que debían irse ya o al doctor Finch le daría un ataque.

—Todo irá bien, Cal.

Al regresar al salón, Jean Louise encontró a su tío dentro de un torbellino reprimido de impaciencia, en claro contraste con su padre, que estaba de pie con aire informal, con las manos en los bolsillos.

—Será mejor que se vayan —dijo Atticus—. Alexandra estará aquí en un minuto más... entonces llegarán tarde.

Estaban en el porche frontal cuando Henry se detuvo.

—¡Casi se me olvida! —gritó, y corrió al cuarto de Jem. Regresó con una caja y se la entregó a Jean Louise con una reverencia—. Para usted, señorita Finch —le dijo. Dentro de la caja había dos camelias de color rosa.

—¡Haaank! —exclamó Jean Louise—, ¡son compradas!

—Envié hasta Mobile a buscarlas —respondió Henry—. Llegaron en el autobús de las seis.

—¿Dónde me las pongo?

—Dios mío, ¡póntelas donde se ponen! —explotó el doctor Finch—. ¡Ven aquí!

Arrebató las camelias a Jean Louise de las manos y se las fijó al hombro, y se quedó mirando muy seria su delantera postiza.

—¿Me harán el favor ahora de salir de este lugar?

—Olvidé mi bolso.

El doctor Finch sacó su pañuelo y se lo pasó por la barbilla.

—Henry —le dijo—, ve y pon en marcha esa abominación. Te veré delante con ella.

Jean Louise le dio un beso de buenas noches a su padre y él le dijo:

—Espero que lo pases muy bien.

El gimnasio del instituto del condado de Maycomb estaba decorado con estilo, con globos y tiras de papel crepe de color blanco y rojo. En el extremo había una larga mesa; había vasos de papel, platos de sándwiches y servilletas alrededor de dos boles de ponche de una mezcla color púrpura. El piso del gimnasio estaba recién limpiado y las canastas de baloncesto estaban fijadas al techo. Un conjunto de plantas enmarcaban el escenario frontal, y en su centro, sin ningún motivo en particular, había grandes letras de cartón: *MGHS*.

—Está precioso, ¿verdad? —dijo Jean Louise.

—Precioso de verdad —observó Henry—. ¿No parece más grande cuando no se está jugando un partido?

Se sumaron a un grupo de hermanos y hermanas de más y menos edad que estaban de pie rodeando los boles de ponche. El grupo quedó visiblemente impresionado con Jean Louise. Las muchachas a las que veía cada día le preguntaron dónde había conseguido el vestido, como si las demás no los hubieran comprado también allí.

—En Ginsberg. Calpurnia lo arregló —dijo ella.

Varios de los muchachos más jóvenes con los que ella se había relacionado en términos de arrancarles los ojos tan solo unos años antes establecieron una cohibida conversación con ella.

Cuando Henry le entregó un vaso de ponche, ella susurró:

—Si quieres irte con los mayores, o lo que sea, no te preocupes por mí.

—Tú eres mi acompañante, Scout —sonrió Henry.

—Lo sé, pero no deberías sentirte obligado...

—No me siento obligado a nada —dijo Henry riéndose—. Quería venir contigo. Vamos a bailar.

—Bien, pero con calma.

La llevó hasta el centro de la pista. Por los altavoces se oyó una pieza lenta, y, contando sistemáticamente para sí, Jean Louise lo bailó cometiendo solamente un error.

A medida que avanzaba la tarde, se dio cuenta de que estaba teniendo un modesto éxito. Varios muchachos habían procurado bailar con ella, y, cuando mostraba señales de quedarse atascada, Henry nunca estaba lejos.

Fue lo bastante sensata para quedarse sentada en las piezas de estilo *jitterbug* y evitar la música de ritmo sudamericano, y Henry le dijo que, cuando aprendiera a hablar y bailar al mismo tiempo, triunfaría. Ella esperaba que la tarde no terminara nunca.

La entrada de Jem e Irene causó revuelo. Habían votado a Jem como «el más guapo» en la clase de último año, y era una evaluación razonable: tenía los ojos castaños de su madre, las pobladas cejas de los Finch, y rasgos simétricos. Irene era la última palabra en sofisticación. Llevaba un vestido ceñido de tafetán verde, zapatos de tacón alto y, cuando bailaba, decenas de brazaletes repiqueteaban en sus muñecas. Tenía unos lindos ojos verdes y cabello negro, una sonrisa fácil, y era el tipo de muchachas de las que Jem se enamoraba con monótona regularidad.

Jem bailó su número obligatorio con Jean Louise, le dijo que estaba bien pero que le brillaba la nariz, a lo cual ella replicó que él tenía manchada la boca de lápiz de labios. La pieza terminó y Jem la dejó con Henry.

—No puedo creer que te vayas al ejército en junio —le dijo—. Te hace parecer muy viejo.

Henry abrió la boca para responder, de repente se le abrieron los ojos como platos y la acercó a él dándole un achuchón.

—¿Qué pasa, Hank?

—¿No crees que hace calor aquí? Vamos fuera.

Jean Louise intentó soltarse, pero él la agarraba muy cerca y fue bailando con ella hasta la puerta lateral, por donde salieron.

—¿Qué te pasa, Hank? ¿He dicho algo que…?

Él la agarró de la mano y caminaron rodeando el edificio hasta la puerta frontal de la escuela.

—Oye… —dijo Henry sosteniendo las dos manos de ella—. Cariño —dijo—, mira tu pecho.

—Está muy oscuro. No veo nada.

—Entonces pálpalo.

Ella palpó, y dio un grito ahogado. Su seno derecho postizo estaba en el centro del pecho y el otro lo tenía casi bajo la axila izquierda. Tiró de ellos para ponerlos en su sitio y rompió a llorar.

Se sentó en las escaleras del edificio de la escuela; Henry se sentó a su lado y le puso el brazo sobre los hombros. Cuando dejó de llorar, le preguntó:

—¿Cuándo lo notaste?

—Cuando te hice salir de allí, lo juro.

—¿Crees que se han estado riendo de mí mucho tiempo?

—No creo que nadie lo haya notado, Scout —dijo Henry negando con la cabeza—. Escucha, Jem bailó contigo justo antes que yo, y si él lo hubiera notado, sin duda te lo habría dicho.

—Lo único que Jem tenía en su mente es Irene. No vería ni un ciclón que se le echara encima—. Estaba llorando de nuevo, suavemente—. No podré volver a mirarlos a la cara.

Henry le agarró fuerte el hombro.

—Scout, te juro que todos pasaban rápido mientras bailábamos. Sé lógica... si alguien lo hubiera visto, te lo habría dicho, lo sabes.

—No, no lo sé. Susurrarían y se reirían. Sé cómo se comportan.

—Los mayores, no —dijo Henry seriamente—. Has estado bailando con todo el equipo de fútbol desde que Jem entró.

Así era. El equipo, uno por uno, le había pedido tener el placer de bailar con ella: fue el modo silencioso en que Jem se aseguró de que ella lo pasara bien.

—Además —continuó Henry—, de todos modos, no me caen bien. No pareces tú misma cuando estás con ellos.

—¿Quieres decir que me veo rara con ellos? —dijo ella, lastimada—. También me veo rara sin ellos.

—Me refiero a que simplemente no eres Jean Louise —añadió él—. No te ves rara en absoluto, yo te veo bien.

—Eres muy amable al decir eso, Hank, pero tan solo lo dices. Estoy toda gorda donde no debería, y...

Henry se rio a carcajadas.

—¿Cuántos años tienes? Todavía no has cumplido los quince. Ni siquiera has dejado de crecer aún. Mira, ¿te acuerdas de Gladys Grierson? ¿Te acuerdas que solían llamarla «Trasero feliz»?

—¡Haaank!

—Bien, mírala ahora.

Gladys Grierson, uno de los más exquisitos adornos de la clase de último año, se había afligido hasta lo sumo por la queja que ahora tenía Jean Louise.

—Ahora tiene una linda figura, ¿verdad?

—Escucha, Scout —dijo Henry con tono de experto—, te van a tener preocupada el resto de la noche. Es mejor que te los quites.

—No. Vámonos a casa.

—No vamos a irnos a casa, vamos a regresar ahí dentro y pasarlo bien.

—¡No!

—¡Maldición, Scout! ¡He dicho que vamos a entrar, así que quítatelos!

—Llévame a casa, Henry.

Con dedos furiosos y desinteresados, Henry metió la mano por debajo del cuello de su vestido, sacó los molestos accesorios y los lanzó todo lo lejos que pudo a la oscuridad de la noche.

—*Y ahora*, ¿entramos?

Nadie pareció notar el cambio en su aspecto, lo cual demostraba, según dijo Henry, que era vanidosa como un pavo real al pensar que todo el mundo la miraba a ella todo el tiempo.

El día siguiente había clases, y el baile terminó a las once. Henry condujo el Ford por el sendero de entrada de los Finch y lo detuvo bajo los cinamomos. Jean Louise y él fueron caminando hasta la puerta, y antes de abrirla para que ella entrara, Henry la rodeó suavemente con sus brazos y la besó. Ella sintió que sus mejillas se sonrojaban.

—Una vez más para que dé suerte —le dijo él.

Volvió a besarla, cerró la puerta cuando ella entró, y Jean Louise le oyó silbar mientras cruzaba la calle hasta su casa.

Tenía hambre, así que fue de puntillas por el vestíbulo hasta la cocina. Al pasar por el cuarto de su padre, vio un haz de luz debajo de su puerta. Llamó y entró. Atticus estaba leyendo en la cama.

—¿Lo pasaste bien?

—Lo pasé maravillosamente —respondió ella—. ¿Atticus?

—¿Hum?

—¿Crees que Hank es demasiado mayor para mí?

—¿Qué?

—Nada. Buenas noches.

A la mañana siguiente, sentada mientras pasaban lista, bajo el peso de estar colada por Henry, prestando atención solamente cuando la maestra de su aula anunció que habría una asamblea especial de las clases de primaria y secundaria inmediatamente después de la campana que marcaba el primer descanso.

Fue hasta el auditorio sin tener en su mente otra cosa que la probabilidad de ver a Henry, y una débil curiosidad con respecto a lo que Miss Muffett tendría que decir. Probablemente otro llamamiento para los bonos de guerra.

El director del instituto de secundaria del condado de Maycomb era un tal señor Charles Tuffett, quien para compensar su nombre, solía tener una expresión que le asemejaba al indio que aparece en la moneda de cinco centavos. La personalidad del señor Tuffett era menos inspiradora: era un hombre decepcionado, un profesor frustrado sin la menor empatía con los jóvenes. Provenía de las colinas de Mississippi, lo cual le situaba en desventaja en Maycomb: la gente testaruda de las colinas no entiende a los soñadores de la costa y la llanura, y el señor Tuffett no era la excepción. Cuando llegó a Maycomb, no perdió tiempo en hacer saber a los padres que sus hijos eran el grupo más malcriado que él había visto jamás, que lo único para lo que tenían aptitud era aprender la agricultura, que el fútbol y el baloncesto eran una pérdida de tiempo, y que él, felizmente, no era dado a los clubes y actividades extraescolares, porque la escuela, al igual que la vida, era una propuesta de negocios.

Su cuerpo estudiantil, desde los mayores hasta los más jóvenes, respondía en consonancia: el señor Tuffett era tolerado en todo momento, pero ignorado la mayor parte del tiempo.

Jean Louise se sentó junto con su clase en la sección central del auditorio. La clase de último año estaba sentada atrás, cruzando el pasillo, y era fácil girarse y mirar a Henry. Jem, que estaba sentado detrás de él, entrecerraba los ojos y se veía agrio y callado, como estaba siempre por las mañanas. Cuando el señor Tuffett se puso frente a ellos y leyó unos anuncios, Jean Louise sintió gratitud por estar terminando la primera parte de la jornada, lo que significaba que no habría matemáticas. Volvió la vista cuando el señor Tuffett fue al grano:

Dijo que en su época se había encontrado con todo tipo de alumnos, algunos de los cuales llevaban pistolas a la escuela, pero nunca en su experiencia había sido testigo de un acto tal de depravación como el que le saludó cuando iba frente a la fachada esa mañana.

Jean Louise intercambió miradas con sus compañeros.

—¿Qué le pasa? —susurró.

—Dios sabe —respondió la persona sentada a su izquierda.

¿Entendían ellos la enormidad de tal atrocidad? Les hizo saber que ese país estaba en guerra, que mientras nuestros muchachos, nuestros hermanos e hijos, estaban luchando y muriendo por nosotros, alguien les dedicó un acto de profanación, y quien había perpetrado ese acto no merecía ni siquiera desprecio.

Jean Louise miró alrededor a un mar de rostros perplejos; ella podía detectar fácilmente a los culpables en reuniones públicas, pero se encontró con expresiones de absoluto asombro por todas partes.

Además, antes de despedirlos, el señor Tuffett dijo que sabía quién lo había hecho, y que si esa persona deseaba indulgencia, debía presentarse en su oficina no más tarde de las dos en punto con una declaración por escrito.

La asamblea, reprimiendo un rugido de indignación ante la supuesta indulgencia del señor Tuffett en la artimaña más vieja de los maestros, se levantó y le siguió hasta el frente del edificio.

—Le encantan las confesiones por escrito —dijo Jean Louise a sus compañeras—. Cree que eso lo convierte en legal.

—Sí, no cree nada a menos que esté escrito —dijo alguien.

—Y cuando está escrito se cree cada palabra —dijo otra.

—¿Creen que alguien habrá pintado esvásticas en la acera? —preguntó un tercero.

—Eso ya se ha hecho —respondió Jean Louise.

Dieron la vuelta a la esquina del edificio y se quedaron calladas. Nada parecía estar fuera de lugar; el pavimento estaba limpio, las puertas frontales estaban en su sitio y los arbustos no mostraban señal alguna.

El señor Tuffett esperó hasta que la escuela se reunió, y entonces señaló hacia arriba de manera dramática.

—Miren —dijo—. ¡Miren, todos ustedes!

El señor Tuffett era un patriota. Presidía todas las campañas de bonos de guerra, daba charlas tediosas y bochornosas en la asamblea sobre el «Esfuerzo de la guerra»; el proyecto de su cuña que consideraba con mayor orgullo era un cartel inmenso que hizo levantar en el patio delantero de la escuela, proclamando que los siguientes graduados de MCHS estaban en servicio a su país. Sus alumnos veían el cartel del señor Tuffett con muy malos ojos: les había aplicado veinticinco centavos a cada uno y se había atribuido todo el mérito él solo.

Siguiendo el dedo del señor Tuffett, Jean Louise miró el cartel. Leyó: EN SERVICIO DE SU PAÍ. Tapando la última letra y ondeando suavemente con la brisa de la mañana estaban sus senos postizos.

—Les aseguro —dijo el señor Tuffett— que será mejor que haya una declaración firmada sobre mi mesa a las dos en punto de esta tarde. Yo estaba en este campus anoche —dijo enfatizando cada palabra—. Ahora vuelvan a sus clases.

Eso daba que pensar. Él siempre se escabullía en los bailes de la escuela para intentar pillar a personas besuqueándose. Miraba en automóviles estacionados y revisaba los arbustos. Quizá los había visto. ¿Por qué tuvo Hank que lanzarlos?

—Es un engaño —dijo Jem en el receso—. Pero puede que no sea así.

Estaban en el comedor de la escuela. Jean Louise intentaba comportarse discretamente. La escuela estaba cerca de estallar de risas, horror y curiosidad.

—Por última vez, déjame que se lo diga —pidió ella.

—No seas tonta, Jean Louise. Ya sabes que grita más que habla. Después de todo, lo hice yo —respondió Henry.

—Bueno, por el amor de Dios, ¡son míos!

—Sé cómo se siente Hank, Scout —dijo Jem—. No puede permitir que tú lo hagas.

—No veo por qué no.

—Por enésima vez, no puedo, eso es todo. ¿No lo ves?

—No.

—Jean Louise, tú eras mi pareja anoche...

—Nunca entenderé a los hombres mientras viva —dijo ella sin estar ya enamorada de Henry—. No tienes que protegerme, Hank. Ahora no soy tu pareja. Sabes que tú no puedes decírselo.

—Eso desde luego, Hank —dijo Jem—. No te entregaría tu diploma.

Un diploma significaba más para Henry que para la mayoría de sus amigos. A algunos de ellos les parecía bien ser expulsados; así podían irse a un internado.

—Se ha disgustado mucho, ya lo sabes —afirmó Jem—. Sería propio de él expulsarte dos semanas antes de graduarte.

—Por eso déjame hacerlo —dijo Jean Louise—. Me encantaría que me expulsaran.

Así era. Le encantaría. La escuela la aburría más de lo que podía soportar.

—Esa no es la cuestión, Scout. Simplemente no puedes hacerlo. Yo podría explicar... no, no podría tampoco —afirmó Henry cuando captó las implicaciones de su impetuosidad—. No podría explicar nada.

—Muy bien —dijo Jem—. La situación es esta, Hank. Creo que está fingiendo, pero hay una buena probabilidad de que no sea así. Ya sabes cómo va por ahí vigilando. Bien podría haberles oído a ustedes, pues estaban prácticamente bajo la ventana de su oficina...

—Pero no había luz en su oficina —dijo Jean Louise.

—... le encanta estar sentado en la oscuridad. Si Scout se lo dice, se enojará, pero si tú se lo dices te expulsará, tan seguro como que estás vivo y tienes que graduarte, hijo.

—Jem —afirmó Jean Louise—, es muy bonito ser filósofo, pero no nos llevas a ninguna parte...

—Tu estado tal como yo lo veo, Hank —dijo Jem ignorando tranquilamente a su hermana—, es que estarás condenado si lo haces, y también lo estarás si no lo haces.

—Yo...

—¡Ah, cállate, Scout! —exclamó Henry bruscamente— ¿Es que no ves que nunca podré volver a llevar la cabeza alta si te permito hacerlo?

—Humm... nunca he visto héroes así.

Henry dio un brinco.

—¡Un momento! —gritó— Jem, dame las llaves del auto y cúbreme en la clase de estudio. Regresaré para la de economía.

—Miss Muffett te oirá marchar, Hank —dijo Jem.

—No, no me oirá. Empujaré el auto hasta la carretera. Además, estará en la clase de estudio.

Era fácil ausentarse de una clase de estudio supervisada por el señor Tuffett. Se tomaba muy poco interés personal en sus alumnos, y conocía por nombre solamente a los más extrovertidos. Se asignaban los asientos en la biblioteca, pero si alguien dejaba claro su intención de no asistir, se cerraban las filas; la persona que estaba en el extremo de su fila dejaba la silla vacía en el pasillo y volvía a ponerla en su lugar cuando terminaba la clase.

Jean Louise no prestó atención alguna a su maestro de inglés, y, cincuenta ansiosos minutos después, Henry la detuvo cuando iba de camino a su clase de educación cívica.

—Ahora escucha —le dijo secamente—. Haz exactamente lo que te digo: vas a decírselo. Escribe —le entregó una pluma y ella abrió su cuaderno.

—Escribe: «Apreciado señor Tuffett. Se parecen a los míos». Firma con tu nombre completo. Mejor cópialo por encima con tinta para que él lo crea. Y justo antes del mediodía, vas y se lo entregas. ¿Lo has entendido?

Ella asintió.

—Justo antes del mediodía.

Cuando fue a la clase de educación cívica, vio que ya todos lo sabían. Grupos de alumnos se juntaban en el pasillo musitando y riendo. Soportó sonrisas y guiños amistosos con serenidad… casi le hicieron sentirse mejor. «Son los adultos quienes siempre creen lo peor», pensó, confiada en que sus compañeros no creían ni más ni menos que lo que Jem y Hank habían hecho circular. Pero ¿por qué lo habían dicho? Se burlarían de ellos siempre: no les importaba porque iban a graduarse, pero ella tendría que seguir sentándose allí durante otros tres años más. No, Miss Muffett la expulsaría, y Atticus la enviaría a algún lugar. Atticus no se subiría por el techo cuando Miss Muffett le contara la horrible historia. Ah, bueno, eso sacaría del lío a Hank. Jem y él serían extremadamente caballerosos durante un tiempo, pero ella estaría bien al final. Era lo único que se podía hacer.

Escribió su confesión con tinta, y cuando se acercaba el mediodía no estaba muy segura de su ánimo. Normalmente no había nada que ella disfrutara más que un asalto con Miss Muffett, que tenía tal espesor de mente que se podía decir casi cualquier cosa siempre que se tuviera cuidado en mantener una expresión seria y pesarosa, pero ese día ella no tenía ganas de dialéctica. Se sentía nerviosa, y se despreciaba por eso.

Estaba ligeramente indispuesta cuando iba por el pasillo hasta su oficina. Él lo había calificado de obsceno y depravado en la asamblea; ¿qué le diría a la ciudad? Maycomb se crecía con los rumores, y habría todo tipo de historias que llegarían hasta Atticus...

El señor Tuffett estaba sentado detrás de su mesa, mirándola malhumorado.

—¿Qué quieres? —preguntó sin levantar la vista.

—Quería entregarle esto, señor —respondió ella, retirándose de modo instintivo.

El señor Tuffett agarró su nota, la arrugó sin leerla y la lanzó a la papelera.

Jean Louise se sintió como si la hubiera derribado una pluma.

—Ah, señor Tuffett —le dijo—, vine para decírselo, como usted indicó. Yo, yo los compré en Ginsberg —añadió gratuitamente—. No tenía ninguna intención de...

El señor Tuffett levantó la vista y dijo con su cara sonrojada de enojo:

—¡No te plantes ahí diciendo que no tenías intención! Nunca en toda mi carrera me he cruzado con...

Ahora se le venía encima el chaparrón.

Pero, conforme escuchaba, fue teniendo la impresión de que el señor Tuffett hacía comentarios generales dirigidos más al cuerpo estudiantil que a ella, eran un eco de los sentimientos que había mostrado esa misma mañana. Estaba concluyendo con un resumen sobre las poco sanas actitudes que había traído al mundo el condado de Maycomb cuando ella le interrumpió.

—Señor Tuffett, solo quería decir que no hay que culpar a todos de lo que yo hice... no tiene usted que emprenderla con todo el mundo.

El señor Tuffett agarró el borde de su mesa y dijo con los dientes apretados:

—¡Por esa pequeña imprudencia puedes quedarte una hora más después de las clases, jovencita!

Ella respiró hondo.

—Señor Tuffett —le dijo—, creo que ha habido un error. Realmente no llego a entender...

—¿No llegas, no llegas? ¡Entonces te lo mostraré!

El señor Tuffett agarró un grueso montón de hojas sueltas de cuaderno y las movió delante de ella.

—¡Tú, señorita, eres la número ciento cinco!

Jean Louise examinó las hojas de papel. Todas eran iguales. En cada una estaba escrito: «Apreciado señor Tuffett, se parecen a los míos», y estaban firmadas por cada muchacha de la escuela desde el noveno grado hacia arriba.

Ella se quedó de pie absorta en sus pensamientos por un instante; incapaz de pensar en nada que decir para ayudar al señor Tuffett, salió en silencio de su oficina.

—Es un hombre derrotado —dijo Jem cuando iban conduciendo de camino a casa para comer.

Jean Louise iba sentada entre su hermano y Henry, quien había escuchado seriamente el relato que ella había hecho del estado mental del señor Tuffett.

—Hank, eres todo un genio —dijo ella—. ¿Cómo se te ocurrió?

Henry dio una profunda calada a su cigarrillo y le dio unas sacudidas por la ventanilla.

—Consulté con mi abogado —contestó con grandiosidad.

Jean Louise se tapó la boca con las manos.

—Naturalmente —dijo Henry—. Sabes que él se ha ocupado de mis asuntos desde que yo le llegaba por la rodilla, así que fui a la ciudad y se lo expliqué. Sencillamente le pedí consejo.

—¿Te lo sugirió Atticus? —preguntó Jean Louise con asombro.

—No, él no me lo sugirió. Fue idea mía. Él se resistió un rato, dijo que era todo cuestión de equilibrar la equidad o algo así, que yo estaba en una posición interesante pero débil. Se mecía en su sillón y miraba por la ventana, y dijo que él siempre intentaba ponerse en el lugar de sus clientes... —Henry hizo una pausa.

—Continúa.

—Bien, dijo que debido a la delicadeza extrema de mi problema y ya que no había evidencia alguna de intención criminal, él no estaría en contra de lanzar un poco de polvo a los ojos de un jurado, sea lo que sea eso, y entonces... ah, no lo sé.

—Vamos, Hank, sí lo sabes.

—Bueno, dijo algo sobre la seguridad en los números y que si él fuera yo, no se le pasaría por la cabeza conspirar para cometer perjurio, pero, por lo que él sabía, todos los rellenos se parecían, y que eso era prácticamente todo lo que él podía hacer por mí. Dijo que me pasaría la factura a final de mes. ¡Antes de salir de la oficina ya estaba la idea en mi cabeza!

—Hank —le dijo Jean Louise—, ¿dijo algo sobre lo que iba a decirme?

—¿A decirte? —Henry se giró hacia ella—. No te dirá absolutamente nada. No puede. ¿No sabes que todo lo que alguien le dice a su abogado es confidencial?

Toc. Un golpe seco. Jean Louise aplastó el vaso de papel sobre la mesa, haciendo añicos sus imágenes. El sol estaba en las dos en punto, como lo estuvo el día anterior y como estaría mañana.

El infierno es separación eterna. ¿Qué había hecho ella para merecer pasar el resto de sus años extendiendo los brazos hacia ellos, haciendo viajes secretos al pasado, sin ningún viaje al presente?

«Yo soy su sangre y sus huesos, he cavado este suelo, este es mi hogar. Pero no soy su sangre, al suelo no le importa quién lo cave, soy una extraña en un coctel».

16

—Hank, ¿dónde está Atticus?

Henry levantó la mirada de su escritorio.

—Hola, cariño. Está en la oficina de correos. Es casi la hora de mi café. ¿Vienes conmigo?

Lo mismo que la impulsó a dejar al señor Cunningham e ir a la oficina le hizo seguir a Henry hasta la acera: deseaba mirarlos furtivamente una y otra vez, para convencerse de que no habían pasado también por alguna metamorfosis física alarmante, y sin embargo no tenía deseos de hablar con ellos, ni de tocarlos, no fuera a ser que les hiciera cometer un ultraje aún mayor en su presencia.

Mientras ella y Henry caminaban uno al lado del otro hasta la droguería, ella se preguntaba si Maycomb les estaba planificando ya la boda para el otoño o el invierno. «Soy un tanto peculiar», pensó. «No puedo meterme en la cama con un hombre a menos que alcance cierto grado de acuerdo con él.

En este momento ni siquiera puedo hablarle. No puedo hablar con mi amigo de toda la vida».

Se sentaron el uno frente al otro en una mesa cerrada, y Jean Louise estudiaba el recipiente de las servilletas, el bol del azúcar y los saleros de la sal y la pimienta.

—Estás muy callada —dijo Henry—. ¿Qué tal fue el «café»?

—Fatal.

—¿Estuvo Hester?

—Sí. Tiene aproximadamente tu edad y la de Jem, ¿verdad?

—Sí, somos de la misma clase. Bill me dijo esta mañana que se estuvo aprovisionando de pintura de guerra para la ocasión.

—Hank, Bill Sinclair debe de ser un tipo bien gris.

—¿Por qué?

—Por todas esas tonterías que le ha metido en la cabeza a Hester...

—¿Qué tonterías?

—Ah, los católicos y los comunistas, y Dios sabe qué otra cosa. Parece que se le ha mezclado todo en la mente.

Henry se rio y dijo:

—Cariño, el sol sale y se pone con ese Bill. Todo lo que él dice es el evangelio. Hester ama a su hombre.

—¿Es eso lo que significa amar a tu hombre?

—Tiene mucho que ver.

—Te refieres a perder la identidad propia, ¿no? —dijo Jean Louise.

—En cierto modo, sí —respondió Henry.

—Entonces dudo que alguna vez llegue a casarme. No he conocido al hombre que...

—Vas a casarte conmigo, ¿recuerdas?

—Hank, es mejor que te lo diga ahora y así lo zanjemos: no voy a casarme contigo. Punto.

No había tenido intención de decirlo, pero no pudo evitarlo.

—Ya he oído eso antes.

—Bueno, te estoy diciendo ahora que si alguna vez quieres casarte —¿era ella quien estaba hablando?—, será mejor que comiences a buscar. Nunca he estado enamorada de ti, pero siempre has sabido que te he querido. Pensaba que podíamos formar un matrimonio en el que yo te quiera sin estar enamorada, pero...

—Pero ¿qué?

—Ya ni siquiera te quiero de ese modo. Te he hecho daño, pero así es.

Sí, era ella quien hablaba, con su aplomo acostumbrado, rompiéndole el corazón en la tienda. Bueno, él también le había roto el suyo. La cara de Henry quedó inexpresiva, después se puso colorado y su cicatriz se veía más destacada.

—Jean Louise, no puedes decir en serio lo que oigo en tus palabras.

—Pues digo en serio cada palabra.

«Duele, ¿verdad? Maldita sea, claro que duele. Ahora sabes lo que se siente».

Henry estiró los brazos sobre la mesa y le agarró la mano. Ella la retiró.

—No me toques —le dijo.

—Cariño, ¿qué sucede?

«¿Qué sucede? Te diré lo que sucede. No te va a gustar».

—Muy bien, Hank. Es así de sencillo: estuve en esa reunión ayer. Los vi a ti y a Atticus en toda su gloria en aquella mesa con esa... esa escoria, ese tipo odioso, y te digo que se me revolvió el estómago. Así de sencillo: el hombre con el que iba a casarme y mi propio padre. Así de sencillo: me puso tan enferma que vomité, ¡y no he parado aún! ¿Cómo, en el nombre de Dios, pudiste? ¿Cómo pudiste?

—Tenemos que hacer muchas cosas que no queremos hacer, Jean Louise.

—¿Qué tipo de respuesta es esa? —preguntó con furia—. Pensé que el tío Jack había acabado enojado, ¡pero ahora no estoy tan segura!

—Cariño —dijo Henry. Movió el azucarero al centro de la mesa y volvió a empujarlo—, míralo de este modo. Lo único que el Consejo de ciudadanos de Maycomb es... es una protesta ante la Corte, es una especie de advertencia para los negros, para que no tengan tanta prisa, es una...

—... audiencia hecha a medida para cualquier gentuza que quiera levantarse e insultar a un negro. ¿Cómo puedes participar de algo así? ¿Cómo puedes?

Henry acercó hacia ella el azucarero y volvió a retirarlo. Ella lo alejó de él y lo dejó de un golpe en el pico de la mesa.

—Jean Louise, como acabo de decir, tenemos que hacer...

—... muchas cosas que no queremos...

—¿Me dejas que termine? Que no queremos hacer. No, por favor déjame hablar. Estoy intentando pensar en algo que pudiera mostrarte lo que quiero decir... ¿sabes algo del Klan...?

—Sí, conozco el Klan.

—Ahora cállate un momento. Hace mucho tiempo el Klan era algo respetable, como los masones. Casi cada hombre de cierta relevancia era miembro, en la época en que el señor Finch era joven. ¿Sabías que el señor Finch se unió a sus filas?

—No me sorprendería nada a qué filas se hubiera unido el señor Finch en su vida. Creo...

—¡Jean Louise, cállate! Ni él ni nadie acuden ya al Klan, ni lo hizo entonces. ¿Sabes por qué se unió a ellos? Para descubrir exactamente quiénes eran los hombres de la ciudad escondidos tras las máscaras. Conocer a los hombres, las personas. Fue a una reunión y con eso le bastó. El Genio resultó ser el predicador metodista...

—Ese es el tipo de compañía que le gusta a Atticus.

—Calla, Jean Louise. Intento hacer que veas su motivación: entonces, el Klan era únicamente una fuerza política, no había ninguna quema de cruces, pero tu papá se sentía, y se sigue sintiendo, bastante incómodo entre personas que se cubren la cara. Él tenía que saber con quién estaría luchando si llegaba alguna vez la ocasión de... tenía que descubrir quiénes eran...

—Así que mi estimado padre es del Imperio Invisible.

—Jean Louise, eso fue hace cuarenta años...

—Probablemente a estas alturas sea el Gran Dragón.

—Solamente intento hacerte ver más allá de los actos de los hombres, a sus motivos —dijo Henry sin emoción en la voz—. Un hombre puede parecer ser parte de algo no tan bueno a primera vista, pero no te otorgues el derecho a juzgarlo a menos que también conozcas sus motivos. Un hombre puede estar hirviendo por dentro, pero sabe que una respuesta calmada funciona mejor que desplegar su ira. Un hombre puede condenar a sus enemigos, pero es más sabio conocerlos. He dicho que a veces tenemos que hacer...

—¿Estás diciendo que hay que seguir la corriente y, entonces, cuando llegue el momento...? —preguntó Jean Louise.

Henry la miró.

—Mira, cariño. ¿Has considerado alguna vez que los hombres, especialmente los hombres, deben conformarse a ciertas demandas de la comunidad donde viven simplemente para ser de alguna utilidad en ella? El condado de Maycomb es mi hogar, cariño. Es el mejor lugar que conozco para vivir. Me he labrado un buen historial aquí desde que era un niño. Maycomb me conoce, y yo conozco Maycomb. Maycomb confía en mí, y yo confío en Maycomb. Mi pan y mi techo vienen de esta ciudad, y Maycomb me ha dado una buena vida. Pero Maycomb pide ciertas cosas a cambio. Te pide que conduzcas tu vida de un modo razonablemente limpio, te pide que te unas al Club Kiwanis, que vayas a la iglesia el domingo, te pide que te amoldes a sus costumbres...

Henry examinaba el salero, recorriendo con el pulgar las estrías de sus costados.

—Recuerda esto, cariño —dijo—. He tenido que trabajar sin descanso para conseguir todo lo que he obtenido. Trabajé en esa tienda al otro lado de la plaza... estaba casi siempre agotado, y era lo único que podía hacer para seguir con los estudios. En el verano trabajaba en casa, en la tienda de mamá, y cuando no estaba allí hacía trabajos en la casa. Jean Louise, he tenido que arañar desde que era un niño para conseguir las cosas que tú y Jem daban por sentadas. Nunca tuve algunas de las cosas que tú das por sentadas, y nunca las tendré. Lo único que tengo soy yo mismo...

—Eso es lo único que tenemos todos, Hank.

—No, no lo es. Aquí no.

—¿A qué te refieres?

—Me refiero a que hay algunas cosas que yo simplemente no puedo hacer y que tú sí puedes.

—¿Y por qué soy yo un personaje tan privilegiado?

Eres una Finch.

—Así que soy una Finch. ¿Y qué?

—Pues puedes recorrer la ciudad vestida con un overol y el extremo de la camisa por fuera y descalza si quieres. Maycomb dice que es el Finch que hay en ella, que es sencillamente su costumbre. Maycomb sonríe y sigue con sus asuntos: la vieja Scout Finch nunca cambia. Maycomb se complace y no tiene ningún problema para creer que fuiste a nadar al río desnuda. Dice que no ha cambiado nada, que es la misma Jean Louise. ¿Recuerdan cuando...?

Dejó quieto el salero sobre la mesa.

—Pero que Henry Clinton muestre cualquier señal de desviarse de la norma, verás que Maycomb no dice: «Eso es el Clinton que lleva dentro», sino que dice: «Eso es la gentuza que lleva dentro».

—Hank. Eso es falso y lo sabes. Es injusto y poco generoso, pero por encima de todo es falso. ¡No es cierto!

—Jean Louise, es cierto —dijo Henry tranquilamente—. Probablemente nunca has llegado a pensar en ello...

—Hank, tienes algún tipo de complejo.

—No tengo nada parecido a eso. Simplemente conozco Maycomb. No me afecta en lo más mínimo, pero sabe Dios que soy consciente de eso. Me dice que hay ciertas cosas que no puedo hacer y ciertas cosas que debo hacer si yo…

—Si tú, ¿qué?

—Bueno, cariño, realmente me gustaría vivir aquí, y me gustan las cosas que les gustan a otros hombres. Quiero conservar el respeto de esta ciudad, quiero servirla, quiero hacerme un nombre como abogado, quiero ganar dinero, quiero casarme y tener una familia…

—¡En ese orden, supongo!

Jean Louise se levantó de la mesa y se dirigió a la puerta de la tienda para marcharse. Henry la seguía de cerca. En la puerta, él se giró y gritó que pagaría en un minuto.

—¡Jean Louise, espera!

Ella se detuvo.

—¿Bien?

—Cariño, solamente intento hacerte ver…

—¡Lo veo muy bien! —dijo ella—. Veo a un hombrecillo asustado, veo a un hombrecillo que tiene miedo de no hacer lo que Atticus le dice, que tiene miedo a no poder mantenerse sobre sus propios pies, que tiene miedo a no sentarse por ahí con el resto de los machotes…

Ella comenzó a caminar. Creyó que caminaba en la dirección del auto. Creyó que lo había estacionado delante de la oficina.

—Jean Louise, por favor, ¿quieres esperar un momento?

—Muy bien, estoy esperando.

—Sabes que te dije que había cosas que tú siempre habías dado por sentadas…

—Demonios, sí, he dado por sentadas muchas cosas. Precisamente las cosas que me encantaban de ti. Dios sabe cómo te admiraba porque trabajabas como un loco por todo lo que tuviste jamás, por todo a lo que has llegado. Pensaba que eso conllevaba muchas cosas, pero está claro que no. Pensaba que tenías agallas, pensaba...

Recorría la acera ofendida, sin darse cuenta de que Maycomb la estaba mirando, de que Henry iba caminando a su lado con aire lamentable, patético.

—Jean Louise, por favor, ¿quieres escucharme?

—¡Maldición! ¿Qué?

—Tan solo quiero preguntarte una cosa, una sola cosa... ¿qué demonios esperas de mí? Dime, ¿qué demonios esperas que haga?

—¿Que hagas? ¡Espero que mantengas tu trasero de oro fuera de los Consejos de ciudadanos! No me importa si Atticus está sentado enfrente de ti, si el rey de Inglaterra está a tu derecha y Dios Todopoderoso está a tu izquierda... espero que seas un hombre, ¡eso es todo! —aspiró bruscamente—. Yo... pasas por una maldita guerra, eso es algo para estar asustado, pero te sobrepones, te sobrepones. Entonces regresas a casa para estar asustado el resto de tu vida... ¡asustado de Maycomb! Maycomb, Alabama... ¡Ah, madre mía!

Habían llegado a la puerta de la oficina.

Henry la agarró por los hombros.

—Jean Louise, ¿quieres detenerte un segundo? ¿Por favor? Escúchame. Sé que no soy mucho, pero piensa un minuto. Por favor, piensa. Esta es mi vida, esta ciudad, ¿no lo entiendes? Maldición, soy parte de la gentuza del condado de Maycomb, pero soy parte del condado de Maycomb. Soy un cobarde, soy un hombrecillo, no vale la pena matarme, pero este es mi *hogar.* ¿Qué quieres que haga, que grite desde las azoteas que soy Henry Clinton y que estoy aquí para decirles que son unos ignorantes? Tengo que vivir aquí, Jean Louise. ¿No entiendes eso?

—Entiendo que eres un maldito hipócrita.

—Estoy intentando hacerte ver, cariño, que a ti se te permite un lujo pero a mí no. Tú puedes gritar a todo pulmón, pero yo no puedo. ¿Cómo puedo ser útil para una ciudad si ella se pone contra mí? Si yo fuera y... mira, admitirás que tengo un nivel de educación y rindo un cierto servicio en Maycomb, ¿lo admites? Una pala de molino no puede hacer mi trabajo. Ahora bien, ¿quieres que tire todo eso por la ventana, regrese al condado, a la tienda, y venda harina a la gente cuando podría estar ayudándoles con el talento legal que tengo? ¿Qué vale más?

—Henry, ¿cómo puedes vivir contigo mismo?

—Es relativamente fácil. Simplemente, a veces no voto según mis convicciones, eso es todo.

—Hank, somos polos opuestos. Yo no sé mucho, pero sí sé una cosa. Sé que no puedo vivir contigo. No puedo vivir con un hipócrita.

Una voz seca y agradable a sus espaldas dijo:

—No sé por qué no puedes. Los hipócritas tienen tanto derecho a vivir en este mundo como cualquiera.

Ella se giró y se quedó mirando a su padre. Llevaba el sombrero ligeramente hacia atrás, tenía levantadas las cejas, y le estaba sonriendo.

17

—Hank —dijo Atticus—, ¿por qué no vas a admirar con detenimiento las rosas de la plaza? Estelle podría darte una si se lo pides bien. Parece que yo soy el único que se lo ha pedido bien hoy.

Atticus se llevó la mano a la solapa, donde llevaba prendido un brote color escarlata. Jean Louise miró hacia la plaza y vio a Estelle, su silueta negra contra el sol de la tarde, usando la azada bajo los arbustos.

Henry tendió la mano a Jean Louise, la bajó a su costado y se fue sin mediar palabra. Ella le observó cruzar la calle.

—¿Tú sabías todo eso de él?

—Desde luego.

Atticus le había tratado como si fuera su propio hijo, le había dado el amor que habría correspondido a Jem... ella se dio de repente cuenta de que estaban de pie en el lugar donde Jem murió. Atticus la vio estremecerse.

—Sigue estando contigo, ¿verdad? —le dijo.

—Sí.

—¿No ha llegado el momento de que te sobrepongas? Entierra a tus muertos, Jean Louise.

—No quiero hablar de eso. Quiero ir a alguna otra parte.

—Entonces vamos a la oficina.

La oficina de su padre siempre había sido una fuente de refugio para ella. Era agradable. Era un lugar donde los problemas, si no desaparecían, al menos se hacían soportables. Se preguntaba si sobre su escritorio estarían los mismos resúmenes, archivos y toda la impedimenta profesional que había ahí cuando ella entraba corriendo, casi sin respiración, desesperada por comerse un cono de helado, y le pedía una moneda. Podía ver a su padre moverse en su sillón giratorio y estirar las piernas. Metía la mano en el fondo del bolsillo de su pantalón, sacaba un puñado de monedas y entre ellas elegía una especial para ella. Su puerta nunca estaba cerrada para sus hijos.

Él se sentó lentamente y se acercó a ella. Vio que una ráfaga de dolor se mostraba en la cara de él y después desaparecía.

—¿Sabes todo eso sobre Hank?

—Sí.

—No entiendo a los hombres.

—Bueno, a algunos hombres que engañan a sus esposas quitándoles dinero de la compra ni se les ocurriría engañar al tendero. Los hombres tienden a llevar su honestidad en casilleros, Jean Louise. Pueden ser perfectamente honestos en ciertos aspectos y engañarse a sí mismos en otros. No seas tan dura con Hank, él va progresando. Jack me dice que estás molesta por algo.

—Jack te dijo...

—Llamó hace un rato y dijo, entre otras cosas, que si no estabas ya en modo hostil, pronto lo estarías. Por lo que acabo de oír, ya lo estás.

Bueno. El tío Jack se lo había dicho. Ya estaba acostumbrada a que su familia la abandonara, uno por uno. El tío Jack fue la gota que colmó el vaso, y al infierno con todos ellos. Muy bien, se lo diría. Se lo diría y se iría. No discutiría con él; eso era inútil. Él siempre la vencía: nunca había ganado una discusión con él en toda su vida, y no iba a intentarlo ahora.

—Sí, señor, estoy molesta por algo. Ese Consejo de ciudadanos que ustedes tienen. Creo que es asqueroso, y así te lo digo.

Su padre se reclinó en su sillón.

—Jean Louise —dijo—, no has estado leyendo otra cosa aparte de periódicos de Nueva York. No tengo ninguna duda de que lo único que ves son amenazas salvajes, bombas y cosas parecidas. El Consejo de Maycomb no es como los de Alabama del Norte y Tennessee. El nuestro está formado y dirigido por nuestra propia gente. Apuesto a que viste casi a todos los hombres del condado en el Consejo ayer, y conocías casi a todos los que estaban allí.

—Sí, señor, así es. A cada uno desde esa serpiente de Willoughby hasta los demás.

—Cada uno de los presentes estaba allí probablemente por una razón diferente —dijo su padre.

«*Ninguna guerra se libró jamás por razones tan distintas.* ¿Quién dijo eso?».

—Sí, pero todos se reunieron por una razón.

—Puedo decirte las dos razones por las cuales estaba yo allí. El Gobierno Federal y la NAACP. Jean Louise, ¿cuál fue tu primera reacción a la decisión de la Corte Suprema?

Esa era una pregunta segura. La respondería.

—Me puse furiosa —respondió ella.

Lo estaba. Había sabido que llegaría, sabía cuál sería, había creído que estaba preparada para ello, pero cuando compró un periódico en la calle y lo leyó, se detuvo en el primer bar y se bebió un *whisky* sin agua.

—¿Por qué?

—Bueno, señor, ahí estaban ellos, diciéndonos qué hacer otra vez...

—Estabas reaccionando simplemente según tu tipo —dijo su padre sonriendo—. Cuando comenzaste a usar la cabeza, ¿qué pensaste?

—No mucho, pero me asustó. Parecía todo al revés... estaban poniendo el carro delante del caballo.

—¿En qué sentido?

La estaba tanteando. Que lo hiciera. Estaban en terreno seguro.

—Bueno, al intentar satisfacer una enmienda, parece que borraron otra. La décima. Es tan solo una pequeña enmienda, tiene una sola frase de longitud, pero me pareció que en cierto modo era la que más significaba.

—¿Pensaste eso tú sola?

—Claro que sí, señor. Atticus, yo no sé nada sobre la Constitución...

—Hasta ahora pareces ser sensata en temas constitucionales. Procede.

Proceder ¿con qué? ¿Decirle que no podía mirarle a los ojos? Él quería conocer sus puntos de vista sobre la Constitución, así que los tendría.

—Bien, parecía que para suplir las necesidades reales de una pequeña parte de la población, la corte estableció algo horrible que podría... que podría afectar a la inmensa mayoría de personas. Es decir, perjudicar. Atticus, yo no sé nada sobre el asunto... lo único que tenemos es la Constitución entre nosotros y cualquier cosa que algún listo quiera emprender, y ahí entró la Corte anulando toda una enmienda; eso me pareció. Tenemos un sistema de comprobaciones y de equilibrios y esas cosas, pero al final no tenemos mucho control sobre la Corte, así que ¿quién le pondrá el cascabel al gato? Vaya, mis palabras suenan a Actor's Studio.

—¿Qué?

—Nada. Estoy... tan solo intento decir que al intentar hacer lo correcto nos hemos quedado expuestos a algo que podría ser verdaderamente peligroso para nuestro entorno.

Se recorrió el cabello con los dedos. Miraba las filas de libros encuadernados en marrón y negro, informes legales, en la pared contraria. Miró a una fotografía desgastada de los Nueve Ancianos en la pared a su izquierda. «¿Está muerto Roberts?», se preguntó. No podía recordarlo.

La voz de su padre sonaba paciente.

—¿Estás diciendo...?

—Sí, señor. Estaba diciendo que yo... yo no sé demasiado sobre gobiernos y economía y todo eso, y no quiero saber mucho, pero sí sé que el Gobierno Federal para mí, para una pequeña ciudadana, lo forman principalmente aburridos pasillos y esperas. Cuanto más tenemos, más tiempo esperamos y más nos cansamos. Esos viejos conservadores que están ahí en la pared lo sabían... pero ahora, en lugar de hacerlo pasar por el Congreso y las legislaturas estatales como deberíamos, cuando intentamos hacer lo correcto tan solo hicimos que fuera más fácil para ellos establecer más pasillos y más esperas...

Su padre se incorporó y se rio.

—Te dije que no sabía nada al respecto.

—Cariño, eres tan derechista en cuestiones de estado que yo parezco un liberal de Roosevelt a tu lado.

—¿Derechista?

—Ahora que he ajustado mi oído al razonamiento femenino —dijo Atticus—, creo que nos encontramos creyendo las mismas cosas.

Había estado a medias dispuesta a dejar a un lado lo que había visto y oído, regresar tranquilamente a Nueva York y hacer de su padre un recuerdo. Un recuerdo de los tres: Atticus, Jem y ella, cuando las cosas no eran complicadas y las personas no mentían. Pero no iba a permitirle que agravara el delito. No podía permitirle añadir hipocresía a todo ello.

—Atticus, si esas son tus convicciones, ¿por qué no haces lo correcto? Es decir, por muy mal que lo haya hecho la Corte, tenía que haber un comienzo...

—¿Te refieres a que debemos aceptarlo porque la Corte lo dijo? No, señorita. Yo no lo veo de ese modo. Si crees que yo como ciudadano voy a aceptarlo, te equivocas. Como tú dices, Jean Louise, hay solo una cosa por encima de la Corte en este país, y es la Constitución...

—Atticus, estamos hablando de cosas distintas.

—Te estás dejando algo. ¿Qué es?

«*La Torre Oscura. Childe Rolando a la Torre Oscura llegó*. Literatura de secundaria, tío Jack. Ahora lo recuerdo».

—¿Qué es? Estoy intentando decir que no apruebo el modo en que lo hicieron, que me asusta muchísimo cuando pienso en cómo lo hicieron, pero tenían que hacerlo. Se lo pusieron debajo de las narices y tenían que hacerlo. Atticus, ha llegado el momento de hacer lo correcto...

—¿Hacer lo correcto?

—Sí, señor. Darles una oportunidad.

—¿A los negros? ¿Crees que no tienen una oportunidad?

—Pues no, señor.

—¿Qué hay que impida a cualquier negro ir donde quiera en este país y encontrar lo que quiera?

—Esa es una pregunta capciosa, ¡y lo sabes, señor! Estoy tan harta de este trato de doble moral que podría...

La había azuzado, y ella le había demostrado que lo había notado. Pero no podía evitarlo. Su padre agarró una pluma y daba golpecitos con ella sobre su escritorio.

—Jean Louise —dijo—, ¿nunca has pensado en que no se puede tener a un conjunto de personas atrasadas viviendo entre otras avanzadas en una civilización determinada y tener una Arcadia social?

—Me estás volviendo loca, Atticus, así que dejemos a un lado la sociología un momento. Claro que lo sé, pero una vez escuché algo. Escuché un eslogan y se me quedó en la cabeza. Escuché: «Derechos iguales para todos; privilegios especiales para nadie», y para mí no significaba nada distinto de lo que decía. No significaba una carta del montón de arriba para el hombre blanco y una del de abajo para el negro...

—Vamos a verlo de este modo —dijo su padre—. Te das cuenta de que nuestra población negra está atrasada, ¿verdad? ¿Lo admites? Entiendes todas las implicaciones de la palabra atraso, ¿no es así?

—Sí, señor.

—¿Entiendes que la inmensa mayoría de ellos aquí en el Sur no son capaces de compartir plenamente las responsabilidades de la ciudadanía, y por qué?

—Sí, señor.

—¿Pero quieres que ellos tengan todos sus privilegios?

—Maldición, ¡le estás dando la vuelta!

—No sirve de nada blasfemar. Piensa en esto: el condado de Abbott, al otro lado del río, tiene muchos problemas. La población está formada casi en tres cuartas partes por negros. La población votante es ahora casi mitad y mitad, debido a esa gran Escuela Normal que hay allí. Si se inclinara la balanza, ¿qué tendríamos? El condado no mantendría una junta de registradores, porque si los negros votan y dejan fuera a los blancos tendríamos a los negros en todas las oficinas del condado…

—¿Qué te hace estar tan seguro?

—Cariño —dijo él—, usa la cabeza. Cuando ellos votan, lo hacen en bloques.

—Atticus, eres como ese viejo editor que envió a un artista del personal a cubrir la guerra de Cuba. «Tú haz las fotografías. Yo haré la guerra». Tú eres tan cínico como él.

Su padre dejó la pluma sobre el escritorio.

—Jean Louise, tan solo intento decirte algunas verdades claras. Debes ver las cosas tal como son, y también como deberían ser.

—Entonces ¿por qué no me mostraste las cosas como son cuando me sentaba en tu regazo? ¿Por qué no me las mostraste, por qué no tuviste cuidado cuando me leías historias y las cosas que yo creía que significaban algo para ti, para decirme que había una valla alrededor que decía «solo para blancos»?

—Eres incoherente —dijo su padre con voz suave.

—¿Por qué?

—Atacas con tus palabras a la Corte Suprema, y después te das la vuelta y hablas como la NAACP.

—Dios mío, no me enojé con la Corte por los negros. Los negros vapulearon el escrito, muy bien, pero eso no me puso furiosa. Me enojé por lo que le estaban haciendo a la Décima Enmienda y todas esas ideas vagas. Los negros estaban...

Circunstancias concurrentes en esta guerra... en tu propia guerra personal.

—¿Llevas tu tarjeta?

—¿Por qué mejor no me golpeaste? ¡Por el amor de Dios, Atticus!

Su padre dio un suspiro. Las líneas de expresión de los extremos de su boca se hicieron más profundas. Sus manos de articulaciones inflamadas jugueteaban con su lapicero amarillo.

—Jean Louise —dijo—, déjame decirte algo ahora mismo, con la mayor claridad de que soy capaz. Estoy anticuado, pero creo esto con todo mi corazón. Soy una especie de demócrata «jeffersoniano». ¿Sabes lo que es eso?

—Hum, creía que votaste por Eisenhower. Creo que Jefferson era una de las almas principales del partido demócrata, o algo así.

—Regresa a la escuela —le dijo su padre—. Lo único que tiene que ver el partido demócrata con Jefferson en estos tiempos es que ponen su fotografía en los banquetes. Jefferson creía que la ciudadanía plena era un privilegio que cada hombre debía ganarse, que no era algo dado a la ligera ni que se debía tomar a la ligera. Un hombre no podía votar simplemente porque era un hombre, a ojos de Jefferson. Tenía que ser un hombre responsable. Un voto era, para Jefferson, un precioso privilegio que un hombre se ganaba en una... una economía de «vive y deja vivir».

—Atticus, estás rescribiendo la historia.

—No, no lo hago. Podría irte bien retroceder y echar una mirada a lo que algunos de nuestros padres fundadores creían en realidad, en lugar de confiar tanto en lo que la gente te dice hoy que ellos creían.

—Puede que seas jeffersoniano, pero no eres ningún demócrata.

—Tampoco lo era Jefferson.

—Entonces, ¿qué eres, un esnob o algo así?

—Sí. Aceptaré que me llamen esnob cuando se trata del gobierno. Me gustaría mucho que me dejaran tranquilo para manejar mis propios asuntos en una economía de «vive y deja vivir», me gustaría que dejaran tranquilo a mi estado para que llevase las cuentas sin el consejo de la NAACP, que no sabe casi nada sobre sus negocios, y no podrían importarle menos. Esa organización ha provocado más problemas en los últimos cinco años...

—Atticus, la NAACP no ha hecho ni la mitad de lo que yo he visto en los últimos dos días. Somos nosotros.

—¿Nosotros?

—Sí, señor, nosotros. Tú. ¿Ha pensado alguien, en toda la discusión y las bonitas palabras sobre los derechos del estado y qué tipo de gobierno deberíamos tener, ha pensado alguien en ayudar a los negros? Perdimos el barco, Atticus. Nos quedamos sentados y dejamos que la NAACP entrara porque estábamos tan furiosos por lo que sabíamos que la Corte iba a hacer, tan furiosos por lo que hizo, que de modo natural comenzamos a insultar a los negros. La emprendimos con ellos porque estábamos resentidos contra el gobierno. Cuando llegó, no cedimos ni un centímetro; salimos huyendo.

Cuando deberíamos haber intentado ayudarlos a vivir con la decisión, corrimos como si fuera la Retirada de Bonaparte. Creo que es la primera vez en nuestra historia en que huimos; y cuando huimos, perdimos. ¿Dónde podían acudir ellos? ¿A quién podían recurrir? Creo que nos merecemos todo lo que nos ha traído la NAACP y aún más.

—No creo que hables en serio.

—Cada palabra.

—Entonces pongamos todo esto sobre una base práctica. ¿Quieres que haya negros a montones en nuestras escuelas, iglesias y teatros? ¿Los quieres en nuestro mundo?

—Son personas, ¿no? No tuvimos tantos escrúpulos para importarlos cuando nos hacían ganar dinero.

—¿Quieres que tus hijos vayan a una escuela que haya sido desbaratada para acomodar a niños negros?

—El nivel académico de esa escuela que hay más abajo en la calle, Atticus, no podría ser más bajo, y lo sabes. Ellos tienen derecho a las mismas oportunidades que cualquiera, tienen derecho a la misma posibilidad...

Su padre se aclaró la garganta.

—Escucha, Scout, estás molesta por haberme visto haciendo algo que crees que es equivocado, pero intento hacerte entender mi postura. Lo estoy intentando con todas mis fuerzas. Esto es meramente para tu propia información, eso es todo: según mi experiencia, lo blanco es blanco y lo negro es negro. Hasta aquí, no he escuchado aún un argumento que me haya convencido de lo contrario. Tengo setenta y dos años, pero sigo estando abierto a sugerencias. Ahora piensa en esto. ¿Qué sucedería si a todos los negros en el Sur se les dieran de repente plenos derechos civiles? Te lo diré.

Habría otra Reconstrucción. ¿Te gustaría que los gobiernos de tu estado estuvieran dirigidos por personas que no saben cómo dirigirlos? ¿Quieres que esta ciudad esté dirigida por... ahora espera un momento... Willoughby es un estafador, eso lo sabemos, pero conoces a algún negro que sepa tanto como Willoughby? Zeebo sería probablemente el alcalde de Maycomb. ¿Querrías que alguien con la capacidad de Zeebo se ocupara del dinero de la ciudad? Mira, nos superan en número. Cariño, parece que no entiendes que los negros aquí siguen estando en la niñez como pueblo. Deberías saberlo, pues lo has visto toda tu vida. Han hecho un gran progreso en adaptarse a las costumbres de los blancos, pero aún están lejos. Iban avanzando bien, progresando a un ritmo que podían asimilar, y había más de ellos que nunca votando. Entonces la NAACP intervino con sus fantásticas demandas y sus lamentables ideas de gobierno. ¿Se puede culpar al Sur por recelar de que personas que no tienen ni idea de sus problemas cotidianos les digan lo que tiene que hacer respecto a su propia gente? A la NAACP no le importa si un hombre negro es dueño de su tierra o la arrienda, lo bien que sabe labrarla, o si intenta o no aprender un oficio y ganarse la vida por sí solo. Ah, no, lo único que le importa a la NAACP es el voto de ese hombre. Así que ¿puedes culpar al Sur por querer resistirse a una invasión por parte de personas que aparentemente se avergüenzan tanto de su raza que quieren librarse de ella? ¿Cómo puedes haberte criado aquí, haber llevado el tipo de vida que has tenido y no ver más que a alguien dando un pisotón a la Décima Enmienda? Jean Louise, están intentando hacernos naufragar... ¿dónde has estado?

—Aquí mismo en Maycomb.

—¿A qué te refieres?

—Me refiero a que me crie justamente aquí en tu casa, y nunca supe lo que había en tu mente. Solamente oía lo que decías. Te olvidaste de decirme que nosotros éramos por naturaleza mejores que los negros, benditas sean sus lanudas cabezas, que ellos podían llegar hasta cierto punto pero solamente hasta ahí, te olvidaste de decirme lo que el señor O´Hanlon me dijo ayer. Eras tú quien estaba hablando allí abajo, pero dejaste que el señor O´Hanlon lo dijera. Eres un cobarde y también un snob y un tirano, Atticus. Cuando hablabas de justicia olvidaste decir que la justicia es algo que no tiene nada que ver con las personas... Esta mañana te oí hablar sobre el asunto del hijo de Zeebo... nada que ver con nuestra Calpurnia y lo que ella ha significado para nosotros, lo leal que ha sido con nosotros... viste a un *tostado*, viste la NAACP, sopesaste la equidad, ¿no es cierto? Recuerdo ese caso de violación que defendiste, pero erraste el blanco. Tú amas la justicia, muy bien. La justicia abstracta escrita punto por punto en un informe... nada que ver con ese muchacho negro, lo que te gusta es un informe claro y detallado. Su causa interfirió en tu ordenada mente y tuviste que sacar orden del desorden. Es una compulsión que tienes, y ahora está regresando...

Jean Louise estaba de pie, agarrada al respaldo de la silla.

—Atticus, te lo digo muy claro y a la cara: es mejor que vayas y adviertas a tus amigos más jóvenes que si quieren preservar nuestro estilo de vida, deben empezar en casa. Eso no se empieza en las escuelas, ni en las iglesias, ni en ningún otro lugar, sino en casa. Diles eso, y pon como ejemplo a tu hija ciega, inmoral, equivocada y amanegros. ¡Ve delante de mí con una campana y declara: «Impura»! Señálame como tu error. Señálame: Jean Louise Finch, la que fue expuesta a todo tipo de tonterías por parte de la gentuza blanca con la que fue a la escuela, pero que bien podría no haber ido nunca a la escuela a juzgar por toda la influencia que tuvo sobre ella. Todo lo que era el evangelio para ella lo aprendió en casa, de su padre. Tú sembraste las semillas en mí, Atticus, y ahora están dando fruto...

—¿Has terminado?

Ella tomó aire.

—Ni siquiera he llegado a la mitad. Nunca te perdonaré lo que me hiciste. Me engañaste, me has sacado de mi hogar y ahora estoy en tierra de nadie, pero bueno... ya no hay lugar para mí en Maycomb, y nunca me sentiré totalmente en casa en ningún otro sitio.

Su voz se quebró.

—¿Por qué, en el nombre de Dios, no te volviste a casar? ¿Por qué no te casaste con alguna tonta señora sureña que me habría educado correctamente? Me habría convertido en esa clase de magnolia melosa y afectada que pestañea, cruza las manos y no vive para otra cosa que no sea su maridito. Al menos habría sido dichosa. Habría sido la típica mujer de Maycomb al cien por ciento, habría vivido mi pequeña vida y te habría dado nietos a los que consentir, me habría prodigado como la tía, me habría abanicado en el porche, y habría muerto feliz. ¿Por qué no me explicaste la diferencia entre justicia y justicia y derecho y derecho? ¿Por qué no lo hiciste?

—No creí que fuera necesario, y tampoco lo creo ahora.

—Pues bien, era necesario, y lo sabes. ¡Dios! Y hablando de Dios, ¿por qué no me hiciste ver claramente que Dios hizo las razas y puso a los negros en África con la intención de mantenerlos allí para que los misioneros pudieran ir a decirles que Jesús les amaba, pero que quería que se quedaran en África? ¿Por qué no me dijiste que traerlos aquí fue un grave error, y que hay que culparlos a ellos? Y que Jesús amaba a toda la humanidad, pero que hay distintos tipos de hombres, con vallas a su alrededor, que Jesús quería que cualquier hombre pudiera avanzar hasta donde quisiera, pero dentro de esa valla...

—Jean Louise, pon los pies en la tierra.

Lo dijo con tal facilidad que ella se detuvo. Su andanada de diatribas había chocado contra él y aun así estaba allí sentado. Había declinado enojarse. En algún recodo en su interior ella sentía que no era una dama, pero que ningún poder en la tierra evitaría que él fuera un caballero; sin embargo, el pistón que había en su interior la empujó a seguir:

—Muy bien, pondré los pies en la tierra. Aterrizaré precisamente en el salón de nuestra casa. Me acercaré a ti. Yo creía en ti. Te admiraba, Atticus, como nunca admiré a nadie en toda mi vida y como nunca volveré a hacerlo. Si tan solo me hubieras dado alguna indicación, si no hubieras cumplido tu palabra conmigo un par de veces, si hubieras estado malhumorado o impaciente conmigo... si hubieras sido un hombre más mezquino, quizá yo podría haber asimilado lo que te vi hacer. Si una o dos veces me hubieras permitido pillarte haciendo algo vil, entonces ayer lo habría entendido. Entonces habría dicho: «Así es él, ese es mi viejo», porque habría estado preparada para ello en algún momento...

La expresión en la cara de su padre, casi suplicante, suscitaba compasión.

—Parece que crees que estoy implicado en algo realmente maligno —dijo—. El Consejo es nuestra única defensa, Jean Louise...

—¿Es el señor O´Hanlon nuestra única defensa?

—Cariño, me alegra decir que el señor O´Hanlon y no es típico de la membresía del Consejo del condado de Maycomb. Espero que observaras mi brevedad al presentarlo.

—Fuiste breve, pero Atticus, ese hombre...

—El señor O´Hanlon no tiene prejuicios, Jean Louise. Es un sádico.

—Entonces ¿por qué le permitieron todos ponerse de pie allí?

—Porque él quería hacerlo.

—¿Señor?

—Sí —dijo su padre vagamente—. Él recorre todo el estado dirigiéndose a los consejos de ciudadanos. Pidió permiso para hablar en el nuestro y se lo concedimos. Yo más bien creo que alguna organización en Massachusetts le paga...

Su padre apartó la mirada de ella y la dirigió a la ventana.

—He estado intentando hacerte ver que el Consejo de Maycomb, de todas formas, es simplemente un método de defensa contra...

—¡Defensa, demonios! Atticus, ahora no estamos en la Constitución. Intento hacerte ver algo. Mira, tú tratas igual a todas las personas. Nunca en toda mi vida te he visto dar ese trato insolente y altivo que la mitad de la gente blanca aquí da a los negros simplemente para dirigirles la palabra, para pedirles que hagan algo. Cuando tú les hablas no hay en tu voz ese tono que expresa: «Échate para allá, negro».

Sin embargo, pones tu mano delante de ellos como pueblo y dices: «Deténganse ahí. ¡Hasta aquí pueden llegar!».

—Pensé que estábamos de acuerdo en que...

La voz de ella estaba cargada de sarcasmo.

—Estamos de acuerdo en que ellos están retrasados, que son analfabetos, que son sucios, y cómicos, y vagos, y que no valen, que son unos niños y son estúpidos, algunos de ellos, pero no estamos de acuerdo en una cosa, y nunca lo estaremos. Tú niegas que sean humanos.

—¿Y cómo es eso?

—Tú les niegas la esperanza. Cualquier hombre en este mundo, Atticus, cualquier hombre que tenga una cabeza, y brazos y piernas, nació con esperanza en su corazón. No encontrarás eso en la Constitución, yo lo aprendí en la iglesia en algún lugar. Son personas simples, la mayoría de ellas, pero eso no les hace ser menos que humanas. Tú les dices que Jesús las ama, pero no mucho. Estás utilizando malos medios para justificar fines que consideras para el bien de la mayoría de personas. Tus fines bien pueden ser correctos (me parece que yo creo en los mismos medios), pero no puedes usar a las personas como peones, Atticus. No puedes. Hitler y toda esa gente en Rusia han hecho algunas cosas hermosas por sus tierras, y han masacrado a cientos de millones de personas haciéndolas...

Atticus sonrió.

—Hitler, ¿eh?

—Tú no eres mejor. Maldita sea, no lo eres. Tan solo intentas matar sus almas en lugar de sus cuerpos. Tan solo intentas decirles: «Miren, sean buenos. Pórtense bien. Si son buenos y nos hacen caso, pueden ganar mucho en la vida, pero si no nos hacen caso, no les daremos nada y les quitaremos lo que ya les hemos dado». Yo sé que tiene que ser lento, Atticus, lo sé muy bien. Pero sé que tiene que ser. Me pregunto qué sucedería si el Sur tuviera la «Semana de amabilidad con los *tostados*». Si tan solo durante una semana el Sur les mostrase cierta cortesía sencilla e imparcial. Me pregunto qué sucedería. ¿Crees que les daría aires de grandeza, o los comienzos del respeto por uno mismo? ¿Alguna vez te han despreciado, Atticus? ¿Sabes lo que se siente? No, no me digas que ellos son niños y que no lo sienten: yo era una niña y lo sentía, así que los niños adultos también deben de sentirlo. Que te desprecien de verdad, Atticus, te hace sentir que eres demasiado desagradable para relacionarte con personas. Para mí es un misterio cómo pueden ser tan buenos como lo son ahora, después de cien años de negarles sistemáticamente que son seres humanos. Me pregunto qué tipo de milagro podríamos hacer con una semana de decencia. No tenía sentido decir nada de esto porque sé que tú no cederás ni un centímetro, y nunca lo harás. Me has engañado de una manera que no se puede expresar con palabras, pero no dejes que eso te preocupe, porque la broma solo va conmigo. Tú eres la única persona en la que creo que siempre confié por completo y ahora no tengo arreglo.

—Te he matado, Scout. Tuve que hacerlo.

—¡No me hables más con dos caras! Eres un viejo caballero agradable y dulce, y nunca más volveré a creer ni una sola palabra que me digas. Te desprecio a ti y todo lo que defiendes.

—Bien, yo te quiero.

—¡No te atrevas a decirme eso! ¡Me quieres, vaya! Atticus, me voy a ir de este lugar en seguida, no sé dónde iré pero me voy. ¡No quiero volver a ver a otro Finch ni oír de él mientras viva!

—Como gustes.

—¡Eres un hijo de perra de dos caras! Te quedas ahí sentado y dices «como gustes» cuando me has derribado, me has pisoteado y escupido, y te sientas ahí y dices «como gustes» cuando todo lo que he amado en este mundo es… ¡tú vas y te sientas ahí y dices «como gustes», que me quieres! *¡Eres un hijo de perra!*

—Ya es suficiente, Jean Louise.

Ya es suficiente, la llamada al orden que siempre usaba en aquellos días en que ella creía.

«Así que acaba conmigo y le da la vuelta a la cosa… ¿cómo puede burlarse de mí así? ¿Cómo puede tratarme así? Dios del cielo, llévame lejos… Dios del cielo, llévame lejos…».

PARTE VII

18

Ella nunca supo cómo pudo poner en marcha el auto, cómo lo mantuvo en la carretera, cómo llegó a su casa sin sufrir un grave accidente.

«Te quiero. Como gustes». Si él no hubiera dicho eso, quizá ella habría sobrevivido. Si él le hubiera planteado una pelea justa, ella podría haberle lanzado sus propias palabras, pero no podía agarrar mercurio y sujetarlo entre las manos.

Fue a su cuarto y lanzó su maleta sobre la cama. «Nací justo aquí, donde está esta maleta. ¿Por qué no me estrangulaste entonces? ¿Por qué me permitiste vivir hasta ahora?».

—Jean Louise, ¿qué estás haciendo?

—Estoy empacando, tía.

Alexandra se situó a un costado de la cama.

—Te quedan aún otros diez días con nosotros. ¿Sucede algo?

—¡Tía, déjame tranquila, por el amor de Cristo!

Alexandra se refrenó.

—¡Te agradeceré que no uses esa expresión yanqui en esta casa! ¿Qué sucede?

Jean Louise fue al armario, arrancó sus vestidos de las perchas, regresó a la cama y los apiñó en su maleta.

—Esa no es manera de empacar —dijo Alexandra.

—Es mi manera.

Recogió sus zapatos, que estaban a un lado de la cama, y los lanzó a la maleta después de los vestidos.

—¿Qué pasa, Jean Louise?

—Tía, puedes emitir un comunicado que diga que me voy tan lejos del condado de Maycomb, ¡que tardaré cien años en regresar! No quiero verlo nunca más ni a él ni a nadie que viva aquí, y eso se aplica a cada uno de ustedes: el enterrador, el juez de sucesiones, ¡y el presidente de la junta de la iglesia metodista!

—Has tenido una pelea con Atticus, ¿verdad?

—Así es.

Alexandra se sentó en la cama y juntó las manos.

—Jean Louise, no sé por qué habrá sido, y a juzgar por cómo estás debe de haber sido algo malo, pero lo que sí sé es esto: ningún Finch huye.

Ella se volvió hacia su tía.

—¡Por Dios bendito, no me digas lo que un Finch hace y lo que un Finch no hace! Estoy harta de lo que hacen los Finch, ¡y no puedo soportarlo ni un segundo más! Me has hecho tragar eso desde que nací: ¡tu padre esto, los Finch aquello! ¡Mi padre es algo indescriptible, y el tío Jack es como Alicia en el País de las Maravillas! Y tú, tú eres una vieja pomposa, estrecha de mente…

Jean Louise de detuvo, fascinada por las lágrimas que recorrían las mejillas de Alexandra. Nunca había visto llorar a Alexandra; Alexandra parecía ser como los demás cuando lloraba.

—Tía, por favor perdóname. Por favor dilo… te he dado un golpe bajo.

Los dedos de Alexandra tiraban de mechones de encaje de la colcha.

—No importa. No te preocupes por eso.

Jean Louise dio un beso en la mejilla a su tía.

—Hoy no he estado acertada. Supongo que cuando estás herida, tu primer instinto es hacer daño. No tengo mucho de dama, tía, pero tú sí lo eres.

—Te equivocas, Jean Louise, si crees que no eres una dama —dijo Alexandra, y se secó las lágrimas—, pero sí que eres rara algunas veces.

Jean Louise cerró la maleta.

—Tía, sigue pensando que soy una dama solo durante un rato, solo hasta las cinco, cuando Atticus regrese a casa. Entonces pensarás de modo distinto. Bueno, adiós.

Estaba llevando su maleta al auto cuando vio el único taxi blanco de la ciudad acercarse y dejar al doctor Finch en el sendero de entrada.

«*Acude a mí. Cuando no puedas soportarlo más, acude a mí*». Bien, pues ya no puedo soportarte. Simplemente no puedo soportar ninguna más de tus parábolas y tus divagaciones. Déjame tranquila. Eres divertido, y agradable, y todo eso, pero por favor déjame tranquila.

Con el rabillo del ojo vio a su tío recorrer tranquilamente el sendero de entrada. «Da pasos muy largos para ser un hombre bajo», pensó ella. «Esa es una de las cosas que recordaré de él». Se giró y metió la llave en la cerradura del maletero, la llave equivocada, y probó con otra. Funcionó, levantó la tapa.

—¿Vas a alguna parte?

—Sí, señor.

—¿Dónde?

—Voy a subirme a este auto y conducirlo hasta el Empalme de Maycomb, y me quedaré sentada allá hasta que pase el primer tren y me suba a él. Dile a Atticus que si quiere recuperar su auto envíe a alguien a recogerlo.

—Deja de sentir lástima de ti misma y escúchame.

—Tío Jack, estoy tan harta y malditamente cansada de escucharles a todos, ¡que podría protestar hasta desgañitarme! ¿Es que no pueden dejarme tranquila? ¿Es que no pueden alejarse de mí un minuto?

Cerró de un portazo la tapa del maletero, sacó con fuerza la llave y se enderezó para encontrarse con el revés salvaje del doctor Finch que le golpeó en la boca.

Su cabeza se ladeó hacia la izquierda y se encontró con la mano de él que llegaba otra vez con saña. Tropezó y palpó el auto para mantener el equilibrio. Vio la cara de su tío brillar entre diminutas luces que se movían.

—Estoy intentando atraer tu atención —dijo el doctor Finch.

Ella se presionó los ojos con los dedos, después las sienes y los lados de la cabeza. Se esforzaba por no desmayarse, por no vomitar, por evitar que le diera vueltas la cabeza. Sintió el sabor de sangre en los dientes y escupió con fuerza en el suelo. Poco a poco, las reverberaciones tipo de gong en su cabeza fueron disminuyendo y dejaron de pitarle los oídos.

—Abre los ojos, Jean Louise.

Ella parpadeó varias veces y pudo ver enfocada la figura de su tío. Tenía el bastón apoyado en el codo izquierdo, su chaleco estaba inmaculado y llevaba un capullo de rosa roja en la solapa. Le estaba ofreciendo su pañuelo, y ella lo tomó y se limpió la boca. Estaba exhausta.

—¿Desahogada toda la pasión?

—Ya no puedo seguir peleando contra ella —respondió afirmando con la cabeza.

El doctor Finch la agarró del brazo.

—Pero tampoco puedes sumarte a ella, ¿no es cierto? —musitó él.

Jean Louise sintió que se le hinchaba la boca y que movía los labios con dificultad.

—Casi me noqueas. Estoy muy cansada.

En silencio, él la acompañó a la casa, por el vestíbulo, y al baño. Hizo que se sentara en el borde de la bañera, se volvió hacia el armario de las medicinas y lo abrió. Se puso los lentes, echó la cabeza hacia atrás un poco y sacó un bote del estante superior. Desgajó una bola de algodón de un paquete y se lo entregó a ella.

—Levanta la cabeza —le dijo. Empapó de líquido el algodón, levantó su labio superior, puso una cara espantosa y lo aplicó con toquecitos a los cortes—. Esto evitará que tú misma te apliques algo. ¡Zandra! —gritó.

Alexandra apareció desde la cocina.

—¿Qué pasa, Jack? Jean Louise, creía que…

—No importa eso. ¿Hay algo de «vainilla de misionero» en esta casa?

—Jack, no seas tonto.

—¡Vamos! Sé que lo tienes para los pasteles de fruta. Dios santo, hermana, ¡consígueme *whisky*! Vamos al salón, Jean Louise.

Adormecida, caminó hasta el salón y se sentó. Su tío entró, llevando en una mano un vaso con tres dedos de *whisky* y en la otra un vaso de agua.

—Si te bebes todo esto de una vez, te daré una moneda —le dijo.

Jean Louise bebió y se atragantó.

—Mantén la respiración, estúpida. Ahora tómatelo.

Ella agarró el agua y se la bebió rápidamente. Mantuvo los ojos cerrados y dejó que el cálido alcohol recorriera su estómago. Cuando los abrió, vio a su tío sentado en el sofá observándola plácidamente.

—¿Cómo te sientes? —le preguntó de inmediato.

—Tengo calor.

—Eso se debe al licor. Dime qué tienes en la cabeza ahora.

—Está en blanco, mi señor —dijo ella débilmente.

—Mírala qué traviesa, ¡no me digas citas! Dime cómo te sientes.

Ella frunció el ceño, apretó los párpados y se tocó con la lengua la dolorida boca.

—Diferente, en cierto modo. Estoy sentada aquí mismo, y es como si estuviera sentada en mi apartamento en Nueva York. No sé... me siento rara.

El doctor Finch se levantó y se metió las manos en los bolsillos, las sacó y se puso los brazos detrás de la espalda.

—Bueno, ahora creo que iré y me serviré yo mismo un trago de eso. Nunca había golpeado a una mujer en toda mi vida. Creo que iré a golpear a tu tía y a ver qué sucede. Tú quédate aquí sentada y tranquila un rato.

Jean Louise se quedó sentada, y sonrió cuando oyó a su tío discutir con su hermana en la cocina.

—Desde luego que voy a tomar un trago, Zandra. Me lo merezco. No voy por ahí golpeando a mujeres todos los días, y te digo que cuando no estás acostumbrado a hacerlo, te quita... Ah, ella está bien... No detecto la diferencia entre beberlo y comerlo... Todos iremos al infierno, es solo cuestión de tiempo... No seas tan anticuada, hermana, aún no estoy tumbado en el piso... ¿por qué no te tomas tú también uno?

Sentía que el tiempo se había detenido y que estaba en el interior de un vacío que no resultaba desagradable. No había terreno alrededor, ni seres humanos, pero había un aura de vaga cordialidad en este lugar indiferente. «Me estoy emborrachando», pensó.

Su tío regresó al salón, dando sorbos de un vaso alto lleno de hielo, agua y *whisky*.

—Mira lo que conseguí de Zandra. La he dejado sin ingrediente para sus pasteles de fruta.

Jean Louise intentó arrinconarlo.

—Tío Jack —le dijo—, algo me dice que tú sabes lo que sucedió esta tarde.

—Así es. Sé cada palabra que le dijiste a Atticus, y casi te oí desde mi casa cuando la emprendiste con Henry.

«El viejo bastardo, me siguió hasta la ciudad».

—¿Escuchabas a escondidas? Todo el...

—Claro que no. ¿Crees que puedes hablar de ello ahora? ¿Hablar de ello?

—Sí, creo que sí. Es decir, si tú me hablas con claridad. No creo que pueda soportar ahora nada sobre el obispo Colenso.

El doctor Finch se sentó en el sofá con cuidado y se inclinó hacia delante de cara a ella.

—Te hablaré con claridad, querida —le dijo—. ¿Sabes por qué? Porque ahora puedo hacerlo.

—¿Porque puedes?

—Sí. Echa la vista atrás, Jean Louise. Mira al día de ayer, el café de esta mañana, esta tarde...

—¿Qué sabes sobre esta mañana?

—¿Es que no has oído hablar del teléfono? A Zandra le alegró contestar algunas preguntas acertadas. Tú telegrafías tus lanzamientos por todas partes, Jean Louise. Esta tarde intenté ayudarte un poco dando un rodeo para hacer que te resultara más fácil, para darte cierta perspectiva, para suavizarlo un poco...

—¿Para suavizar qué, tío Jack?

—Para suavizar tu llegada a este mundo.

Cuando el doctor Finch agarró su vaso, Jean Louise vio sus agudos ojos marrones resplandecer por encima del cristal. «Eso es lo que uno tiende a olvidar de él», pensó. «Está tan ocupado jugueteando, que uno no se da cuenta de lo atentamente que observa. Está loco, sin duda, como cualquier zorro. Y sabe mucho más que los zorros. Bueno, estoy bebida».

—... echa la vista atrás ahora —estaba diciendo su tío—. Sigue estando ahí, ¿no es así?

Ella miró. Estaba ahí, tenía razón. Cada palabra. Pero algo era distinto. Siguió sentada en silencio, recordando.

—Tío Jack —dijo finalmente—, todo sigue estando ahí. Sucedió. Así fue. Pero mira, es en cierto modo soportable. Es... es soportable.

Ella decía la verdad. No había hecho ese viaje a través del tiempo que hace que las cosas sean soportables. Hoy era hoy, y miraba a su tío con asombro.

—Gracias a Dios —dijo el doctor Finch tranquilamente—. ¿Sabes por qué es soportable ahora, querida?

—No, señor. Estoy contenta con las cosas tal como son. No quiero cuestionar, tan solo quiero seguir así.

Era consciente de que los ojos de su tío estaban fijos en ella y movió la cabeza hacia un lado. Estaba lejos de confiar en él: «Si comienza a hablar de Mackworth Praed y me dice que yo soy como él, me iré al Empalme de Maycomb antes del amanecer».

—Acabarás dándote cuenta tú sola —le oyó decir—, pero déjame que lo adelante. Has tenido un día ocupado. Es soportable, Jean Louise, porque ahora tú eres tu propia persona.

«No la de Mackworth Praed, sino la mía». Miró a su tío.

El doctor Finch estiró las piernas.

—Es bastante complicado —dijo—, y no quiero que caigas en el tedioso error de ensimismarte en tus complejos... nos has dado ya para aburrirnos con eso el resto de nuestras vidas, así que nos mantendremos a distancia de eso. La isla de cada hombre, Jean Louise, el centinela de cada uno, es su conciencia. No existe eso de la conciencia colectiva.

Eso era nuevo viniendo de él. Pero que hablara, de alguna manera se abriría camino hasta el siglo XIX.

—... ahora bien, tú, señorita, naciste con tu propia conciencia, y en algún lugar del camino se aferró como una lapa a la de tu padre. Al crecer, al hacerte mayor, y sin darte cuenta, confundiste a tu padre con Dios. Nunca lo viste como un hombre con un corazón de hombre y con los errores de un hombre... Admito que puede que haya sido difícil de ver, pues él comete muy pocos errores, pero los comete, como todos nosotros. Eras una paralítica emocional, apoyándote en él y encontrando las respuestas de él, dando por sentado que tus respuestas siempre serían sus respuestas.

Jean Louise escuchaba a la figura que estaba en el sofá.

—Cuando apareciste y le viste haciendo algo que a ti te parecía que era la antítesis misma de su conciencia, de tu conciencia, literalmente no pudiste soportarlo. Te puso enferma, literalmente. La vida se convirtió en un infierno para ti. Tenías que matarte tú o tenía que matarte él para conseguir que funcionaras como un ser autónomo.

«Matarme a mí misma. Matarlo a él. Tenía que matarlo para vivir...».

—Hablas como que hubieras sabido esto desde hace mucho tiempo. Tú...

—Así es. Y también tu padre. A veces nos preguntábamos cuándo tu conciencia y la de él tomarían caminos separados, y respecto a qué asunto —el doctor Finch sonrió—. Bueno, ahora lo sabemos. Me alegro de haber estado cerca cuando comenzó el jaleo. Atticus no podría hablarte del modo en que yo estoy hablando...

—¿Por qué no, señor?

—No le habrías escuchado. No podrías haberle escuchado. Nuestros dioses están distantes de nosotros, Jean Louise. Nunca deben descender al nivel humano.

—¿Y por eso él no... no me machacó? ¿Por eso ni siquiera intentó defenderse?

—Estaba dejando que rompieras tus iconos uno a uno. Estaba dejando que le redujeras a él a la estatura de un ser humano.

«Te quiero. Como gustes». Con un amigo ella podría haber tenido solamente una discusión acalorada, un intercambio de ideas, un desacuerdo entre puntos de vista difíciles y distintos, pero con él había intentado ir a destruir. Había intentado reducirlo a pedazos, hundirlo, destruirlo. *Childe Rolando a la Torre Oscura llegó.*

—¿Me entiendes, Jean Louise?

—Sí, tío Jack. Te entiendo.

El doctor Finch cruzó las piernas y se metió las manos en los bolsillos.

—Cuando dejaste de huir, Jean Louise, y diste media vuelta, ese giro requirió una valentía fantástica.

—¿Señor?

—Ah, no el tipo de valentía que hace que un soldado se interne en tierra de nadie. Esa es la clase de valentía que reúne porque tiene que hacerlo. Es... bueno, es parte de la voluntad de vivir, parte del instinto de supervivencia. A veces, tenemos que matar un poco para poder vivir... cuando no lo hacemos, cuando las mujeres no lo hacen, lloran hasta quedarse dormidas y sus madres limpian sus medias cada día.

—¿Qué quieres decir con cuando dejé de huir?

El doctor Finch sonrió.

—Mira —le dijo—, te pareces mucho a tu padre. Es algo que intenté hacerte ver hoy; lamento decir que utilicé tácticas que el difunto George Washington Hill envidiaría... te pareces mucho a él, excepto que tú eres una intolerante y él no.

—¿Cómo dices?

El doctor Finch se mordió el labio inferior y lo dejó estar.

—Hum, hum. Una intolerante. No una muy grande, tan solo una intolerante común del tamaño de un nabo.

Jean Louise se levantó y fue hasta la librería. Sacó un diccionario y lo hojeó.

—Intolerante —leyó—. *Nombre. Alguien obstinadamente o fanáticamente devoto a su propia iglesia, partido, creencia u opinión*. Explíquese, señor.

—Tan solo intentaba responder tu pregunta sobre tu huida. Déjame extenderme un poco sobre esa definición. ¿Qué hace un intolerante cuando se encuentra con alguien que desafía sus opiniones? No cede. Se mantiene rígido. Ni siquiera intenta escuchar, tan solo contraataca. Ahora bien, todos estos asuntos paternos te pusieron patas arriba, así que huiste. Y cómo huiste. Sin duda has oído palabras bastante ofensivas desde que estás en casa, pero en lugar de enfrentarte a tu contrincante y derribarlo a golpes, te diste la vuelta y huiste. Dijiste, efectivamente: «No me gusta lo que hacen estas personas, así que no tengo tiempo para ellas». Será mejor que tomes tiempo para ellas, cariño, o de lo contrario nunca crecerás. Cuando tengas sesenta años serás igual que ahora... y entonces serás un caso y no mi sobrina. Tienes tendencia a no dejar lugar en tu mente a sus ideas, independientemente de lo necias que tú creas que son.

El doctor Finch se agarró las manos y las puso detrás de su cabeza.

—Dios mío, cariño, la gente no está de acuerdo con el Klan, pero está claro que no intentan evitar que se vistan con sábanas y se pongan en ridículo en público.

«¿Por qué permitieron que el señor O´Hanlon se levantara allí? Porque quería hacerlo. Ah, Dios, ¿qué he hecho?».

—Pero ellos golpean a gente, tío Jack...

—Bien, eso es otra cosa, y es algo más que no has tenido en cuenta acerca de tu padre. Has sido extravagante con tu charla sobre déspotas, Hitler e hijos de perra... a propósito, ¿dónde aprendiste todo eso? Me recuerda a una fría noche de invierno, a la caza de comadrejas...

Jean Louis se avergonzó.

—¿Te ha contado todo eso?

—Claro que sí, pero no empieces a preocuparte por lo que le llamaste. Él tiene su caparazón de abogado. Le han llamado cosas peores en su tiempo.

—Sí, pero no su hija.

—Bueno, como estaba diciendo...

Por primera vez desde que tenía memoria, su tío la llevaba de nuevo al punto en cuestión. Por segunda vez en su memoria, no era propio de su tío: la primera vez fue cuando se quedó sentado callado en su viejo salón, escuchando los suaves murmullos: el Señor nunca te envía más de lo que puedas soportar, y dijo: «Me duelen los hombros. ¿Hay algo de *whisky* en esta casa?». Pensó que ese era un día de milagros.

—... el Klan puede desfilar por ahí todo lo que quiera, pero cuando comienza a poner bombas y a golpear a la gente, ¿no sabes quién sería el primero en intentar detenerlo?

—Sí, señor.

—La ley es su razón de vivir. Hará todo lo que pueda para evitar que alguien golpee a otra persona, y se dará media vuelta e intentará detener nada menos que al Gobierno Federal... igual que tú, hija. Tú te diste media vuelta y te enfrentaste a tu propio dios de hojalata; pero recuerda esto: él siempre lo hará mediante la letra y mediante el espíritu de la ley. Esa es su manera de vivir.

—Tío Jack...

—Ahora no comiences a sentirte culpable, Jean Louise. No has hecho nada malo. Y, en el nombre de John Henry Newman, no comiences a preocuparte por lo intolerante que eres. Te he dicho que lo eras tan solo del tamaño de un nabo.

—Pero tío Jack...

—Recuerda esto también: siempre es fácil mirar atrás y ver lo que fuimos, ayer, hace diez años. Es muy difícil ver lo que somos. Si puedes dominar ese truco, seguirás adelante.

—Tío Jack, creí que había pasado por todo eso del desengaño por las cosas de los padres cuando comencé mi licenciatura, pero hay algo...

Su tío comenzó a juguetear con los bolsillos de su chaqueta. Encontró lo que buscaba, sacó uno del paquete, y preguntó:

—¿Tienes una cerilla?

Jean Louise estaba fascinada.

—¿Te has vuelto loco? La emprendiste conmigo cuando me pillaste... ¡viejo bastardo!

Así lo hizo, sin nada de ceremonia, una Navidad cuando la encontró bajo la caseta con cigarrillos robados.

—Esto debería demostrarte que no hay justicia en este mundo. Ahora fumo a veces; es mi única concesión a la ancianidad. A veces me encuentro con que estoy ansioso... me da algo que hacer con las manos.

Jean Louise encontró unas cerillas sobre la mesa al lado de su sillón. Encendió una y la sostuvo ante el cigarrillo de su tío. «Algo que hacer con las manos», pensó. Se preguntaba cuántas veces sus manos, con guantes de médico, impersonales y omnipotentes, habían dado la salud a algún niño. «Está loco, sin duda».

El doctor Finch sostenía su cigarrillo con el pulgar y dos dedos. Lo miraba pensativamente.

—Eres daltónica, Jean Louise —le dijo—. Siempre lo has sido y siempre lo serás. Las únicas diferencias que ves entre un ser humano y otro son diferencias en aspecto, inteligencia, carácter, y cosas similares. Nunca te han empujado a mirar a la gente como raza, y ahora que la raza es el tema candente de la época, sigues siendo incapaz de pensar en términos de raza. Ves solamente personas.

—Pero, tío Jack, tampoco es que esté deseando correr a casarme con un negro o algo así.

—Mira, yo practiqué la medicina durante casi veinte años, y aún tengo temor a considerar a los seres humanos principalmente sobre una base de sufrimiento relativo, pero me arriesgaré a una pequeña declaración. No hay nada bajo el sol que diga que porque vas a la escuela con un negro, o porque vas a la escuela con una multitud de ellos, querrás casarte con uno. Ese es uno de los tam-tam que tocan los que defienden la supremacía blanca. ¿Cuántos matrimonios mixtos has visto en Nueva York?

—Ahora que lo pienso, muy pocos. Relativamente.

—Ahí está tu respuesta. Los defensores de la supremacía blanca son en realidad bastante inteligentes. Si no pueden asustarnos con la línea de la inferioridad esencial, la envolverán en una atmósfera de sexo, porque eso es lo único que saben que da miedo en nuestros corazones fundamentalistas aquí en el Sur. Intentan instigar terror en madres sureñas, para evitar que sus hijos al crecer se enamoren de negros. Si no lo hubieran convertido en un problema, ese problema raras veces surgiría. Y si surgiera, se trataría en el terreno privado. La NAACP tiene mucho de lo que dar cuentas también a ese respecto. Pero los defensores de la supremacía blanca tienen temor a la razón, porque saben que la razón fría los derrota. Prejuicios, una palabra sucia, y fe, una palabra limpia, tienen algo en común: ambas comienzan donde termina la razón.

—Es extraño, ¿verdad?

—Es una de las cosas extrañas de este mundo —el doctor Finch se levantó del sofá y apagó su cigarrillo en un cenicero que había sobre la mesa al lado de ella—. Ahora, joven dama, llévame a casa. Ya son casi las cinco. Ya casi es la hora de que vayas a recoger a tu padre.

Volvió a salir Jean Louise.

—¿Recoger a Atticus? ¡No podré volver a mirarle a los ojos!

—Escucha, muchacha. Tienes que sacudirte un viejo hábito de veinte años, y tienes que sacudírtelo con rapidez. Comenzarás ahora. ¿Crees que Atticus va a lanzarte un rayo?

—¿Después de lo que le dije? ¿Después de...?

El doctor Finch golpeó el piso con su bastón.

—Jean Louise, ¿de verdad conoces a tu padre?

No. No lo conocía. Estaba aterrada.

—Creo que te llevarás una sorpresa —dijo su tío.

—Tío Jack, no puedo.

—¡No me digas que no puedes, muchacha! Dilo otra vez y te golpeo con este bastón, ¡y lo digo en serio!

Los dos caminaron hacia el auto.

—Jean Louise, ¿has pensado alguna vez en regresar a casa?

—¿A casa?

—Si dejaras de repetir las últimas palabras de todo lo que te digo, te lo agradecería mucho. A casa. Sí, a casa.

Jean Louise sonrió. Volvía a ser el tío Jack otra vez.

—No, señor —respondió.

—Bueno, a riesgo de sobrecargarte, ¿sería posible que procuraras pensar en ello? Puede que no lo sepas, pero hay lugar para ti aquí.

—¿Te refieres a que Atticus me necesita?

—Claro que no. Estaba pensando en Maycomb.

—Eso sería estupendo, conmigo en un lado y todos los demás al otro. Si la vida es un discurrir interminable de conversaciones como las que escuché esta mañana, no creo que yo pueda encajar.

—Esa es una de las cosas de aquí, del Sur, que has pasado por alto. Te sorprendería si supieras cuántas personas están de tu lado, si es que «lado» es la palabra correcta. Tú no eres un caso especial. Los bosques están llenos de personas como tú, pero necesitamos a más de ustedes.

Ella puso en marcha el auto y lo llevó marcha atrás hasta el sendero. Dijo:

—¿Y qué demonios podría hacer yo? No puedo luchar contra ellos. Ya no me queda lucha dentro...

—No me refiero a la lucha, me refiero a ir a trabajar cada mañana, regresar a casa en la noche, ver a tus amigos.

—Tío Jack, no puedo vivir en un lugar con el que no estoy de acuerdo y que no está de acuerdo conmigo.

—Hum, Melbourne dijo... —comenzó el doctor Finch.

—Si me dices lo que dijo Melbourne, detengo el auto aquí mismo y te echo. Sé lo poco que te gusta caminar... después de caminar a la iglesia de ida y vuelta y sacar a pasear a ese gato, ya has tenido suficiente. Te haré bajar del auto, ¡y no pienses que no soy capaz!

El doctor Finch dio un suspiro.

—Eres muy beligerante con un pobre y débil viejo, pero si deseas seguir en la oscuridad, ese es tu privilegio...

—¡Débil, maldición! ¡Eres tan débil como un cocodrilo!

Jean Louise se tocó la boca.

—Muy bien, si no me permites decirte lo que dijo Melbourne, lo expresaré con mis propias palabras. El momento en que tus amigos te necesitan es cuando están equivocados, Jean Louise. No te necesitan cuando tienen razón...

—¿Qué quieres decir?

—Me refiero a que se necesita cierto tipo de madurez para vivir en el Sur en estos tiempos. Tú no la tienes aún, pero posees una sombra de su principio. Careces de la humildad de mente...

—Pensaba que el temor del Señor era el principio de la sabiduría.

—Es lo mismo. Humildad.

Habían llegado a la casa de él. Ella detuvo el auto.

—Tío Jack —le dijo—, ¿qué voy a hacer con Hank?

—Lo que harás finalmente —respondió él.

—¿Rechazarlo tranquilamente?

—Hum, hum.

—¿Por qué?

—No es tu tipo.

«Ama a quien quieras. Cásate con los de tu tipo».

—Mira, no voy a discutir contigo sobre los relativos méritos de la gente de clase baja…

—Eso no tiene nada que ver. Estoy cansado de ti. Quiero cenar.

El doctor Finch acercó su mano y le pellizcó la barbilla.

—Buenas tardes, señorita —le dijo.

—¿Por qué te tomaste tantas molestias conmigo hoy? Sé cuánto aborreces salir de esa casa.

—Porque eres mi niña. Tú y Jem eran los hijos que yo nunca tuve. Ustedes dos me dieron algo hace mucho tiempo, y estoy intentando pagar mis deudas. Ustedes dos me ayudaron…

—¿Cómo, señor?

El doctor Finch subió las cejas.

—¿No lo sabías? ¿Atticus nunca te lo ha contado? Vaya, me sorprende que Zandra no… cielo santo, creía que todo Maycomb sabía eso.

—¿Sabía qué?

—Yo estaba enamorado de tu madre.

—¿De mi madre?

—Sí. Cuando Atticus se casó con ella, y yo regresaba a casa de Nashville para Navidad y cosas así, pues me enamoré locamente de ella. Aún lo estoy… ¿no sabías eso?

Jean Louise apoyó su cabeza sobre el volante.

—Tío Jack, estoy tan avergonzada de mí misma que no sé qué hacer. Ir gritando por ahí como… Ah, podría quitarme la vida.

—Yo no haría eso. Ya ha habido suficiente suicidio para un solo día.

—Todo este tiempo, tú…

—Claro, cariño.

—¿Lo sabía Atticus?

—Sin duda.

—Tío Jack, siento que estoy a la altura del suelo.

—Bueno, no era *esa* mi intención. No estás sola, Jean Louise. No eres un caso especial. Ahora ve a recoger a tu padre.

—¿Y puedes decir todo esto, con esa facilidad?

—Hum, hum. Con esa facilidad. Como te he dicho, tú y Jem eran muy especiales para mí... eran mis hijos soñados, pero, como dijo Kipling, esa es otra historia... llámame mañana, y me descubrirás como un hombre serio.

Que ella supiera, su tío era la única persona capaz de parafrasear a tres autores en una misma frase y que tuviera sentido.

—Gracias, tío Jack.

—Gracias *a ti*, Scout.

El doctor Finch se bajó del auto y cerró la puerta. Asomó su cabeza por la ventanilla, alzó las cejas y dijo con un tono de voz decoroso:

«Yo fui una vez una joven dama muy rara,
que sufría mucho de mal humor y desmayos».

Jean Louise estaba a medio camino de la ciudad cuando se acordó. Pisó el freno, sacó la cabeza por la ventanilla y gritó a la solitaria figura en la distancia:

—Pero solamente hacíamos travesuras respetables, ¿no es cierto, tío Jack?

19

Entró en el vestíbulo de la oficina. Vio a Henry aún sentado en su escritorio. Se acercó a él.

—¿Hank?

—Hola —dijo él.

—¿A las siete y media esta noche? —le preguntó.

—Sí.

Mientras concertaban una cita para su despedida, una marea llegaba, retrocedía, y ella corrió a encontrarla. Él era parte de ella, tan atemporal como el Desembarcadero Finch, como los Coningham y Old Sarum. Maycomb y el condado de Maycomb le habían enseñado cosas que ella no sabía, ni hubiera podido aprender, y Maycomb la había considerado inútil para él, salvo como vieja amiga.

—¿Eres tú, Jean Louise?

La voz de su padre la asustó.

—¿Sí, señor?

Atticus fue desde su oficina al vestíbulo y agarró su sombrero y su bastón del perchero.

—¿Lista? —preguntó.

«Lista. Puedes decirme lista. ¿Qué eres tú? ¿He intentado destruirte y aplastarte y me preguntas si estoy lista? No puedo vencerte, no puedo unirme a tus filas. ¿No lo sabes?».

Jean Louise se acercó a él.

—Atticus —le dijo—, yo lo...

—Puede que lo sientas, pero estoy orgulloso de ti.

Ella levantó la mirada y vio a su padre sonriéndole.

—¿Qué?

—He dicho que estoy orgulloso de ti.

—No te entiendo. No entiendo nada a los hombres, nunca los entenderé.

—Bueno, desde luego, esperaba que una hija mía defendiera su terreno respecto a lo que cree que es correcto... y se enfrentara a mí antes que a nada.

Jean Louise se frotó la nariz.

—Te he llamado algunas cosas bastante feas —le dijo ella.

—Puedo soportar cualquier cosa que alguien me diga mientras no sea cierto —afirmó Atticus—. Ni siquiera sabes decir groserías, Jean Louise. A propósito, ¿dónde aprendiste lo de la perra?

—Precisamente aquí en Maycomb.

—Dios mío, las cosas que aprendiste.

«Dios mío, las cosas que aprendí. Yo no quería que mi mundo cambiara, pero había querido aplastar al hombre que está intentando preservarlo para mí. Quería acabar con todas las personas como él. Supongo que es como un aeroplano: ellos son la resistencia aerodinámica y nosotros somos el impulso, y juntos lo hacemos volar. Si somos demasiados hay demasiado peso en el morro; si hay demasiados de ellos tenemos exceso de peso en la cola… es cuestión de equilibrio. Yo no puedo con él, y no puedo sumarme a él…».

—¿Atticus?

—¿Señorita?

—Creo que te quiero mucho.

Vio que los hombros de su viejo enemigo se relajaban, y le observó empujarse el sombrero hacia atrás.

—Vamos a casa, Scout. Ha sido un día muy largo. Ábreme la puerta.

Ella se hizo a un lado para dejarle pasar. Le siguió hasta el auto y le observó subirse trabajosamente al asiento delantero. Al darle la muda bienvenida a la raza humana, la punzada del descubrimiento le hizo temblar un poco. «Alguien ha caminado sobre mi tumba», pensó, «probablemente Jem o algún idiota errante».

Rodeó el auto y, al entrar para sentarse al volante, esta vez tuvo cuidado de no darse un golpe en la cabeza.